U0047957

怪物們的迷宮

何敬堯 著

每個人都揹著一頭巨大的怪物……我詢問其中一人，你們究竟要走到何方？他答道，無人知曉；但顯然他們有一個明確的目的地，因為他們正被一種不可控制的、行走的欲望推動著。

值得注意的是：沒有一名旅行者對背上的怪物發怒。他們似乎認為，怪物屬於自身的一部分。他們的神情疲憊且嚴肅，卻不顯露絕望，在陰鬱的蒼穹下，大地荒蕪，他們行走的雙腳深陷塵土。但必須前進，並注定帶著一副聽天由命的臉龐。

——夏爾・波特萊爾（Charles Baudelaire）
《巴黎的憂鬱》（*Le Spleen de Paris*, 1869）

目次

CONTENTS

名家推薦

在偉大母性、徹底父愛那宛如矛與盾的對決中，誰會贏？在愛情漩渦裡，如何絕對擁有對方的全部？在人性不得不墮落的苦難中，有沒有自救？這些問題在閱讀《怪物們的迷宮》時，圍繞著我，但無論殘忍或不忍都有了合理的解釋。《怪物們的迷宮》沒有妖怪出現，出現的是人性在社會壓力與情感追求的扭曲變形，這是靈魂的變形記，使小說有著深厚的基底。何敬堯以多重敘事線的觀點，融合各種迷人色調的小說，順著推理的節奏，揭開新聞社會版殺人事件的筆法，一步步推開迷霧，一步步看到人性的輪廓，我被此書深誘而難以釋卷。

——甘耀明（小說家，臺灣文學金典獎得主，《邦查女孩》作者）

縱使作者描寫的是虛構的角色、不存在的城市、獵奇的案件，故事卻投射出我們熟悉的現實，令讀者享受懸疑小說的樂趣時不由得感到心寒。說不定，我們同樣身陷迷宮之中，也許你我身邊，亦有怪物們潛伏著。

——陳浩基（香港推理作家，《13·67》作者）

敬堯的文字總能讓我抵達人心最深邃、最幽微的地方。讀完《怪物們的迷宮》，讓同樣以創作為志業的我感到驚愕：他如何可能徒手創建出這些錯縱複雜的迷宮，卻得以免於讓自己的心魂迷失於其中？

我想答案就藏在字裡行間。

——徐珮芬（新銳女詩人，《還是要有傢俱才能活得不悲傷》作者）

《怪物們的迷宮》是實力派作家何敬堯的主題式短篇推理單行本，收錄四部短篇，以人心中的妖怪為主題，展開四部主題與風格皆殊異的精采故事。〈夢魘犬〉以獨居老人遭家犬啃食為開場，牽扯出與詐欺案相關的懸疑故事；〈惡鬼〉雙線交錯敘事，一線為母親營救遭不明人士綁架的女兒，一線為警探追緝捷運爆炸案真凶，布局巧妙、情節緊湊；〈拇指珊瑚〉敘述海生館內的毒殺案，場景獨特，結局意外；〈山魔的微笑〉運用多人視點輪轉的方式讓一樁登山謀殺案的真相層層揭開，布局極為巧妙。四部作品讀來一氣呵成，並無冷場，相當過癮。何敬堯在推理性／故事性、娛樂性／文學性這兩組看似互相衝突的元素間做了相當優秀的平衡，成績斐然。

——林斯諺（臺灣推理小說家，《無名之女》作者）

導讀

「理性」照不進的迷宮

朱宥勳

如果要用一句話描述「推理小說」的類型公式，或許可以化約地說成：「這裡有具屍體，是誰幹的？」這條公式說起來簡單，但第一個將之編織成故事的人，著實是個天才。在這條軸線上，人類所有最強烈的情緒，全都能絞纏在一起，這是一個近乎萬能的框架。最終極的暴力催動了一切，而最終極的智力將揪出暴力的源頭，從而穩住我們對彼此的信任，也即是對社會的信任。「兇手」必須被抓到，而且是被最有智慧的人抓到的——表面上是「邪不勝正」、事實上卻是「力不勝智」——因此每一篇推理小說都是對人類文明的再次肯定。

由此來讀何敬堯《怪物們的迷宮》，會發現一些很有趣的事情。這本由四個中篇小說組成的小說，看點不在它如何踵步上述框架，而在它如何「破框」。何敬堯在〈致謝辭〉自稱這是一本「推理風格的懸疑小說」，而不直說是「推理小說」，便是他清晰知道自己並不在「框內」明證。如果第一段所述的公式，是過去一百年來推理小說的主流的話，《怪物們的迷宮》就是藉著讀者們對此框架的熟悉，更進一步發問：是啊，力不勝智，但誰說「智」一定會回過頭來肯定人類文明？〈夢魘犬〉、〈惡鬼〉、〈拇指珊瑚〉、〈山魔的微笑〉四個短篇中，我們看到角色們苦思各種計謀，不是為了找到犯罪的人，而是為了在「世界」這局混亂的棋盤當中，找到一條活下去的血路。這裡確實有具屍體，但比起「這是誰幹的」，這些角色更在意「這能拿來幹嘛」？

因此，先別急著檢視小說裡的推理過程是否合理，因為「合理」已經不是怪物們最在乎的事情了。比如〈拇指珊瑚〉一文，那位總是在跟對講機說話的女主角，顯然就是一個不可靠的敘事者，用傳統標準來看，她的推理證據薄弱，充滿了一廂情願的臆測，甚至到小說結局，我們都不知道她的推理到底是否正確。但對她而言，那整套推理過程是否正確，並不是最重要的事情；重要的是從她所推想的故事中，我們可以看到她的內心投影。〈夢魘犬〉被幻影與現實夾擊，逼到走投無路的主角；〈惡鬼〉變調的冷硬派警探；〈山魔的微笑〉滿盤皆錯卻竟然沒有走入「Bad End」的局面，均可做如是觀。

在小說後記中，何敬堯提到了臺灣最早的一批推理小說，頗有賡續香火的願力。但我覺得好玩的事情是，何敬堯想必也知道，無論在中國或臺灣，「推理」此一文類最早被賦予的是「啟蒙理性」的任務。當時的文人認為，「科幻小說」能夠幫助民眾學習科學新知，「推理小說」講究證據和推論，能夠提升讀者的理性（作為對照組被批評的，是傳統不依賴證據、而依賴審問技巧的公案小說）。這裡面當然混雜了現代性「入侵」的後進國焦慮，那是人們還相信理性之光能照亮一切的年代。然而，何敬堯《怪物們的迷宮》給出的卻是完全相反的思路了。按照著現代科學、工業打造起來的城市，不但不是「理性」的最終勝利，反而是讓蒙昧的陰影更加無孔不入了。

這是一個沒有神探的世界，繁華的街口與廢棄的大樓只有幾步之遙，一條生命在這裡並不如文明社會所誇飾得那樣嚴重（〈夢魘犬〉廢墟、〈惡鬼〉的營建大樓站）；人類試圖將「自然」也馴服，但山海之間終有太多理性進不去的間隙（〈拇指珊瑚〉的海生館、〈山魔的微笑〉的郊山）。何敬堯的「推理風格」所要給出的最後解答，不是一道簡潔一如數學式的精妙推論，而是充斥混亂、混淆與含糊的，真實人類會有的處境，與判斷。

屍體在迷宮裡，但是誰先建立了這座迷宮的呢？或者更尖銳的問題是——嘿，我們當初是抱著什麼盤算，走進迷宮裡的呢？

（本文作者朱宥勳，一九八八年生，國立清華大學臺灣文學研究所碩士。現專職寫作，以小說和文化評論為生活養分，經營學院與讀者之間的買辦生意。已出版小說《暗影》、評論散文《學校不敢教的小說》等，並擔任書評月刊《祕密讀者》編輯委員。）

推薦序

精心打造的人性迷宮

舟動

作者何敬堯的第一本作品《幻之港》勾勒出妖異的迷離幻境，探照著人性中的幽冥之處。如今，第二本融合懸疑、恐怖、推理元素的短篇小說集《怪物們的迷宮》，將時空背景挪移至現代，同樣展露出精緻的故事結構，飽含寫實和幻想的場景描寫，更有細膩的人物內心刻畫，令我不禁一口氣將四篇接連讀畢，除了大呼驚歎作者於各篇中安排的意外轉折，也彷彿窺見每篇的角色在碎裂的鏡面前所凝視的自己——經過外在環境的擠壓、承載內在欲望的膨脹——形象驟變、扭曲至極，有的受到黑暗深淵的反噬，有的墮入業報的迴圈，另有無法正視罪疚而喃喃痴念於珊瑚的一角，以及在瀑布下臨時共演的一場關乎人性的羅生門。

敬堯自稱深受日本幾位推理名家的影響，此可於四篇故事中略見端倪，然而他所創造出來的，卻是迥異於臺灣當前懸疑推理作品的敘事風格，而且針對故事的主題，其挖掘的程度頗深刻。例如〈拇指珊瑚〉中的一句：「存在的時候透明，彷彿無物，只有不存在了，才會出現真實。這就好像是愛情。」不僅描指敘事者的感想，更隱隱透出背後事件的真相；又如〈惡鬼〉中，以大花咸豐草的毒他作用為結語：「為了護衛自我生命而毒害他者，為了繁衍後代而刺傷他者，這是屬於它的生存形式。」明指植物與生俱來的物性，也同時隱示人自身背負的罪業；而在〈山魔的微笑〉裡，更透過多重視點，用「盒子裝人」的譬喻，並延伸卡夫卡《變形記》的孤寂存在感，細描出數個游離於荒謬塵世的靈魂。最後，再以城府深邃難猜的女酒保一角貫穿四個短篇，隱約點出我們的周遭可能沉存著無形的力量，隨時會將脆弱的我們推入迷宮中，當即突變成既非人也非獸的怪物狀態。

此外，在故事背景考據方面也相當詳盡，前兩篇〈夢魘犬〉和〈惡鬼〉提及詐騙集團的手法、政府進行都更建設時和建商的勾結關係、爆炸案和捷運警察隊的編制問題等等，皆發生於「盆城」此一虛構的城市，宛若互映著我們的現實世界，文字之間流露出一股社會派小說的氛圍；由此足見敬堯對於社會的關懷，且將其融入創作中，讀來甚是感佩之至。敬堯曾私下向我簡短分享他的創作理念，他希望臺灣能像日本一樣開發出各種類型的推理作品，並期許自己能繼續追求另一種不同的推理創作方向。我相信，這本嵌置各種元素的卓異拔尖新作《怪物們的迷宮》，是敬堯自《幻之港》之後的嶄新里程碑，肯定能讓讀者探眼瞧見臺灣推理文學地圖上的新風貌，並引領我們走進他精心構築的「怪物們的迷宮」。

（本文作者舟動，平日寡言，喜察眾生群相，應該發言時，又常易陷於滔滔不絕無可自拔的境地。研究並教學英語文超過十五年，現任公益團體「路・自學館」英語文學習顧問。經營部落格「舟動之穿林吟嘯行」，並常於個人臉書上評介推理相關作品。其推薦評析、短文等經常出現於各大出版品；小說創作曾入圍「臺灣推理作家協會」徵文複選。即將出版長篇推理小說《慧能的柴刀》（秀威出版）。）

一、夏之章：夢魘犬

1

麻煩死了。

我扛著一台很像機關槍砲管的伸縮三腳架，在這一棟廢墟大樓裡，左右穿梭。三腳架雖然不重，但因為體積大而礙事，我將它扛在肩上，如果肩膀痠了就抱在懷裡，實在很麻煩。

雖然心裡嘀咕不停，一直抱怨馬克為何要來這種鬼地方？但我被他的電話叫出來之後，仍舊是乖乖地跟隨他，來到了這棟大樓。

這棟被廢棄的建築物大樓，外觀是五層樓的圓柱體構造，圓弧型的牆面造型看起來頗為時髦。但只要仔細一瞧，外牆的玻璃窗戶其實布滿髒污，牆壁也被彩色的油漆胡亂塗鴉，大門則用生鏽的鎖鏈鎖了起來，一看就知道是一座被廢棄已久的樓房。明明只是剛建好才沒幾年的建物，但是卻早已人去樓空。

馬克發現了廢樓後側的小門，逕自撕開門上的塑膠封條，打開門偷溜進去。

我摸摸鼻子，只好扛起三腳架，隨後跟上了馬克的腳步。

大樓的內部空間，無時無刻散發著古怪的霉味，真難聞。

走在堆滿寶特瓶、垃圾堆、廢棄雜物的走廊之間，可以看見廊道、天花板垂落著一片片灰色的蜘蛛網，地板的磁磚都黏著一層層紫黑色的奇怪污漬。那些黑色污漬看起來很噁心，所以我都會特地繞過去，但馬克卻總是滿不在乎地跨著大步，彷彿炫耀著腳上一雙酒紅色的雷根鞋，直接踏踩過去。

儘管是大白天，但因為建築構造採光不良，各個樓層都昏昏暗暗。空蕩蕩的空間裡，只有我與馬克兩人的腳步聲響動，回音震盪在曲折的走廊裡，呈現出一種寂寥又神祕的氣氛。本來以為不會有什麼恐怖的事情發生，但在這棟廢樓裡四處探索，已經走了兩個多小時，也開始讓我心裡有些發毛。

雖然我們冒險走進這座廢樓，就是為了要尋找看看有沒有什麼詭異跟恐怖的事物，並且拍攝下來——但其實，我們兩人，壓根就不相信這棟廢棄大樓會存在什麼非常特別的超自然現象，就算有鬼的話……

怎麼可能有鬼呢？我從來不相信這種無稽之談。

鬼片還是恐怖電影裡的各種妖怪，其實都只是裝模作樣罷了，故意嚇唬人而已。他們最終的目的，就只是騙錢，要騙人心甘情願將錢從口袋裡掏出來。

因為，我跟馬克也是在做同樣的事情，呵……

我一邊苦笑著，一邊跟隨著馬克的腳步，在這棟廢樓裡繼續探索，看看有沒有什麼可以拍攝的畫面。從一樓到四樓的環境，已經被我們探勘得差不多了，馬克雙手環抱著胸，思索了片刻，便朝樓梯上方揮了揮手，指揮再往樓上繼續探索。

上樓梯時，我隨意扶抓著木製欄杆。年久而潮濕腐爛的欄杆，竟然像惡作劇電視節目裡特製的保麗龍整人道具，一抓就瞬間分散裂開，裂開的木頭發出了「喀啪喀啪」的詭異聲音。

邊。

我一下子重心不穩往後跌倒，重重摔落在樓梯口的舊紙箱上，墨黑色的三腳架也橫甩在旁是太糟糕了。

霎時煙塵暴衝，一團團霉煙味、噁心味四散開來，嗆得我淚水直流，不停地打著噴嚏，真是太糟糕了。

在黑漆漆的階梯之間，閃射著從五樓窗口洩漏而來的一絲陽光。經過我這一番粗魯的擾動，光芒裡向上飄動的空氣正噴吐著一粒粒蒼白的灰塵，旋轉亂舞，形成一圈圈毫無規則的圓弧線。

我瞇著眼睛，透過飛舞的塵埃光束，看見了樓梯上方馬克的後腦勺。

樓梯上的人影高大挺拔。

走在前頭的馬克，絲毫不在意身後的夥伴究竟發生了什麼事情。

他提拿著一台DV攝影機，轉頭斜睨，翹露出嘴唇下方自以為雅痞標誌的一撮鬍子，望了望狼狽跌坐在垃圾堆裡的我。

「喂喂，快起來，不要玩了，你還真愛耍寶。」

「呿，有什麼好玩的？這棟大樓真是個爛地方。」

「就是因為爛爆了，所以才有賣點呀，快點上樓！Hurry！我們還要趕拍最後一段畫面。」

「我知道了，別催我。」

「哎哎，你真是遜斃了，連上樓梯都不會走，你白痴喔。」

「我昨晚在超商輪夜班，沒睡好，所以精神不太好……」

「你兼差也太多了吧！這麼缺錢喔？對了，你要小心一點，不要把我攝影機的三腳架弄壞。我先說一聲，如果弄壞的話，你要賠我。」

「好好，我會小心保管啦。」我用手撐扶著地板，緩慢起身。我的舊牛仔褲沾上了一層厚厚的骯髒塵泥，看起來很難清洗乾淨。

我再度爬上階梯，跟隨馬克的腳步，來到了五樓。

轉頭望去，階梯右側通往一座頗寬敞的室內空間，鼠灰色的巨大塑膠夾板一一分隔出大小相類似的長方體空間，應該就是以前提供商業販賣的攤位。不過，如今卻是遍地狼狽，汙黑的地板上橫躺著破損的藍色帆布，一塊汙黑發霉的木製砧板被扔在牆角。

骯髒的鐵製桌椅倒在地上，四周裸露的水泥牆柱布滿了斑駁水漬。

越往裡面走，空氣中迎面而來的腐爛味更加濃厚，該不會有什麼流浪貓、流浪狗跟我們一樣，偷偷闖了進來，結果橫死在哪處陰暗的角落吧？

這一棟廢棄大樓，位於盆城的西橋區，前年才被關閉起來。

雖然大樓的地點位於城市中心，大樓不遠處即是盆城的主要交通幹道，隔了一條街更是車水馬龍的熱鬧商業地段，沿路都是外國服飾品牌、速食餐廳、百貨商場，但唯獨這一棟被封鎖的樓房遺世獨立，死氣沉沉。

如果走在馬路上，朝這棟廢樓前進，也會感受到很詭異的氣氛。原先四周都是人聲鼎沸的喧囂市街，再走幾步來到廢樓區域，四周的氣氛瞬間就會陰沉荒涼了起來，彷彿突然闖入什麼不該踏進的禁地那樣，讓人渾身不對勁。

在人來人往的盆城街道上，竟然會突兀地聳立著廢棄的樓房，真的是一幅很怪異的風景。儘管格格不入，但盆城的市民們似乎也逐漸熟悉了這樣的景觀，早已見怪不怪。

聽馬克說，前幾年盆城的市政府為了整頓市容、凝聚城市向心力，便異想天開討論出一個新的方案，要為盆城建立一座地標性的建築物。於是，市政府徵收了老社區的土地，蓋起了這棟大樓，計畫要將城內的小吃攤販、夜市商家全部收納進來，號稱要打造一座具有盆城地方特色的頂級餐宴大樓。

「明著說要整頓環境、提升經濟力，暗著說，不就是官商勾結嘛，專門讓人撈油水的建設企畫案。而且，要將夜市的攤販進行集中管理，那還是夜市嗎？亂七八糟，那些官員都是豬頭，吃屎算了。」馬克一臉不屑地解釋。

結果，這種沒頭沒腦的政策還是一路強硬執行，被徵收的老社區有一棟富有歷史意義的老屋，也被強硬徵收，就算民間團體集體抗議也無用。

將老屋拆除的那天，好幾百位市民徹夜坐在對街的馬路上進行抗議，結果怪手還是肆無忌憚駛進了老社區，蠻橫地將老屋拆除破壞。

最終，大樓總算蓋好了，也將夜市的商販安排進駐大樓。

想當然爾，被關進籠裡的攤商生意一落千丈，市政府的行銷策略竟然完全失敗，商場內的顧客動線規畫也極其不良。結局是，餐宴大樓乏人問津，業者最終連租金也不堪負荷，紛紛出走。

幾年之後，大樓面臨了關門命運。

盆城的夜晚，街道依舊吆喝著販賣小吃、零嘴與茶飲的熱鬧市集，這一座耗費好幾千萬資金建成的時尚大樓則被封閉起來，成了名副其實的「養蚊子館」。

不只是這棟大樓而已，盆城裡還有好幾座類似的建築物，都擁有相仿的命運。

「我們隨便拍一拍這棟大樓，然後我在牆壁上畫一些誇張一點的塗鴉，像是血手印之類的東西……最後影片配旁白說這裡鬧鬼，加上一些恐怖的音效，就大功告成了。只要我們將影片放在視聽網站上，點閱率肯定暴衝上去。喔對了，也要貼一些符紙。」

馬可從背包裡拿出五、六張黃色的長方形符紙，紙上是他自己用毛筆字隨手亂寫的咒文。為了要增加影片的詭異氣氛，他常常進行這種「藝術加工」。

接著，馬克左右走動，端詳著四周凌亂的空間，似乎很滿意它的廢棄狀態，興致昂然地點點頭，催促我快點將三腳架布置好。

我一邊屏住呼吸，忍耐著室內難聞的空氣，一邊手腳笨拙地撐開三腳架的伸縮機關。此時，堆在地上的廢棄帆布有一段麻繩，竟不小心勾纏到三腳架的腳柱，意外卡住了塑膠轉軸。

我低著頭，東扯西拉，卻遲遲無法將三根如同黑色瘦長腿骨的支柱往外順利打開。臉頰的脂汗不停滴落，黏膩的感受讓我很焦躁。

「笨死了。」

馬克皺著眉頭，揮揮手叫我將三腳架遞給他。

他從背袋裡掏出一把尖銳的小刀，俐落地割斷繩索。那是一把鋼鍛的閃亮刀刃，刀身約略有十公分長。據他說，是他以前在大學時代所慣使的木雕專用小刀。

小刀的刀柄是流線型、棕黑色的木製握柄，看起來很適合握拿在手上，馬克持刀的方式感覺也很熟練。這把刀與一般的雕刻用V字形鑿刀造型有所不同，是大小介於瑞士刀與匕首之間的刀具形狀，聽說是專門用來做較大面積削鑿工法的器具，但我對木雕不熟，所以也不太清楚該如何正確使用。比較讓我意外的是，沒想到從大學畢業以來，馬克仍然隨身攜帶這把刀子。

「算了算了，你先去旁邊休息一下，我自己來組裝攝影機。」

「不用我幫忙嗎？」

「不用啦不用啦，先等我架好攝影機，你再來幫我拍攝，我也要想一下該怎麼取景。」

我聳聳肩。

馬克是一個驕傲又無禮的人，我總感覺，他打從心底輕視著我，我非常不想再協助他拍攝任何影片了。可是……我卻沒辦法兩手一攤，馬上掉頭走人。

我再度打了一個大噴嚏，激起了空氣中紛亂的灰塵。這棟廢樓裡的霉味實在太糟糕了，讓我的鼻子越來越過敏。

我忍受不了浮盪在空氣中無所不在的酸臭味，前額甚至開始隱隱作痛，有點暈眩。我只好抹了抹臉上的汗珠，往後退開，跨過幾片被折壞的廉價木板、空罐堆，朝向樓梯間左側的窗口走去，想要透透氣。

樓梯左側的窗口，是一座長方形的鋁製窗框，我伸手將玻璃窗打開。

從窗外吹進來的微風，散發著夏季獨有的溽熱氣息。

濕濕悶悶的熱風，拂過滴汗的皮膚，反而讓人更加煩躁。盆城的夏日，極其悶濕，如果氣溫飆到三十五度以上，更讓人心浮氣躁，容易上火。

等待馬克將攝影機固定在三腳架上面的空檔，我只好將頭探出窗外，想要多呼吸一些新鮮空氣。

雙手倚靠著鋁框窗戶，往外俯視，對街國宅公寓櫛次鱗比的水泥陽台便一覽無遺。

倏然之間，我充滿恐懼。

——被吃掉了……那個人……被吃了……

「啊，你說什麼？」身後的馬克隨口應話，好像沒有聽清楚我在說什麼。也許是因為我從喉嚨發出的聲音非常顫抖，並且夾雜著模糊低沉的咳嗽聲，所以他聽不清我的話語內容。

窗戶的對面，是一排排老舊公寓，其中有一棟公寓三樓的陽台，出現了不可思議的景象。

從屋內的窗簾縫隙，伸出了兩根似乎是人類雙腳的物體，乾癟的兩條腿八字形攤放著，膝蓋以上的皮膚呈現黑色，兩條腿的膝蓋以下部分，卻失去了原本的形狀。

在璀璨的陽光中，兩塊應該是人類「小腿」的部分，宛如橘紅色的碎裂絞肉，沾連著橙色的腿骨，有一根細長的骨頭甚至從右腳被粗暴撕扯下來，丟在旁邊。

青紫色的筋骨沾黏著一條條的血絲與肉團。

兩片腳板則勉強保留基本的構造，還能辨認出十根腳趾的大致輪廓。

陽台的地面上，鋪濺著稠黑的汙漬與四散的碎肉血塊，一片狼藉，慘不忍睹。

陽台側邊，則蹲坐著一隻毛色墨黑的土狗，仰著犬頭，軀幹挺直，似乎正對著頭頂盤旋的蠅蟲黑影出神凝視，烏綠色的狗嘴溢染著幾抹黯紅的色澤。

「有人……被吃掉了！」

尖叫一聲，我癱軟跌坐在地。

我慌張嘶吼的動作，嚇到正準備拍攝工作的馬克，讓他差點將手上的攝影機滑掉。

他趕緊將機器安穩放置在三腳架上面，轉身前來查看。

「喂，幹嘛啊，你很吵耶。」

馬克一邊嘟噥，一邊將臉色不佳的我扶靠到牆角。

之後，他便滿臉納悶，湊近窗框瞪大眼睛，想瞧瞧到底是什麼鬼東西，嚇得同伴的魂都飛了。

沒想到塊頭魁梧、平素自信過人的馬克，旋即大吸了一口氣，轉身喘息，雙手掩住臉龐渾身發抖。

我巍巍顫顫地起身，再度往外看，想要確認剛才的畫面是不是看走了眼。

沒錯，對街三樓的公寓，有著濁黃磁磚的小陽台，兩隻被啃食過的雙腳，窗簾半開擋住其餘身體部分，陽台上還有一隻狗。

一隻大黑狗。

一隻端正坐著的黑狗，神情凜然，有著三角形狀的頭部。牠彷彿察覺什麼似地，冷不防轉頭，仰望著我。

牠的尖細雙耳垂下，鐮刀狀的尾巴擺放地上，瘦弱身軀浮貼著突出的肋骨，兩眼毫不眨閉、直視著我，一雙瞳孔彷彿燃燒著兩束灰色的火焰。因為臉頰太消瘦而顯得非常圓睜的雙眸，既通靈又邪門似地，直直盯覷著我。

我整個人好像被這兩圈如同黑洞的獸眼吸了進去。

彷彿前方除了這雙黑色瞳仁之外，整個世界瞬間都腐爛了。

陽台腐爛了，對面一排排舊公寓腐爛了，加蓋的鐵皮屋也腐爛了，或高或矮的平房與高樓大廈都腐爛了，眼前城市風景像急速壓縮的鋁箔包瞬間扭曲，在熱氣蒸騰的空氣渦流中，流淌出酸臭噁心的汁液，氣味翻湧，從裡到外都徹徹底底，爛掉了。

爛掉了爛掉了爛掉了爛掉了爛掉了爛掉了一切都爛掉了。

廢墟之中，只有那雙黑到發光發亮的眼睛，還鼓跳跳炯炯活著，注視著我。

我也呆愣愣地站著，凝望著那隻狗，不知道時間過了多久。

好痛……

大學時代，我因為在飲料裝瓶廠打工，打瞌睡時意外被滾輪機器壓傷的右足踝竟痛了起來，腳底劇烈疼痛牽連頭顱噁心暈眩。當時醫生曾解釋，因為神經元受損，後遺症可能引發持續痠痛，這種無法根治的痛楚，一直讓我很憤怒。時至今日，以往的舊傷依舊影響我的日常生活。

還沒拿出藥罐裡的止痛藥，我便緊緊閉起眼皮，低頭，大口嘔吐。

2

這一座盆城，位於島國北隅的首善之都，是我每天生活的城市。我不厭惡這座城，但對它也沒有什麼特殊的情感，它就只是一處棲身之所，如此而已。

這座繁榮城市的東北面，有一片呈現「ㄟ」字形的丘陵與山系包住城區，而西南方則橫貫著幾條蜿蜒的河脈支流，大致上圍畫出盆城的行政區塊。

我則居住在西橋區某條河流的對岸，每天要前往城內上班，必須騎著一台125cc的舊型機車橫跨過一座大橋，循著河濱道路進入城中工作。

白天，我在某間大型量販賣場擔任商品巡補人員，雖然右腳受過傷不方便，但是幫商品補貨上架的簡易工作尚能負荷。有時量販店人手不夠，也會負責清潔環境、對貨、結帳等等工作。至於晚上，我則在租屋處附近的超商輪值夜班。

許多無法負擔市內賃屋價格的人們，也採取與我同樣的生活模式，每天從租金便宜的城郊公寓出門，沿著位於盆城西區的橫水大橋，來到對面河岸的城區上班。

橫水大橋是一座寬敞的跨河橋梁，足以容納大量的車輛進出，機車族尤其眾多。每天早晨七、八點，從橋面最高處往下方道路騎進連接城內幹線的機車，有數千輛以上，猶如蝗蟲過境蔚為奇觀。

只要從城裡的平地抬頭望去，鄰近河岸、四十度傾斜的橋面，彷彿向下流動著一片「機車瀑布」。我還曾經在電視上看到報導說，外國有一個綜藝節目特別帶領藝人來參觀橫水大橋的「機車瀑布」，這種現象儼然成為某種世界級的驚奇景點。只要在Google網站上搜尋「機車瀑布」的關鍵字，馬上會跳出各種新聞採訪報導。

原來每一天，我都貢獻了我的小小力量，促成了驚奇景點的產生。

跟我一起觀看電視的馬克，再度擺出一副漠然的表情，翹著腿嗤之以鼻。

本名馬國儒的馬克，是我在大學認識的學長，我們雖然不是同一間學院的學生，但因為他與我修過相同的通識課程而互相結識。不過，我因為日夜拚命打工賺錢，因曠課太多而被當了好幾個學分，所以去年便被通知退學。

那時候馬克早已畢業，進入一間名叫「釉光藝術」的知名攝影工作室擔任影像編輯，也開始以馬克的英文名字自居，名片上的名字也印著「Mark」的字樣。似乎在這類時尚產業生存的人們，都會戴上某種充滿洋味的稱呼，作為一種城市時尚、尖端潮流的宣告。我個人是覺得很莫名其妙啦。

自從我去年被退學後，馬克有時工作欠缺人手，總會打電話叫我去協助他進行某些事務。但沒想到……這次休假日跟他出門，一同前往荒廢已久的圓環大樓拍攝影片，我們竟然會發現隔壁大樓，有一具死亡多日的屍體。

之後，馬克很享受那天的經驗。

馬克接受隔日的新聞媒體採訪，便隨即拋開當時目睹慘狀的驚悚表情，立刻換上一副沉靜的臉孔，侃侃談論著意外發現西橋區的舊社區獨居老人心臟病發，屍體慘遭飢餓家犬啃食的經過。

原本為了拍攝餐宴大樓的「養蚊子」廢墟狀態，營造出都市傳說的恐怖影片而前往取景，竟目擊驚人畫面，難怪馬克在鏡頭前大喊：「政府無能！蚊子館都有錢蓋，為何老人福利拿不出來？」

在盆城東區的小酒吧裡，馬克一邊吃著油脂光亮的雞肉串燒，一邊滔滔不絕地說話。在新聞上說過的故事，他挑著濃眉，再度加油添醋地說了起來。

「所以，不拍恐怖片了，乾脆改變主題，我想弄個關於老人問題、社會議題的片子。」他工作室的女同仁圍繞著馬克，紛紛詢問下一個計畫。但我早已聽膩了他的誇張說詞，便在吧檯的另一邊，自顧自啜飲著冰涼的生啤酒。

橘橙色的液態物質逐漸從玻璃杯中減少，透明的冰塊在杯底輕微碰撞，我靜靜凝望著玻璃杯體冒出的冰冷水滴濡濕了桌沿。

雖然嫌惡馬克，但我挺喜歡這間小酒吧所營造的友善氣息。也幸虧去年馬克帶我來這間酒館，我才會知道，原來城裡也有這麼一座輕鬆舒適的小地方。有時候，我心情低沉，就會深夜上門，與吧台對面的女酒保聊聊天，吐吐苦水。

我凝望著酒吧天花板，有一個長方形區塊倒掛著許多透明的高腳杯。整齊排列的玻璃杯面，反射著暈黃慵懶的燈光，看起來分外舒服。

女酒保一頭紅髮，紮著馬尾，跟她閒聊，總是讓我很輕鬆、很自在，彷彿能夠將生活中各種烏煙瘴氣的倒楣事，都吐露出來。

記得上一回，女酒保曾推薦我一款名叫 Salty Dog 的橘黃色調酒，說跟我很配，喝起來也確實好喝，酸苦味挺適合消消暑氣。女酒保還建議說，若是不喜歡苦感，可以用鹽口杯來調整味道。

但，我這一次卻沒有向女酒保點來喝，因為我得要顧慮一下口袋裡的銅板數量……另一個原因，則是我現在不太想聽到任何有關「狗」的東西，尤其馬克正在桌旁，一直講著狗吃人狗吃人的鳥事，太倒胃口了。

或者可以說，馬克這個人的存在，就讓我倒盡胃口，很想快點遠離他。

我不知道馬克到底對這種社會議題有多大興趣，就我看來，他想趁機出名的成分還比較大。

馬克向來擅長製造話題，藉此投機取巧來賺錢。他曾經跟我說過，啟蒙他的恩人，是一位木雕家。

有一次，他帶我去某位藝術家的郊區別墅，要將藝術家的木雕新作品陳列在一名新出道的女歌手MV的畫面之中。

我一邊駕駛著馬克新買的CR-V銀色休旅車聽他閑聊，才知道他曾在大學時代，跟過這位木雕師傅學藝，藝術家原來是他的授藝老師。

那時候我才知道，不學無術的馬克原來會雕刻木雕，這件事有些讓我意外。在車內空調裝置的出風口上方，擺放了一個棕木製成的手工笑臉娃娃，該不會就是馬克的傑作吧？

「難道，這是你做的？」

「對啊。」

我端詳著製工精緻的娃娃，圓形頭部的娃娃，張大嘴巴在燦笑，木頭的原始質感讓人很想摸一摸。沒想到馬克手藝挺厲害，連這麼小巧的玩具也能刻出來，這種可愛的造型應該很受小孩子歡迎。我撇頭一想，突然很好奇學木雕到底有沒有賺頭，便問了問馬克。

「當然有囉，要不然你以為我的木雕老師怎麼賺到一間別墅？」

「喔……這位大師應該很有才華吧！」

「嘖嘖，他有才華？實在笑死人～我在他工作室裡，跟他學過幾個月，馬上就知道他一點實力都沒有，工作室旁邊的倉庫裡都是一大堆粗製濫造的作品。」

「但是，為什麼還有那麼多藝廊搶著買他的作品呢？」

「你果然什麼都不知道。」

「所以……到底是怎麼回事？」

「因為這是炒作。」

「炒作？」

「因為他恰巧有一位國中同學是大企業的老闆，所以他才有這種運氣嘛。」

「啊？大老闆跟炒作有什麼關係？」

「當然有關係！那位有錢的大老闆在房地產賺了一筆之後，接著就開始把歪腦筋動到藝術市場。」

「啊？」

「呵呵，他的方法是這樣：他打算先在某位還沒出名的藝術家身上花大錢投資購買對方的作品，等到整個市場哄抬起來，藝術家水漲船高，再把手邊的藝術品高價售出，賺回來的錢就有好幾十倍獲利，那位木雕家只是恰巧交對朋友罷了。」

「這種事可能嗎？」

「這不是可不可能的問題，我只是在描述現況。說白了，這世界一切都是狗屎而已，狗屎狗屎狗屎狗屎狗屎！只要你懂得門路，還有什麼事情不能成功啊？明白嗎？當我知道了這一點，馬上恍然大悟，開竅囉。」

我從車裡的後視鏡，看見坐在後座的馬克摸摸鬍子、打哈欠的冷淡模樣。

聽他這樣解釋，我才知道他為什麼老是拍一些華而不實的影片。

馬克看準了城裡人的惡劣本性，所以總是拍攝一系列低級趣味的影片放上網路，像是對路人惡作劇、扮鬼嚇人等等亂七八糟的拍攝主題。沒想到放上視聽網站之後，他竟然因此一炮而紅，許多廣告商紛紛找上門，讓他著實賺了一票。

「雖然只是網路上的小影片，但是投入成本低，只要多多撒網，一年下來也能多賺好幾十萬喔，對我來講，也只是零頭。」

我不知道馬克到底有沒有唬我，但我從他身上經常替換的名牌項鍊或手錶配件來判斷，至少他的經濟能力比我寬裕非常非常多。跟在他的身邊，他也經常跟我分享一些走邪門歪道的撈錢祕訣。

不過馬克最主要的經濟來源，似乎還是依靠女人。

他曾經大言不慚對我說，只要他繼續把攝影工作室的女經理吃死，就不怕丟工作。有傳言說，他在大學時代就能開高檔房車，便是晚上在酒店裡當男公關，兼職牛郎。他依靠著一張俏帥氣的臉蛋以及三寸不爛之舌，從貴婦的身上挖出了數也數不完的鈔票。

我從來沒有向馬克詢問過這件事。但我想，就算這件事情只是加油添醋的八卦傳聞，但馬克很懂賺錢的門路，絕對是不爭的事實。

不過，每次他只要洋洋灑灑地夸談自己的賺錢手段，我雖然臉上唯唯諾諾，心裡卻嘀咕著話。

說到底，馬克其實就是個自私自利的小人罷了。

儘管我看不起他，但同時也有另一種截然不同的尊敬情緒，從心底油然而生……因為，我實在很佩服他。

他的眼睛，將一切看得都很透澈。

我並不是一個聰明的人，所以我挺佩服馬克勇於用自己的智慧跟能力，對這個狗屎世界進行一些小小的反擊。

雖然如此，我還是很受不了他對我的無禮態度……可是，我仍舊必須忍氣吞聲當他的攝影助理，原因其實也離不開這個字——錢。

我很需要錢，非常需要錢。

他開給我的助理薪水多得嚇人，所以我無法從他身邊走開，就算跟馬克過不去，我也不能跟錢過不去。

自從高中畢業上大學之後，我就過著半工半讀的日子，甚至因為連夜兼職打工，意外弄傷了右腳。

之所以必須努力賺錢，是因為在大學聯合測驗的前夕，我家發生了一件大事。這一件大事，老套到我總懷疑自己是不是在作夢，畢竟在電視上看到的新聞故事，跟自己身上實際發生的事件，感受是完全不同。

簡單而言就是，父親被詐騙集團騙了。

老套的電話詐騙，老套的中獎通知，老套的假法律顧問，老套的稅款補繳，老套的老套，老套到連八歲的小孩子也能撥電話身體力行去詐欺他人的話術，努力為自己賺取零用錢。

老套到無話可說。

擔任建築工人的父親名下帳戶，幾乎八成的存款不翼而飛。

從此，父母兼職數目有增無減，我也幾乎將讀大學的時間花在打工、送報紙、直銷羊奶、擺玩具地攤……各種工作，什麼都做，難怪最後曠課太多，因此被退學。

——沒什麼留給你了。因貪心而一無所有的父親，總在酒醉後呢喃。

剛開始的幾個月，可想而知，母親對父親不斷指責爭執。

但隨著時間的推移，他們漸漸不再因「被騙了」的這件事而爭鬧。不知何時，我媽的口中，不再提起我爸的過錯，或者說，我爸整個人的「存在」都被我媽默默忽略了。

原來，人一旦選擇了放棄，任何事、任何人都可以假裝忘記。

接受被詐欺的事實之後，我們生活的運作只是靜靜地前進。自然而然搬家，自然而然找更多工作，自然而然向人低頭，自然而然少吃幾頓飯。沒有人提到「被騙了」的真實，就算說了，也只是用「喔那件事」的語氣含糊帶過。這就是家醜吧，只要在餐桌上說到「那件事」，就像吃到廚餘般倒盡胃口。

也許我們在害怕？懼怕一旦說穿了，我們連僅剩的尊嚴也將被騙去。

為了繼續活著，絕不能照鏡子看見愚笨而且醜陋不堪的自己。

這樣幻影般陰鬱的日子沒過多久也結束了。大學一年級下學期，父母便離了婚，我跟著母親移居外婆家。但不久之後，我也搬離了母親老家，獨自賃居在郊區的便宜公寓，偶爾才會回去看望母親與外婆。如果恰巧很幸運有一些額外打工賺錢的收入，我也會偷偷塞錢給我媽。

我很希望能讓母親的生活過得更加寬裕一些。但在盆城裡，要養活自己就十分困難了，我就算想讓母親過好日子，這樣的想法也只是偶爾想想而已。不管好運或壞運，總之我就這樣可有可無地生活著。

有時候，這樣可有可無的日子，也會發生一些奇怪的插曲。

例如，意外撞見老人的屍體，或者是……

現實中的巧合比小說還離奇，我在早餐店看早報時，險些把滿嘴的溫熱奶茶噴出來。

報中記載著一篇〈餓犬食人〉的後續追蹤報導。

「……經查證，死者蒙大江（71歲），陳屍家中兩周……」

蒙大江。

那位遭黑狗啃食掉兩條腿的老人的名字。

霎時之間，我腦子一片混亂，像是被鐵鎚噹噹猛敲。

我記得這個名字，我好像……有印象……究竟是在哪裡見過這個名字呢？

我抓著腦袋用力回想，突然靈光一閃。

我隨即拿出手機，打電話到大賣場的辦公室，撒謊向主管請了半天病假，謊稱自己重感冒。幸好，平常我工作勤奮用心，主管並沒有多問什麼，就直接准了我請假半天去診所看醫生。

我匆匆忙忙吞下咬了幾口的火腿起士三明治，發動機車引擎，前往鄰近社區的文化中心圖書館，想要查閱幾個月前的舊報紙。

雖然父親被騙後，警察說就算通知金融機構把相關帳戶列為警示帳戶，但那些帳戶大多是人頭戶，很難逮捕真正的犯人。最終，詐騙父親的詐騙集團也沒有逮到。

我那時候，並不太清楚什麼是「警示帳戶」、「人頭戶」這些詞語的意義。不過，我因為親身經歷慘痛經驗，每次讀報紙時，我開始會特別留意報上有關詐騙集團的相關報導，才逐漸知曉詐騙集團的運作方式，也知道了各種日新月異的詐欺術。

我記得很清楚，數月前，報紙上有一則利用假冒地檢署來電開庭要詐欺保證金的詐騙集團被捕消息，成員大多被抓，數名在逃。根據警方調查，這個惡質集團所得不法收入將近上億。

當然，這個詐騙集團應該不是當初詐騙父親的罪惡組織，會幹這種缺德事的人想必很多，多年前詐騙我父親的惡徒，早就已經逃得無影無蹤了。不過，因為我素來會留心報紙上發布的詐騙集團新聞，所以也留意了這一則新聞報導。

當我翻到那份舊報紙時，我心跳好像慢了半拍，像是被灌了一大瓶高粱酒般，渾身醉醺醺。霎時之間，我眼前的視野一片模糊，彷彿感覺地球的周轉慢了一大圈。轉頭看去，圖書館的窗簾被熱風掀開，慢動作似地飄浮起來。我瞇眼朝窗縫瞥去，夏日炎熱的陽光下，似乎在不遠處的草叢中有一張狗臉。

狗臉的中間有一雙黑曜石般尖銳的雙眼，窺視著我。

我目瞪口呆。

那份舊報紙的頭條，報導著當天在捷運站發生恐怖攻擊案件，在搶救傷患的新聞照片下方，則刊登著警方破獲某詐騙犯罪集團的訊息。報紙上，白紙黑字列出一名在逃主嫌的名字，「蒙大江」的人名羅列在上，因為「蒙」姓十分特殊，在盆城裡是非常少見的姓氏，所以我特別有印象。

當然，這位叫蒙大江的人，並不是當時詐騙我父親的犯罪集團首腦的名字，不過他們都有一個共通點：都是詐欺犯。

3

我是不是目擊了，在逃詐欺犯心臟病橫死的場景？而且，還是被困在家中的黑土狗咬得屍骨不全。

不過……這只是同名同姓的巧合吧？

那名老人居住的公寓，怎麼看都不像是擁有上億身價的詐欺犯會住的地方。

可能只是同名同姓而已，也許是身分完全不同的兩個人。

但自從知道了這件事情之後，我的心情始終很不舒坦，像是有什麼異樣的情緒堵塞在心中。

也許那名死者，真的是逃亡中的詐欺嫌犯？

如果真是如此……我開始回想那天的情景。

我與馬克一起目擊的公寓，是一棟破舊的大樓，雖然位處盆城的繁華地段，卻屬於老舊社區。也聽說那一棟大樓，已經被畫入都市更新的區塊，明年即將面臨被拆遷的窘境。

如果那名老人真的是詐騙集團主嫌，為什麼會住在那一棟舊公寓呢？

對了，也有可能……是為了避風頭，才特意掩人耳目，躲藏在舊公寓。

我的想像力開始無遠弗屆地膨脹。

如果……他真的就是詐騙主嫌，他會把鉅款花在哪裡呢？

也許他會購置房地產，或者是買下幾棟別墅？還是將錢撒在女人身上？投資股市？或者是……狗？我想起了那隻狗，那隻餓了兩個禮拜的狗，餓到前胸貼後背奄奄一息，不得不吃起因心臟病發死去的主人屍體的狗。

那一天，牠為什麼要轉頭看著我呢？

我的位置明明距離公寓陽台有二、三十公尺以上，十分遙遠。但是，那隻黑狗卻彷彿有著不可思議的靈性，直直朝我看來，彷彿……彷彿知道我正在觀察牠已死的主人。

那樣完全漆黑冷靜的神情，讓人渾身不對勁。

如果……吃了人之後，眼神就是這樣？

——喂喂，你幹嘛這樣看我？是你家主人不對吧？突然心臟病發死亡，才會害你被關在家中餓肚子……搞不好，你主人還真的是一個吃人不吐骨頭的大騙子喔，這樣的下場還真的罪有應得呢，呵呵。

儘管我在腦海中想像這樣的對話，仍然無法抹除那雙眼睛給我的詭異印象。冷靜想想，這名老人死者與詐欺犯可能只是同名同姓罷了，我這樣告訴自己。

我告訴自己，這只是巧合。

雖說如此……這幾天下來，我仍舊無法輕易忘懷這樣子的巧合。就算是在大賣場工作的時候，仍舊心神恍惚，無法平靜下來。

為了安撫內心的忐忑不安，我利用中午休息的時段，在賣場的員工雜物室裡，用手機打電話到釉光藝術攝影工作室給馬克。除了想向他催討工資之外，也想問問他，關於那天目擊現場的相關事情。

沒想到電話另一端的櫃台總機，給了我意料之外的回覆。

聽對方說，本名馬國儒的馬克，已經在上個禮拜離職。

「啊，離職？可是……他沒有跟我說過要辭職啊？」

「他不是辭職，是被辭退，被炒魷魚了。」

「可是……他還沒將助理薪水給我，已經欠四個月了。」

「這我就不知道了，你自己去問他吧，但是……我想，你應該打手機也聯絡不上他。」

「為什麼？發生什麼事情了嗎？」

對方停頓了片刻，反而問我是誰。

我向對方表明身分，電話彼端傳來「哦」略帶鼻音的聲響，有些可愛，這時我才辨認出對方的聲音，似乎是上次跟馬克去小酒吧聚會時，他曾經介紹我認識的一位年輕女性。

對方似乎放下戒心，開始壓低聲音，向我說明馬克的情況。

因馬克的女性關係太過混亂，女友之一的公司女經理似乎再也無法忍耐，兩人在公司裡大吵一架，女經理一氣之下就開除了他。

「原來是這樣。不過，為什麼打手機也找不到他？妳這樣說，好像他也人間蒸發了。」

「是呀，他真的人間蒸發了……或者說，他肯定會消失一陣子，誰也找不到他。」

「啊……為什麼？」

「因為他從公司偷走了一大筆錢喔。」

電話另一端的櫃台小姐向我低聲解釋，因為馬克同時也跟出納組一位四十多歲的有夫之婦暗中交往，不知道用了什麼甜言蜜語，將公司某帳戶的提款密碼哄騙到手，早就移花接木捲走公司數百萬的籌備資金。

馬克的祕密行動連出納組的女友也不知情，等到女經理辭退了馬克，清查他在公司電腦裡的資料，才意外發現這件事。整間公司隨即鬧得雞飛狗跳，而那位有夫之婦甚至企圖在夜裡開瓦斯自殺，幸好她老公半夜醒來才制止她……

我瞠目結舌，仔細聆聽馬克闖出來的一連串事蹟。

沒想到馬克比我想像得更加厲害，竟然連這種事都做得出來。

但同時，我心底的深處，也逐漸浮升起一陣熱烘烘的焦躁。

看起來，自從馬克上禮拜被炒魷魚之後，他便沒有聯絡我，是因為他早就跑路潛逃了，駕駛著他那台嶄新銀亮的CR-V休旅車，逃之夭夭。

最近他遲遲不把這四個多月之間，協助他攝影工作的薪資匯款給我，我實在等得不耐煩，才打電話到他公司詢問，沒想到他早就拍拍屁股一走了之。

原來如此，我也被耍了。

去年被退學後，我曾幫馬克協助攝影工作兩個多月，他很慷慨，按時給了我非常豐厚的工資。所以今年這四個多月以來，我總是主動向他詢問是否有工作的機會，就算他遲遲未付薪水，我也不疑有他，更不好意思開口向他詢問。

看來是我太笨了，竟然會相信馬克這種人。

這時候，我才突然領悟到，就算馬克沒有因東窗事發而逃走，他也有可能，從來就沒打算要再付我薪資。一開始兩個月的薪資，只是為了讓魚兒上鉤的手段。也許，在他眼裡，能找到我這種任勞任怨的免費勞工，簡直就是天上掉下來的大好禮物。

他就是這樣的人，我明明很清楚……可是，我卻一直不敢面對這樣的事實。

我握緊拳頭，喉嚨滾動著壓抑低沉的嗓音，我該死的右腳又開始隱隱作痛。

「先生，你還好嗎？」

「沒事，沒事，我只是很驚訝……」

我向電話彼端的櫃台總機道謝，便掛了電話。

鬆開了拳頭，我將眉間的汗水拭去，垂頭喪氣，坐在大賣場的雜物室的板凳上，腦袋一片混亂。

當天晚上，我騎著機車跨越大橋返回郊區的家中，精神十分疲憊。我一路上恍恍惚惚，也差點跟其他機車擦撞，後方始終有怒氣沖沖的喇叭聲對我大聲吼叫。

連續好幾天的夜晚，我都在作噩夢。

白天上班時，同事們看到我，都被我雙眼下方厚厚的黑眼圈嚇到。必須輪值超商夜班的日子，我甚至因精神不佳而忘記要前去上班，結果兩次無故曠職之後，我便被超商店長開除了。

我開始固定吃安眠藥，想要讓睡眠品質好轉，如果腳傷恰巧發作，還得吞肌肉鬆弛劑助眠。不過，不知道為什麼，噩夢出現的頻率卻是有增無減。

每一夜的噩夢，都是同樣的場景。

我夢到了狗。

噩夢的背景，總是一片灰灰茫茫的白霧，仔細一看，才發現在白霧之中，全都是用鼠灰色的厚重夾板間隔出來的空間。

巨大夾板往上直直延伸到天上的烏雲之中，看不到盡頭。灰色牆面則往左右開展，構成了或大或小的曲折通道。腳下是沙沙作響的礫石地。

我四處穿梭，眼裡卻只能看到白霧與灰牆。突然之間，我來到一個寬敞的廊道中央，前方好像有什麼怪異的聲音傳來。

有一個微小的黑點在遠處扭動，我聳著肩膀，身體僵硬，注視著那個奇妙的黑點。我考慮了很久之後，仍然決定要走過去，看看那究竟是什麼東西。

黑點越來越近，越來越近，我漸漸察覺，那是一隻狗。是一隻毛色墨黑的大狗。

黑狗低著腦袋，背對我，尾巴下垂，狗嘴裡傳出嗚嗚低吼的叫聲，身體不斷呈現扭動的姿態。

我靠近一看，才發現牠正在用兩隻前爪刨地，細碎的砂礫發出嘩嘩聲響。狗爪摩擦砂石的聲音非常刺耳。

我咬緊牙關冷眼旁觀，不知僵持了多久，牠緩緩束起雙耳，爪子挖地的速度似乎變緩慢了。我嚥著口水走向前，想看看牠到底在挖掘什麼。

越靠近牠，牠身上特有的獸類氣味越加濃烈，腥臊熱氣迎面襲來，臭味直鑽鼻孔，讓我很不舒服，感覺全身上下都在發癢。

黑狗的爪子仍然不停地挖呀挖，挖呀挖，凹下去的洞中，好像有什麼淡紫色的物體。我伸長脖子往前看。

那是一張臉。

腫脹發黑的臉。

我好像認得那張臉……

到底……到底是誰呢？

該不會是……馬克……對了……好像是馬克……好像是馬克的臉……但是，他下巴的鬍子怎麼不見了？是被狗爪抓掉了嗎？

為什麼馬克會在這裡？他死了嗎？他要被狗吃掉了嗎？是誰……誰要被吃掉了？要被吃掉了要被吃掉了被吃掉了被吃掉了被吃掉了被吃掉了。

我充滿害怕地大聲喊叫，夢就醒了。

我一身冷汗涔涔。

不能再這樣下去了，如果繼續作這樣的噩夢，我一定會發瘋。就算沒有發瘋，我早晚一定也會把大賣場的工作弄丟，畢竟我已經失去了超商夜班的兼職收入，要是再弄丟賣場工作，我就什麼都沒有了。

我將一無所有。

絕對不能讓這種事情發生，我無法允許，我不能忍受看到自己變成這樣……我總在小酒吧裡，醉醺醺地向女酒保述說我的苦惱。

如果我再沒有其他的工作收入，光靠大賣場的微薄薪水，根本無法在盆城裡過活。如果沒有充裕的錢，甚至可能，我連偶爾上酒吧喝酒解悶的小小娛樂也將失去。嚴峻的經濟情況，不能容許我擁有額外的消遣娛樂活動。

又過了幾個不眠的夜晚，我突然心頭湧現奇想。

彷彿……靈光一現。

俗話說夢由心生，我之所以會不斷作噩夢，肯定是因為看到那隻吃人的黑狗，精神衝擊過大，才會導致我心神不寧。

如果說……我能去那一個名叫「蒙大江」的家中看一看呢？

當然，那隻黑狗早就不在那裡了。依照盆城政府的正常行政程序，對於無主犬隻的處理，應該早就把牠送到附近的動物收容所。

或許，當我去那個家中看一看，發現黑狗確實不在了，也沒有任何屍體，或許……或許我會比較安心一點，不會再胡思亂想。

我想要……親自瞧一瞧那名叫「蒙大江」的家。

這時候，我才發現自己心裡，原來一直盼望著，想去他家看看。

我對於他居住的公寓，抱持著強烈的興趣。

如果……他真的就是報上記載的詐欺犯……我噩夢中的狗，彷彿就像是他的化身。詐欺犯吃著他人的血肉，最後自己也被啃食。

究竟怎樣的人，才有膽子去騙取別人辛苦賺來的錢？就算只是同姓名的巧合，我也無法忍耐越來越膨脹的好奇心，想要一探究竟。

不法收入將近上億。

我回想起報導所說的詐騙金額，是一位名叫「蒙大江」的人，率領集團成員欺詐他人所得的金錢數量。

不如去看看吧。

偷跑進他家，看看他究竟是何方神聖。

也許……他真的是那一名在逃的嫌犯，也許我……

……我還能湊巧找到他藏錢之處。

因為，他既然刻意住在破爛的公寓裡，肯定是為了掩人耳目，而愚笨的警方還沒有追查到這一層關係，只是把他當作普通的獨居老人。

如果，房間裡有什麼祕藏的保險箱，憑我之前在鎖店打工的經驗……

當這個異想天開的念頭無聲無息浮現，像一條渾身冰冷的小蛇，鑽入我多日失眠而糾結的心中，我嚇了一跳。

有何不可呢？所有人都如此假惺惺，不願睜開眼睛好好端詳這世界發生什麼事……這個世界，一切都是狗屎。

對呀，沒錯！所有人都披著一層人皮，偽裝成人類，做著人模人樣的動作。但我很清楚，那些人皮裡面的東西早就腐爛了，爛到發出噁心的酸腐味道。長期失眠而緊繃的腦袋，像是不停加壓的蒸氣鍋，轟轟隆隆地鼓譟著。

馬克憑什麼趾高氣昂呢？難道，他真的認為只要生來一張好臉蛋，就能四處吃得開？在裝瓶廠受傷後，我卻只能領到微薄的醫療保險金，右腳神經劇痛的後遺症，讓我經常要吞藥丸止痛。

只發了一封簡訊，便叫我明天不用來上班的超商店長。

斤斤計較每個月電費多寡的女房東，敲門催繳房租時，總是斜著眼睛瞪著我……

你們──你們！憑什麼用那種眼睛看我？

我知道你們在想什麼。

每個人說穿了，不過都是在隨便過活，每個人都在作假。

我為什麼需要壓抑呢？我才是真正知道「活著」是怎麼一回事的人。

我的痛苦，本來就是那群騙子、惡人的過錯，要不是我那個笨蛋父親做了那種蠢事，我今天會這麼倒楣嗎？

就算以「倒楣」來解釋自己的境遇，我也無法原諒促成此事的罪魁禍首，那些可惡的詐騙集團！我會落到今天的地步，是誰造成的呢？如果……如果……假設而已……能取回一些……

本屬於我的東西……也不為過吧？反正那全都是不義之財。

我越想越氣，也越來越理直氣壯，耳朵燙紅得難以忍受。

4

這一天，我再度向賣場的主管請病假，撒謊自己高燒不退，雖然從電話中聽得出主管不悅的語氣，但他仍然是准許了我的病假。

騎著機車，我來到封閉的餐宴大樓附近。

望了望矗立於街角的那棟圓柱形廢樓，廢樓的外表鑲貼著看起來造型時尚的彩色磁磚。但因為年久失修，原先應該很亮麗的磁磚光澤，早已蒙上一層層油黑髒污的泥垢。可見盆城裡的空氣品質有多麼糟糕，每天從汽機車排放出的廢氣，真是異常恐怖。

凝視著廢樓，我始終抿著嘴唇，皺著眉。霎時，我突然意識到，自己好像正擺出馬克慣常出現的表情一樣，滿臉不屑。

老公寓的管理並不嚴格，雖然門口設置一座狹小的警衛亭，但看起來似乎只是一間堆滿雜物的小倉庫，並沒有任何保全人員在警衛亭內控管出入。

我戴著一頂棒球帽，躲在街角，不動聲色地觀察周遭，盡量不要太引人注目。

半小時過後，有一位男住戶拿出鑰匙打開灰色的大鐵門，我便拉低帽沿立刻跟上，一手托住即將闔上的鐵門。

「忘記帶鑰匙了。」我向男住戶微笑，對方似乎也認為我是同棟大樓的住戶，朝我和善地點點頭。

進了門之後，我假裝拿著背袋翻找東西，等待那名男住戶先行搭電梯離開，我才深深呼吸了一口氣。

我捨棄設有監視器的電梯，反而轉身踏上側邊的樓梯間，腳步輕盈，來到位於三樓的公寓。

我要闖入的公寓位在樓梯右側的方位，我觀察了一下大門的鎖，那是非常舊式的喇叭鎖，很容易撬開。

我從口袋裡拿出一張公車悠遊卡插入門縫，小心翼翼的上下掰動，不費吹灰之力，「喀嗒」一聲就順利開啟，進去之後，我便順手鎖起了門。

房內一片灰灰暗暗，我摸索著燈光的開關，雙手似乎翻倒了一些物品，才總算打開了燈光。

本來以為他家是敗絮其外金玉其內，裡面肯定富麗堂皇，或者會藏有什麼保險箱之類的櫥櫃。結果……我大失所望。

公寓格局如同外表一樣，很寒酸。

一個老舊的鐵櫃子，一張床，一個舊的木椅子，一個看起來像是新買的塑膠椅，地上擺了一個翻倒的空狗碗，牆角堆了好幾袋廢棄紙板和寶特瓶，就是僅有的擺設了。

兩邊的牆壁都堆滿了發黃的報紙，用紅色的塑膠細繩捆綁起來，一疊疊凌亂堆放，看起來似乎是要拿去回收換錢。

房間的長寬大概只有六坪左右而已，房內有一扇門通往廁所兼作浴室，空間也非常窄小，瀰漫著一股陳年不散的水霉味。

屋裡的屍體當然早就被搬走了，我回想當初從廢棄大樓窗戶的角度看過來，屍體可能陳列的方位。那個位置如今空無一物，前方便是暗藍色的窗簾，掩蓋住一扇玻璃落地窗。

我拉開窗簾與玻璃門，當時從廢棄大樓望見的小陽台便出現於眼前。

陽台的表面浮貼著濁黃色的磁磚，陽台空間大約有三公尺寬，有一邊的角落放置了三個小型盆栽，植物早已枯黃，地上散落了好幾片蜷縮的黑色葉子，不知道是什麼品種。因為小盆栽被陽台欄杆擋住視線，所以我從對面廢樓的窗戶才沒有看到。

陽台另一端，則是當時屍體雙腳擺放的位置，以及黑狗蹲坐的地方。

地上還有一層髒汙的黑漬，但是跟當時目擊的現場比起來，似乎乾淨很多，不知道是誰清理過？

不過，無論是屍體或者狗，都已經不在了。

本來，闖入這間房屋，是想要讓自己安心一點，但是現在看到這種空蕩蕩的景象，我卻有一點失望。

應該說，是非常失望。

毫無疑問，這間房子絕對不會是詐騙集團主嫌居住的地方。

我不認為有哪一個詐欺犯，生前會甘願住在這種簡陋破爛的公寓。

看來只是同名同姓的巧合而已。

我的心情像洩了氣的皮球，大失所望。我回想起報紙上記載死去老人的年齡，七十一歲，年紀真老，卻還要回收寶特瓶與廢報紙來賺錢，看起來，他的確是個可憐的獨居老人。

我嘆了一口氣，轉身回到屋內，插著腰，不知道要做什麼才好。牆邊有一個鐵鏽斑斑的大櫥櫃，我便隨手打開。

抽屜裡面，有三張電費通知與租屋欠款單，幾份舊報紙，求職廣告單，幾包空藥袋。底層容量最大的長型抽屜，疊著五顏六色的廣告宣傳單，底下則有一份人壽保險契約書的登記資料。

在鐵櫃側邊，塞著一支兩公尺高的木牌，牌面寫著「明雄建設，花園別墅五千萬起，捷運方便……」的字樣，牌面背景則是一棟美輪美奐的高樓大廈景觀。看起來，這是大型廣告「T字牌」看板。

這種T字牌，是城內的建設公司委託「舉牌人」在鬧市路邊站著，手持T字牌，或者是用「A型板」架放在人行道上，為建案做宣傳，藉由牌面上的箭頭指標，指引銷售中心的方位與地點。

看起來，這房間的主人，也從事著路邊舉牌人的工作吧……這工作很辛苦。之前有段時間，我還沒找到兼差的打工，便硬著頭皮跑去朋友介紹的派報社，做起了一周兩天的舉牌工作。

這份工作要忍受風吹日曬，但我更怕被以前的熟人認出自己，總是戴著口罩遮遮掩掩。不過，這T字牌竟然被這老人拿回家，這可不好，如果弄丟了牌子，可是會被派報社罰錢。但是，老人如今已經……就算被要求賠錢，也無所謂了。我苦笑著。

這時，我才看到大鐵櫃的底部附近，橫放著一個塑膠相框。

這一個相框，似乎就是我剛才尋找電燈開關時，不小心被我的手掌揮落的物品。

我把相框拿起來，重新擺放回應該是它本來位置的鐵櫃上面。

相框內的相片看起來很新，出於好奇，我抽出相片仔細觀察，撫摸著相片紙的感覺，應該是最近拍攝的照片，裡面是兩個人的合照。

相片背景是附近公園，頭髮花白的老人，笑容堆高，左手親密攬著年約四、五十歲的黃臉婦人。

婦人的臉龐雖然鬆垮，但能從逐漸走樣的輪廓中，感受到她年輕時代肯定長相不俗。

相片中的男人，應該就是蒙大江吧？

我還是頭一次看到他的長相，生前的長相。

我特別觀察起他的雙腳，穿著西裝褲與黑皮鞋的雙腳很長，他的身材瘦瘦高高。

相片中一同合影的那名婦人，是他的女兒嗎？看起來，蒙大江似乎不是一名形單影隻的獨居老人。

這時，後方的房門陡然傳來異樣聲響，彷彿金屬碰撞的音質。

「喀啦」一聲，門打開了。

我詫異萬分，幾乎腿軟。

打開房門的人，該不會是老人的朋友？或者是……警察來進行調查？

我瞇著眼睛，朝房門看去，一顆心七上八下。

沒想到開門者也嚇得雙眼睜大，嘴角僵硬，拿鑰匙的右手懸在半空。

「你……是誰？」對方向我問話。

我認出發話者，就是照片中風韻猶存的婦人。

我完了。

死定了。

不管她是蒙大江的什麼人，她肯定會打電話叫警察。

我該怎麼辦？該怎麼辦？擅闖民宅的罪，會有多嚴重呢？我膽顫心驚，感覺心臟快速跳動，似乎即將從胸口彈出來。

面色不善的婦人繼續向我詰問，為什麼我會出現在這個房間中。

我插在口袋中的雙手僵硬，舌頭打結。

「這家主人不是死了嗎？爺爺……我記得爺爺有養狗……」

「狗？」臉色陰沉的婦人無法理解我在說什麼，沉吟片刻。

「因為……我很愛狗呀，所以我一聽到爺爺死了，我就想，該不會小狗沒人照顧。」

「爺爺？你跟蒙老很熟嗎？」

「蒙老？哦，對，蒙爺爺經常在附近散步，也會在公園裡遛狗，因為我很喜歡狗，所以常常跟蒙爺爺一起閒聊養狗的事情。」

「嗯，但是……」

「阿姨又是誰呢？」我渾身冒汗，謊話實在編不下去了，我連忙打斷對方。

「我嗎……我……呵呵，我是政府社會局派遣的服務社工啦，負責照顧這個社區的獨居老人，也常常來拜訪蒙老……」

沒想到我一問起婦人身分，對方竟然比我還緊張心虛，肩膀不由自主晃動起來。

「喔，這樣啊……」

機不可失，我隨口嘟噥了幾句客套話，趁著對方不注意，便側身閃開婦人，朝門外溜走，頭也不回地跑下樓梯。

拔足離開前，我往後一瞥，婦人還傻傻站在原地，搞不清楚發生了什麼事情。

我氣喘吁吁不斷地奔跑。

我一路奔至馬路對面的廢棄大樓，從廢樓側邊的小門進入。

進了門，右腳痛得讓我不得不蹲下身體，吞了一顆止痛藥丸，不停喘氣。

這時，我才發現口袋鼓滿了東西。

原來剛才一慌張，把東西都塞進去了。

我用汗濕的雙手掏出口袋裡的東西，有相片、求職廣告、保單、以及幾張電費通知文件。

我吐吐舌頭，得趕快把這些東西丟掉才行。

我朝鄰近的一間男生廁所走過去。

再度來到這一間被棄置的樓房，讓我渾身戰慄了起來。

黑沉沉的通道之間，散發著一股揮之不去的塵霉氣味，低矮的天花板滲露著黏膩的水滴。來到廁所裡面，我總算把口袋裡的東西，全部丟進好幾年沒清的垃圾筒，這時候，身旁竟傳出一陣急促的鈴聲。

「叮咚！叮咚！」

我嚇了一大跳，左右張望，才發現聲音來自我的上衣口袋。我的手機接收到一則簡訊，發出了提示音。

我打開手機，螢幕上顯示是馬克傳來的簡訊：

「薪水還沒給你吧？但我也沒錢付你，反正我不會回工作室了，乾脆我留在工作室的東西都送你，算是工資。拜拜。」

這算什麼，耍人啊！我不知不覺怒吼了起來。

混帳馬克！

陰暗的廁所空間中，空氣裡腐敗的臭味越來越嗆烈。我望著手機螢幕上的文字訊息，咳嗽幾聲，朝旁邊的地下啐吐了一口痰。

望著髒兮兮的鏡子，我整理好凌亂的頭髮，才踱步離開。

5

隔天回想起這趟祕密的行程，簡直窩囊透頂，讓我心情很惡劣。名叫「蒙大江」的老人，顯然絕非報紙上通緝的詐騙集團成員，婦人突然闖入房中，差點讓我就要在警局裡過夜，真是倒楣透頂。

我回想著昨天的行程，同時也從釉光攝影工作室走了出來。

儘管很不情願，但我還是在下班之後，跑到了釉光藝術工作室的門口櫃台，向員工詢問馬克留下來的東西。

「就這一箱，反正也沒什麼值錢的東西，你拿去丟垃圾桶也ＯＫ。對了，之後要是有馬克的消息，記得通知我們。」說話有鼻音的櫃台總機小姐，從通道側邊的倉庫室，拿來一個小紙箱給我。

我本來以為，馬克要送給我他的ＤＶ攝影機，或是什麼可以換錢的東西，結果箱子塞滿一堆不值錢的雜物。有幾本講述經濟學的通俗書籍，封皮都翻爛了，一個轉印著日本浮世繪的咖啡杯，確實很有馬克的浮誇品味，筆筒、A４資料夾、木雕刀、一袋裝著原子筆之類文具的絨布包，還有……一尊木製笑臉娃娃。

那是一尊手工雕刻的木娃娃，馬克在大學時代親手製作的木雕玩具，我曾經在馬克的車上看過。

真的是一尊栩栩如生、小巧精緻的木娃娃，笑臉的刻紋自然生動，瞇起來的雙眼充滿童趣。木娃娃類似不倒翁的構造，捧在手掌上便會東搖西晃，可愛極了。如果馬克不去做那些投機取巧的事業，而是繼續磨練自己的木雕技藝，應該能有一番成就吧。

我從木娃娃的歡愉表情中，望見了馬克曾經燃燒過的夢想與熱情。

但他放棄了。

他一走了之，拋下了他的木娃娃，拋下了他曾經拿在手上的木雕刀，冷淡的臉龐一副無所謂。

「狗屎的世界！」

我的耳畔似乎又響起他經常掛在嘴邊的口頭禪。

不過，為什麼馬克還要特別傳簡訊給我，要將這些他不要的東西留給我呢？

我搖搖頭，實在搞不清楚。畢竟，我跟馬克雖然認識，不過關係也不算太好。也許，他對於自己積欠工資的行為，感到很良心不安吧，所以，才想做一些彌補……

陷入胡思亂想的時候，我驟然憶起當時出現在房中的婦人臉龐。那位婦人，她也是想彌補什麼，才會回到主人已死去的房間嗎？

等等……不對。

突然之間，我發現婦人的現身，很不合邏輯。

婦人認識老人，是很正常的事情，畢竟她與老人合照過，說明兩人之間有某種程度的親密關係。但是，為何老人死亡之後，她還要回來？

她說自己是政府社會局派來的社工，但社工怎麼會有公寓鑰匙？

並且，我開始疑惑，像「蒙大江」這樣稀少的姓氏，兩個人真的只是同名同姓的湊巧？

如果，「蒙大江」真的就是那名死在家中的老人姓名，但那名老人卻不是騙走近億金錢的詐欺犯「蒙大江」？倏地靈光一閃，我有了奇異的想法。

我回憶起那張丟在廢棄大樓的求職廣告單，上頭畫滿記號……我霎時頓悟。

那張畫滿記號的廣告單上，圈起來的欄位，有應徵清潔工，也有廣告派發員等等工作，但唯一的共通點便是歡迎無經驗者、高齡者，甚至有幾欄寫著面試成功便會馬上領薪。

謎底揭曉。

天底下無白吃的飯，這些廣告說穿了都是「應徵詐欺」。

面試時，對方會用各種理由向應徵者收取一筆保證金，若應徵者無油水可撈，便藉機收取應徵者的身分證，再給點小錢打發對方，之後便避不見面。

蒙大江根本不是詐騙集團的成員，他的名字只是被盜用了。老人的身分證可能意外被騙走，結果流入黑市，最後才來到詐騙集團手中，成為他們偽造身分的擋箭牌。警方早就先一步查出集團成員利用假造的人頭帳戶，所以才不認為心臟病發而死的老人是集團成員之一。

老人的生活想必很困苦，為了找工作，才會被欺騙，讓自己的身分證被犯罪者利用。從大鐵櫃側邊的售屋廣告T字牌來猜測，他唯一找到的工作，可能是站在街角，拿售屋塑膠板當活廣告。當舉牌人，只會在周末六日工作，門檻很低，不論是遊民，或者臨時失業需要賺個外快，都會被派報社錄用。

我也看過一些來自康復之家的收容者，半邊臉頰都是恐怖的燒傷痕跡，用白色棉布遮掩住，但只要肢體障礙不會妨礙到舉牌工作，也能被分派工作。

我做過這種工作。站個一天八小時，只能賺個八百元。

我當時的同事，大多都是中年的大叔，因為各自擁有不同的理由，而抬起腳步，魚貫抵達位於小巷弄深處的沒有招牌的派報社，等待一輛大貨車來接我們，然後在不同的站崗路口放人下車。

在街上站整天，腳傷痛到讓我彎腰駝背，猛吞藥丸。但這不是最慘的事情，我聽過某位同事的糟糕經驗：他站了半天，結果尿意累積，交接工作的人始終不見蹤影，附近沒加油站、速食店可供解決尿急，實在忍不住了，他只好偷偷摸摸慢步到人行樹畔，趁沒人路過時，解開褲襠。

聽聞這個經驗，身邊的同事都揚起嘴角，哈哈大笑，他們曬傷的紅褐色粗糙臉頰，拉扯起無數的皺紋。這時，我卻表情僵硬。

想像著，在車水馬龍的街上，一個大男人尷尬低頭，在廣告牌的遮掩下，用手拉開褲頭拉鍊。樹木的陰影裡，靜靜流淌著一灘泡黃液體……在眾目睽睽、人來人往的馬路邊。

那名孤獨死去的老人，是否也經歷過什麼不堪回首的事情？

在寂寞的日子裡，身邊的黑狗，可能便是僅存的依靠與安慰了吧。

先前，曾經聽馬克談論過，那條黑狗，會被市區內的動物收容所暫時收養。若經過一段時間，黑狗仍然無人願意認養，便會被安樂死。這就是盆城對待無主犬隻的正常處理程序。

應該不會有人願意認養牠，畢竟事實是，牠曾經吃過人……

我愣愣地想像著，關於老人與黑狗生前可能遭遇的命運。

是不是，有某一天，我也會變得如此悽慘呢？

——沒什麼留給你了……父親彷彿又在耳畔說話，吹吐著臭味不堪的酒氣。

無依無靠的生活，只能倚靠自己。

是呀，生命就是這樣了。

每個人都在努力存活，就算是撿拾他人的剩菜殘羹，也要無視羞恥，忍耐吞下。

就算是一個人，也要奮力過活。

一個人……

我突然回過神。

不是一個人。

是呀，不是一個人，怎麼忘了這件事呢？

我想起了那張相片。沒錯，不是一個人。

心中驀然升起了一個冰冷的念頭，像是一尾蛇滑過腳邊的念頭……我嘴角微揚，閉眼思考……

這時，我聽到了，從對面的空間中，傳來了那個聲音。

那個聲音，告訴我，要為了自己而活。略偏高亢的柔緩音質，像是與親愛的朋友對話的氛圍，囁嚅回響在奇妙的空間中。

啊啊！我懂了。

我彷彿在混沌中看見了前方的路，我的未來……

我返回那棟廢棄的餐宴大樓，從廁所的垃圾桶裡，捏出被我丟掉的紙團。

接著，我拿著照片，回到了舊公寓，假裝成一名保險公司的調查員，向舊公寓二樓的住戶詢問，要來調查老人意外死亡的案件。

二樓的住戶似乎是一名神經質的女子，先將鐵門用鍊子拴住，再隔著一道小小門縫對我說話，連大門都不願意打開。

我將照片遞進大門縫隙，不久之後，對方將照片遞還給我。

幸好這名住戶雖然神經質，但是顯然很八卦同棟樓層的住戶生活。女住戶向我證實，老人沒親人，那名婦人確實住在蒙大江的公寓裡，不過身分並非社工，而是他的女友，是他前幾個月剛認識的人。

聆聽著女子似乎很精細的敘述，我不禁想像起來，也許她經常在半夜偷偷將門縫打開，悄悄窺視樓梯間有誰出沒。

我將照片從門縫裡收回來，十分有禮地向女子鞠躬道謝。

我心中的疑惑終於解開，難怪房裡有兩把椅子，一新一舊。

我在照片後面寫了幾行字，上了三樓，將照片偷偷塞進老人房間的門下。

這天夜裡，夢中惡寒，我又夢到了狗，但這一次……

我夢見自己變成了一條狗。

我是狗。

我走在人聲鼎沸的街道，我的下腹部傳來難以忍受的直覺，我緩緩抬起右腳，卑賤地低頭撒尿，溫熱的尿液逐漸流過人行道、水溝、甚至是斑馬線……所有的路人都看見了，甚至還有人淺淺訕笑。

一陣驚慌失措，我嗚嗚低鳴數聲，夾著尾巴拔腿逃跑。但，無論怎麼跑，我都在迷宮般的城市街道四處打轉，前方永遠有出不去的死胡同，高牆環繞，怎麼逃都逃不出去。我無比疲累，以及飢餓……好餓……好餓喔……

我張開嘴……

6

約定地點，是舊公寓旁的小巷弄。

我站在街道監視器拍不到的隱密死角，天氣極熱，炎夏太陽映射在路口反光鏡上的白光，讓人眼花撩亂。

今天是工作天，我連請假都沒有向主管報備，便直接蹺了班。

我騎著機車跨越河面上的橫水大橋，來到了城內，駐足等候在國宅舊公寓旁。

等了一小時，婦人來了，一見到我，便是破口大罵。

「臭小子！」

「小聲點，被別人聽到可不好……我先說一句話，妳聽好了……我知道妳的目的。」我聽到我的嘴裡自動發出冷漠、慢條斯理的音調。

「哦？」

「之前妳說自己是社工，但我調查過，你其實是他女朋友吧！為什麼騙我？」

「……」

「妳為了詐領保險金，才跟在蒙爺爺身邊吧？這手段很常見，只要跟在獨居老人的身邊，對他說好話，替他煮飯，多點耐心，哄他在保險受益人欄位填上妳的名字，應該不難。不過，在保險實務的審核上，應該會很嚴格要求跟被保險人具有直系血親或者是配偶的身分，要不然人壽保險應該很難被審核通過，所以我猜，妳應該也欺騙蒙爺爺進行了結婚登記吧？所以妳才能在保單上填寫名字，這是結婚詐欺喔。」

「你在……胡言亂語什麼！」

「還有，我看蒙爺爺的死因不太單純喔，鐵櫃裡的藥袋為什麼沒有藥丸了呢？」

「你……要怎樣？」

「鄭……我看看……妳叫鄭妙如吧？鄭大姊，如果要拿回人壽保險書，需要一點錢當作代價。我只要求……三百萬應該不過分啦，畢竟根據這個資料，妳至少可以拿到四百多萬的錢……」我在她面前揮舞一張紙，是那份保險契約書。

「我……」婦人鐵青臉。

「說話呀！」我將契約書放回口袋，立即從另一邊的口袋掏出小刀，「妳這個大騙子！」我怒目瞪視，舉高刀子。

電線桿後方，突然衝出一個穿短袖花襯衫的男人，二話不說，便舉起雙手向我揮拳。我嚇了一跳。

隨即，我與對方陷入了混亂的扭打。

我丟開了契約書，拿著小刀慌張舞動，刀尖傳來陷入某種柔軟物體的感覺。

「啊啊！」男人一臉蒼白，摀著肚子尖叫，表情扭曲痛苦。

雖然我有些慌張，但我一見到那名衝出來的男人被我刺中肚子，我就覺得有些安心，看起來他的行動力瞬間下降了許多。

該怎麼辦呢？現在該怎麼辦？

我望著眼前痛苦哀號的男人。

我必須保護好自己。

我覺得，只刺一刀應該不太保險。

我反手拿刀，斜蹲著身，持刀往他的大腿猛戳了好幾下。

我猜測小刀應該割到了動脈，因為血液濺灑的力道很猛烈，噴射到我臉頰上都有點刺痛。長度約十多公分的長形刀刃，本來的功用是拿來切割木頭，再怎麼堅硬的原木，都會被這把刀削切成薄屑。可想而知，使用在人類的脆弱肉體上面，會更加容易。

男子趴在地上哀號，往旁邊掙扎爬去，他的花襯衫在扭打過程中往上掀開，露出了一片黝黑的背部。

我將小刀轉正，對準赤裸的背部，手舉高用力砍下去，不停地砍，不停地砍。感覺……感覺好像在切豬排？莫名其妙，真是莫名其妙的印象，我眼前突然浮現了之前在那棟廢樓裡，看到的廢棄的砧板。在那片木製砧板上，應該也被切剁過許多不同的食物吧……就如同現在趴躺在地上的男子，正在被我用刀切砍一樣。就像……切豬排？

當然，我沒有親手切過豬排，我對於廚藝也不是很在行，只是曾經在夜市裡，看過小吃攤販用寬板的剁刀切豬排來賣，或者是切著雞排。當然，剁刀與木雕刀的大小絕對截然不同……所以，我只是想像，如果我也拿一把剁刀來切豬排，大致上可能是這種觸感嗎？

但是，用砍的方式，讓我的手有些痠。而且因為刀身細長，砍在男子背部容易滑掉……

果然還是要用刺的姿勢，比較省力。

我再度將小刀轉反，用戳刺的方式往男子背部下刀。

我用很俐落的姿勢舉起刀，往下刺，血花濺了起來。

原本是木雕用的銳利刀刃，用來貫穿人體肌膚，似乎也不會太費力。

一邊想著這種瑣碎的小事情，我的手一邊自動地揮舞著。

再一次，往下刺，血濺起來。

再一次，往下刺，血濺了起來。

猝不及防，我的肩膀被撞到，雖然力量不大，我仍然重心不穩往後跌倒。

原來是婦人前來解救男子，雙手用力捶撞我的肩膀。

她猶如驚弓之鳥，扶著不停流血的男子，往巷口逃去。

我穩住有點暈眩的腦袋。

可惡。

詐欺犯們，通常一人動手，其他人把風，沒想到我竟忘了這點。我大聲咒罵，沿著血跡追去，才跑幾步，右腳又不爭氣的痛起來，我掏出藥罐，但罐中空無一物。腳好痛……右腳的舊傷似乎再度復發，只能一跛一跛往前追去……我痛到嘴唇發抖，隨手便將藥罐子砸到地上。

婦人與受傷的男子雖然跑得快，但地上鮮紅的血漬標示了路徑，看來男子受傷不輕。要不要繼續追？我喘著氣詢問自己。

要，一定要。因為我的臉被看到了。

雖然沒什麼大不了，但我還是感覺擔心。

要是之後警方或他們的同夥人找上門來，難保不會有危險。而且我的目標還沒達成，若轉頭離開，只是半途而廢。總是一事無成的我，難道這件事也要無疾而終？我真的這麼沒用？

我才不是沒用的傢伙！

儘管腳痛，我還是繼續往前追逐。

大街上，沒有任何車子經過，也沒有路人，只有一台壞掉的紅綠燈不規則閃爍著黃色燈光，這個地方感覺好荒涼，好像全世界只剩下我一個人。

小刀的棕黑色木柄濕淋淋，紅色的液體流到手上的觸感很燙，而且很黏，右手和刀柄好像再也分不開了……我循著血漬，來到了舊公寓對面的廢棄餐宴大樓。

我不用急，因為他們竟然糊里糊塗跑進了廢樓，從側邊門內逃進去。小門原先有貼上黃色的警告封條，但上次與馬克偷偷闖入的時候，封條早就被馬克一手撕掉。

他們的逃跑路線，真是非常錯誤。

那裡是我的地盤，我跟馬克早就在裡頭逛過一圈，對於樓層間錯綜複雜的構造很熟悉。這棟廢樓裡，每一層樓房的格局都不太相同，鼠灰色的巨大塑膠夾板分隔出來的空間有大有小，通道也左彎右拐。

只要抓到他們，再拿樓內的廢棄麻繩捆綁兩人，也許他們就會乖乖聽話？

我想起以前看黑道電影裡，黑幫分子經常使用的某些殘忍的逼供手法，儘管血腥野蠻，但是好像可以……來試試？

我不知道我有沒有勇氣這麼做，但是……既然電影裡都是這樣演，也許也是有道理的。

例如，切掉一兩根手指頭，或者先把腳筋挑斷。

反正，先抓到他們之後再說，至於要用什麼方式逼供，可以再想一想。

我正打算進去的時候，眼前突然閃現一片白花花的光線……

驚訝中，我後退了一步。

啊啊啊，有人在看我！

頸背竄滑過了一陣冷汗，我害怕地抬頭，廢樓的灰牆上，橫列著一排排玻璃窗戶。

原來剛才閃爍的白光，是玻璃反射的陽光。

高聳樓牆上幾十片白花花的玻璃窗，好像張開一雙雙眼睛。水泥色的大樓彷彿一隻巨大的生物，正在俯瞰著我。

嘿、嘿嘿。

沒錯，我知道那不是眼睛，只是窗子，是窗子。

我吞吞口水，用左手擦著滑落眼皮的脂汗。

沒人在看。

當我握緊刀柄，推開小門，跨進廢棄大樓的那一瞬間……

我才明白了一切。

原來如此。

在那一刻，我才終於想通，我為什麼害怕那隻黑狗。

先前在噩夢裡，土堆中腫脹紫黑的人臉，沒有鬍子，所以他不是馬克，也不是任何人的臉孔，那是……

——我的臉。

我……我不能被吃掉！

黑暗中「咿啞」一聲，門關上，一陣難聞噁心的腐臭味迎面撲來。

我舉起銳齒般的刀尖，往前方邁進。

——〈夢魘犬〉故事完

II、秋之章：惡鬼

1

叭～～叭～～

刺耳的汽車喇叭聲，尖銳響起，驀然戳破了盆城街道上的平凡夜幕。

站立在斑馬線側端、等待紅綠燈的中年男人，冷不防被一名從對街硬闖紅燈的女子迎頭撞上。男人滑落了手中的超商袋子，瞪著眼，滿臉詫異。

「小姐！妳這樣很危險……啊，妳流血了！」一名婦人驚聲喊叫。

中年男子身旁，一位同樣在等紅綠燈的婦人，則抓緊肩上的米黃色格紋圍巾，正想要責備擅闖紅燈女子的行為，卻看到那位莽撞女子摔倒在地，不禁出聲關心。

孟晴癱坐在地，刀切般的痛楚直傳腦門。

她強忍暈眩，抬起了左手，才瞧見摔跤絆倒時，手掌意外被人行道變電箱的鐵蓋割傷，一道約五公分長的傷口正汩汩淌血。暈黃路燈的照射下，不斷滲流的血液，映閃著瑩黑色的亮光。

她雙眼眨動，痛得要哭出來。

但她無法容許自己分心於流淚——這種沒有意義、毫無價值的動作——更沒空理會路過婦女的叫喊。

她右手按壓傷口，急急忙忙環望四周。方才一路緊握的橘色手提包，因她跌衝的力道過猛，被甩丟在人行道的垃圾桶旁。

孟晴跛著腳走向垃圾桶，抱住了頗為沉重的手提包，便繼續舉足，往前奔跑。

——我要趕快、趕快跑！

跑，不停地跑，宛如燃燒生命般義無反顧，來自內心深處的強烈指令，驅策她的步伐踏前。穿著湛藍套裝的奔逐女子，如同一抹藍色的火焰，滾動在寒冷黯夜的街角。

凌亂的髮絲在凜冽寒風中纏繞打結，暮秋十月的冷空氣颳得她臉頰腫紅，她不禁牙齒打顫，僵硬的手腳關節也痛楚徹骨。女子面容憔悴，瀕臨崩潰邊緣，張牙舞爪的恐懼感，正毫不留情地撕裂她的靈魂。

但前方的路人們都面無表情，對剛才路口險險釀生重大車禍的意外，漠不關心。

遛狗大嬸一邊講手機、一邊吆喝臘腸狗別亂舔地上殘渣，公園前幾名國中學生正在玩PSP遊戲機，情侶依偎在對方懷中說悄悄話，任何人都沒有注意到身旁躁急不安、彷彿正捨命奔馳的怪異女子——所謂平凡的城市，便是每個人都埋首於自我的世界，安安分分護衛著各自位置，嚴守彼此城池的界線。

秩序來自於冷漠，是盆城不成文的禮貌，在視而不見的潛規則馴化下，每人只要專心扮演適當的角色，便足夠了。

至於當下，孟晴的角色則是一名母親，一名悲傷痛苦的母親。

——小瑜，別怕，別怕喔，媽媽來了，媽媽來救妳了！

李孟晴得知唯一的女兒鍾筱瑜被歹徒綁架，是在半小時前。

*

這一天，李孟晴在一手經營的「Perfume City」聯合衛生清潔公司的辦公室加班，獨自結算帳簿，很晚才搭計程車返家。

搭車時，她霎時心頭微顫，眼皮直跳，似乎有什麼詭異的預感。

通常這時候，謝保母應當已經從特殊教育幼兒園中接走小瑜，並和她一同回到家中了。孟晴向來信任這名保母，她態度誠懇親切，行事也很負責任。最重要的是，這一位保母精通手語，能與五歲的小瑜進行溝通。

小瑜在三年前的夏天，罹患了流行性感冒，病菌由耳咽管爬上中耳腔，竟意外染上了漿液性中耳炎。小孩子就算吵鬧哭喊，也不懂得表達哪裡痛哪兒不舒服，所以錯過了治療的黃金時機。

孟晴剛開始只帶女兒去小兒科門診，小瑜吃藥之後不再發燒，她便安心許多。

不料，過了一個多月之後，小瑜似乎變得格外安靜，不再像先前一樣吵鬧，或者會咿咿呀呀地開口學講話。

這時，她才查覺女兒狀況不對勁，趕緊與丈夫抱她去大醫院做詳細診察。

「人在幼兒期說話，是因為聽到外界的聲音，受到了刺激，才會想要發音、說話，至於你們的女兒……」白袍醫生將視線從螢幕上的檢驗報告移開，注視著桌面另一側的夫妻，然後又將視線移到女子懷中的小孩，「這陣子不再吵鬧，其實是因為聽力受損了，應該是前陣子感冒，病菌引起發炎……」

「什麼？你說……什麼？那麼……該怎麼治療呢？要吃什麼藥才可以好轉？」孟晴著急地說。

「很遺憾，狀況太嚴重，受損的聽力可能無法復原。」

「怎麼會這樣？怎麼……當初不就只是中耳炎而已嗎？對了、對了，應該只要治好中耳炎，聽力就會恢復，應該是這樣吧！」

「其實，看檢查結果，耳膜已經塌陷，中耳腔裡的聽小骨可能已經硬化，這是不可逆的反應，就算治好中耳炎，但是聽力障礙還是會存在，這個檢查結果——」

「對了！對了！就算吃藥不行，也可以動手術吧，動手術應該可以治好，是嗎？只要動手術就可以了！」

「如果已經感染到耳後乳突骨，手術之後的復原機率，其實不高。」

小兒科醫師盡量以平靜的語調，建議也許可以開始讓小女孩接觸手語練習，會讓她及早適應往後的聾啞生活。

孟晴坐在醫院診療室，不可置信，瞪大雙眼。

當她一聽到「聾啞生活」四個字，便掩著臉，撲簌簌落下淚來，一直沉默不語的丈夫鍾日新，則在一旁撫著她的肩膀，低聲安慰。

自責的情緒，反反覆覆啃噬著孟晴脆弱的心靈。

那一陣子，恰巧是她白手起家創建的聯合衛生清潔公司「Perfume City」最忙碌的時日。為了接洽到政府機關委託的投標物件，身為董事的鍾日新、以及總經理的李孟晴卯足心力，拚鬥工作。當最大的案子總算被「Perfume City」所承包，事業正要興旺發達之際，她回過頭來，才訝然發現女兒失去了聽力。

平常普通的感冒病情，竟導致了永遠無法挽回的聽力障礙。

「都是媽媽的錯，媽媽……對不起妳……」診療室裡，孟晴蹲下身，抱著女兒痛哭失聲。

儘管之後，小瑜接受了兩次手術，但始終沒有辦法回復到正常的聽力。

從此，孟晴下定決心，就算犧牲一切，也要守護女兒一輩子。

這一天，無來由的心神不寧，扎刺著孟晴的胸口。她出於本能反應，隨即打電話給謝保母，對方卻沒接。

她越來越擔憂，便催促司機速度加快。

走入公寓大廈的電梯裡，「聖誕老人進城來」的手機鈴聲音樂倏然響起，她看見螢幕上的來電顯示是謝保母，便趕緊接通，但話筒裡的聲音可能因為電梯空間的屏蔽作用，吱吱喳喳模糊作響，只聽到謝保母的聲音斷斷續續，「……幼兒園老師也……不知道……快……」幾個散亂無章的字辭，竄迸在電磁波串流的干擾雜訊之間。

電梯門在三樓打開之前，電話便陡然斷訊。她莽莽撞撞地踩出電梯，兩隻手慌慌忙忙操作手機，想要回撥電話。

還來不及反應，聖誕歌的鈴聲竟然又響了起來，來電顯示是一組陌生的號碼，她毫不猶豫地接起來。

「回公寓了吧？去看信箱，不准報警。」

女聲的尖銳質感在耳膜上磨刮，斷字清晰的語氣，像是兩片金屬彼此互相摩擦的聲音。

「什麼？妳說……」

「嘟——」電話掛斷了。

「喂喂喂！」

孟晴心生不祥，匆匆忙忙打開三樓家門，在四房一廳的家中聲聲呼喚，各處尋覓，竟然沒有女兒和謝保母的蹤影。

若是平常，她們此刻應該坐在電視機前，準時觀賞卡通頻道。

她跑出門，按電梯下樓。但是，已經跑到十一樓的電梯下降速度太慢，她等不及，便從一旁的逃生門衝下樓，氣喘吁吁來到一樓門口，打開她家的信箱。

信箱裡，放置了一個黃色海綿做成的卡通人物玩具，但她明白，這不只是一個玩具，而是一個喇叭。只要按壓它的腹部，就會發出「呱呱呱」的奇妙聲響，是她特地為女兒準備，放在她背包裡，並用手語告訴她只要發生危險，就要用這個喇叭向外界求救。

女兒隨身不離的護身符，現在卻靜靜躺在信箱裡，這代表——

孟晴瞬間腦筋打結，邏輯斷線。

謝保母終於打來電話，事態超乎想像。

謝保母說自己在幼兒園沒有接到小瑜，連園內老師也不知道她何時不見。眾人搜尋了幼兒園許久，最後調閱監視錄影器才看到——一名身穿黑衣、戴帽子口罩的人翻過圍牆，祕密潛入園內，偷偷抱走獨自在溜滑梯旁玩耍的小瑜。

「You better watch out, you better not cry, better not pout……」

輕快的聖誕歌旋律再次奏起，來電螢幕顯示，同樣是那一組陌生的十位數，孟晴舉起顫抖的手指，按下手機通話鍵。

「我女兒呢，是不是在妳那裡？如果妳敢……」

「到捷運站，營建大樓站的廢棄月台，帶一千四百五十六萬，只等半小時。」同樣金屬擦撞般的高亢音調，沒有任何遲疑的平靜語氣。

「妳到底是誰，為什麼……」

「一千四百五十六萬，營建大樓站，不准報警。」對方絲毫不給予解釋與談判的空間，即刻截斷了通訊。

「喂喂！妳……」

孟晴眼前一片空白，像是被人掐住脖子般，將近窒息。她不相信這是真的。方才的電話，像是作夢一樣虛幻，她不會被騙。

她才不會被騙。

她走路搖搖晃晃，搭了電梯返回三樓住所，便一直呆坐在客廳沙發上。

深呼吸一分鐘，兩分鐘，三分鐘……眼前空白的畫面才逐漸恢復正常的視野：房中客廳的壁紙款式，是小瑜喜歡的藍色波浪花樣，前方擺放著27吋的液晶電視，電視櫃排放著小瑜偏愛的海洋生物公仔，公仔櫃子背後鑲嵌的玻璃鏡映射出她——鍾筱瑜的親生母親李孟晴——正穩穩坐在天然皮革製成的高級沙發座椅上，睜大血絲滿布的雙眼，雙手捧著女兒的黃色玩具喇叭。

孟晴咬著下唇，告訴鏡裡的自己，冷靜。

她咬著下唇，嘗到鹹味。

鏡子裡的女子，慘白的雙頰，唇間滲出了紅色。

她告訴自己。

冷靜。

要冷靜。

因為，她唯一的女兒被綁架了。

她要救回女兒。

她轉身走到臥房，打開隱藏在衣櫃裡的保險箱，拿出一把把的鈔票，全數塞進隨身的手提包，快速清點一遍，並將一瓶玻璃罐放入包內，妥善準備好一切之後，她拿著橘色提包快步離去。

為什麼是小瑜？

為什麼要綁架她？

為什麼要傷害這一名無辜天真的孩子？

犯人到底是誰，為什麼要這麼做？

到底到底，為什麼，為什麼為什麼呀……！

數不清的「為什麼」翻騰在孟晴的心裡，像鋒利的尖刃，刨剜她的神經系統，最終倖存的理智好像即將要被連根拔離。但她必須堅強，必須挺起臉龐，必須將淚珠強壓在眼眶裡打轉，因為她的身體內，每一顆細胞都在向她張嘴吶喊：「快走！快走！來不及了！」。

因為一直招呼不到計程車，為了趕時間，她只能在夜晚的馬路上跨足奔跑，刻不容緩。

雲朵低垂著鉛灰色的重量，在城市的摩天大廈之間，擠壓著陰沉的肅穆。在大樓底下豁命奔跑的藍衣女子，一路都被高聳的夜雲冷冷覷視。

舉足狂奔，她總算來到捷運的「營建大樓站」，女子幾近腿軟，手掌上的割傷也疼痛難當。她咬著牙，撇頭注目著捷運站的入口處。

「營建大樓站」屬於地下站型式的捷運月台，必須進入街上的入口處，走下樓梯才能抵達。但現今，亮黃色的警示封條卻將兩個對街的入口團團圍住，鐵閘門拉下的入口處，張貼著許多辱罵政府的標語。事實上，「營建大樓站」已封閉了將近十個多月的時光。

雖然捷運站封閉，卻不會給捷運族帶來太多不便，是因為此站屬於盆城捷運系統中，某一條路線新規畫出來的最終站，使用者尚且不多。

若真要搭乘大眾交通工具，鄰近地點也有眾多公車站可供使用，只要搭公車便足以抵達盆城任意地點。

位於島國北隅的盆城，是一座背山面河的繁華之城，東北方的長形山丘羅列火山地形，西南邊的水系則大致上圍圈出圓弧形的城區。為了因應龐大人口所需的交通運量，盆城的交通設施發展快速，公車路線與捷運系統四通八達。

不過，今年初，一場大事件卻讓盆城的人們頓時成了驚弓之鳥，開始害怕搭乘大眾交通工具。

那時，「營建大樓站」的地下月台被安放爆裂炸彈，爆炸時間是清晨五點三十分左右，距離首班車六點發車還有一段時間。儘管人潮尚未聚集，但爆炸的凶猛衝擊，依然波及了路過民眾，造成了二死三十五傷的流血重大慘劇，捷運線行控中心趕忙啟動災害應變措施，電聯車也停駛此站。慘烈的災禍引發人心惶惶，也讓國內的股市行情劇烈震盪……

從此，營建大樓站關閉了將近十個月。

轟天巨響搖撼了整座城的生活規律，在床榻上安穩熟睡的市民們，都從夢鄉中悚然驚醒。

警方始終查不出犯人身分，有謠傳說是去年殺害「營建署」官員的黑道分子所為，那起案件的幕後黑手尚在逃亡。據傳言，是因為彼此產生回扣利益的金錢糾紛，價錢談不攏，官員才被綁架並撕票。

但是，也有人謠傳，這起爆炸案主謀是某個地下社會運動組織，為了反對政府利用法律漏洞不當徵收土地，強硬進行都市更新，並拆毀了許多居民賴以為生的老宅。幾次街頭抗議不見成效後，這個組織才決定在專門核發土地建案的「營建署」機關門前的捷運站，設置炸彈，想以恐怖攻擊表達強烈的訴求——但這些猜測，僅僅是新聞報紙的推測罷了。

畢竟事件過後，犯人從未現身，也沒有寄信給媒體公關宣揚信念。眾人只是從營建署的地緣關係，以及近來民間對政府機關不滿的心態進行猜想。

爆炸案後，人心惶惶草木皆兵，激進派社運團體、電視節目名嘴、政商名士、朝野立委……紛紛互相指罵譴責、捕風捉影，犯人卻像人間蒸發，無聲無息。警方朝向政治勒索、土地開發的線索調查，卻徒勞無功。因為抓不到犯人，也不能無的放矢，最後城裡的人們齊將炮火對準無能的政府。

當局迫於輿論，為了不引起更大的恐慌，開記者會宣告暫緩都更。儘管明眼人一看，都知道這是當局為了杜絕悠悠眾口，表面上進行的敷衍說詞……

李孟晴望著眼前荒廢的捷運站，腦海回想著數個月前的恐怖事件。她很清楚這件事情。但是，這些事，與她目前的狀況應該毫無關係。

她搖搖頭，制止自己分心。

她根本無暇去思考這些多餘的事情。

此刻，她只想安然救回自己的女兒。

「營建大樓站的月台」，她記得電話裡的聲音這麼說。所以，她必須進去捷運站裡頭。最靠近她的是二號入口，也是當初爆炸受損最嚴重的區域。入口處的天花板和底下牆垣一片倒塌，塌毀的洞口處只有被黃色封條蓋住，因此儘管鐵皮閘門關閉，她仍然可以從毀壞的側牆縫隙偷偷闖入。

通道雖然無光，但街燈從洞口朦朧照入，尚能勉強視物。階梯已經被劫後的土石砂礫掩埋，看得出來當初爆彈威力之強，連水泥鋼梁也能炸開。孟晴突然感覺褲腳被抓住。

她嚇得一跳，低下頭。

原來是一叢叢雜草，寄生在通道的凌亂土堆之間。

植物的繁殖能力真驚人，纏住褲腳的不明物，原來是雜草開出的針狀種籽，她朝褲管拍了拍，便往前走。

她必須往前走，親愛的小瑜，她唯一的女兒，正等待著母親。她必須保護小瑜，否則便無人守護她的存在——小瑜的身邊，只剩下李孟晴這名母親了。

小瑜的父親，去年被孟晴發現與聯合衛生公司裡的會計女員工外遇。雖然正值公司財務困難之際，瀕臨破產邊緣，李孟晴為了與丈夫盡速離婚，仍忍痛支付一大筆錢給他，並且允許他繼續掛名董事，儘管只是空名，但仍然可以分得高額報酬。最後，鍾日新同意簽下離婚書。

想起前夫，孟晴心頭倏然一震。

難不成，這場綁架是他策畫的嗎？她深諳前夫個性，並不是什麼品德高尚的人。兩人離婚後，他仍三不五時跑到她家公寓，大吵大鬧，強索金錢，讓她不堪其擾。幾次報警處理或聲請保護令，也無法遏止他的跟蹤惡行。所幸，在幾個月前，前夫彷彿失蹤了一樣，再也不曾出現在母女倆面前，讓孟晴鬆了一口氣。

該不會，前夫捲土重來，想要綁架自己的女兒，來威脅她？畢竟，前夫也熟悉她之弱點，便是兩人所生的唯一女兒。

與前夫外遇的衛生清潔公司的女員工黃菁菁，雖然在孟晴離婚後，似乎便與她前夫不再往來，不過也仍然在清潔公司裡繼續上班。但孟晴實在無法原諒背叛者，所以在今年初，便藉故找理由開除了她。

會不會，這樁綁架，是她挾怨報復？或者，她轉頭投入前夫懷抱，兩人共同謀畫？

還有，為什麼小瑜被綁走的時候，沒有大聲呼喊，尋求校園內老師的協助呢？小瑜儘管耳聾，但受損的只有聽力，聲帶依然健康無缺，雖然無法說出清楚的字句，但扯開喉嚨呼救並無問題，平常她也常叮嚀女兒要提防陌生人……難道，綁走她的人，不是陌生人，而是熟人嗎？所以，小瑜才絲毫沒有危機感，乖乖與犯人走？

可是，為什麼要選在這座封閉的捷運站交付贖金呢？難道……

以及，對方怎麼知道，她家中的保險箱內，恰巧有一千四百五十六萬的鉅款，可以隨時拿出來？

孟晴腦海千思萬緒，懷疑前夫，或與丈夫偷情的黃菁菁，或者……還有其他可能的對象……？

孟晴踏在闃黯的階梯甬道上，一步一步往下走，回響的跫音敲擊著她的忐忑心坎。

不管如何，她肯定要救回女兒。

她在心中向遠方的女兒呼喊：小瑜，別怕，媽媽為了妳，就算犧牲一切也沒關係。

眼前驟然有火光慘淡閃亮，孟晴胸口一揪緊，便快步跑過去。

隨後，劈哩啪啦響起一連串的爆炸聲，迴盪在幽暗的空間裡。

2

王春生從宿醉中醒來。

他從吧台上抬起頭，頭顱左搖右晃，眼神迷茫。放在桌上的右手，還握著玻璃啤酒杯的把手，玻璃杯上浮印著「Maze Door」的金色字樣。杯中還有一半的啤酒沒有喝完，散發酸氣。

他鬆開手，將啤酒杯放好。

他站起身，跌跌撞撞跑向隔間的廁所，開始稀哩哇啦嘔吐。

走回座位的時候，他仍然感覺頭痛欲裂，像是有許多蟲在腦袋皺褶間鑽跳。他心裡想，若真的有蟲，那麼也只會是無可救藥的酒蟲正在作亂搗蛋。

「我在這裡……睡多久了？」

「這個嘛，從昨天深夜到今天深夜，整整一天了吧。」紮馬尾的紅髮女酒保，遞送了一杯琴酒給吧台對面留平頭的男客人，然後才轉頭回答。

「為什麼不叫醒我？」

「昨晚打烊時，怎麼叫也叫不醒你呀，我想，反正店裡多一隻看門警犬，也不賴。」因王春生是店裡熟客，女酒保便很通融地讓他直接睡在店內，「為了不吵醒你，我還特地不拿走你手中的啤酒杯。真厲害，喝到一半也能睡著。」

「就算是警犬，睡死了，一樣是沒路用的窩囊廢。」

「唉，你要自憐自艾到什麼時候啊？」女酒保搖搖頭。

從廁所出來後，春生不停在褲子口袋翻找什麼，猝然臉色大變。

「不見了！我的手機被偷了！」

「還是頭一次看到你這麼慌張，不過就是個手機吧，喏，還給你。」女酒保解釋，他在睡覺時，口袋裡的手機不小心滑落到地上，她才拾起來，替他暫時保管。

「謝謝。」拿回手機的春生，回復了冷靜的表情。

他看到手機有三通未接來電，號碼來自地檢署的劉檢——他多年好友劉勝彥——的辦公室，他不想理會，便將手機設定到待機模式，放回口袋。
「怎麼了，是濃眉帥哥的女朋友打來嗎？」
「哪來什麼女朋友，我都結婚生子了。」
「哈，結婚生子的人，都像你這樣愁眉苦臉？不過，把老婆孩子丟在家裡，跑出來晃蕩，心情應該很輕鬆吧，可是……你怎麼還是一副苦瓜臉？看來，我選擇不踏入婚姻的墳墓，果然正確。」
「誰管妳。」
「不過，我還真看不出來你結婚了，你也沒戴戒指。」
「上班的時候，我習慣把戒指放在家裡。」
「在我的酒吧裡出任務？偵查佐，你在查什麼案子啊？我先警告你，酒吧有營業證，逃生門也合法，如果這裡被查封了，我就向隔壁街的派出所密報，有個警察上班時，只要一有空閒，就偷偷摸摸跑來這裡酗酒，坐上吧台椅子喝得爛醉，好幾次還仗著酒瘋，跟客人大打出手。」
「哎，別這麼緊張，我只是來這裡放鬆而已，再說了，雖然我在偵查隊裡做事，不過，現在上頭的隊長根本不會把大案子交給我，都只是讓我處理社區治安宣導，或者是寫文書報告，這種芝麻蒜皮的小事情而已。」
「咦，怎麼會這樣？之前，你有些刑警同事也來我店裡，聽他們說，你能力很強啊，每次一有案子，你雖然手法蠻橫——常常用拳頭說話？但你很快就會搜查到線索，隊裡還給你取綽號，叫做搜查王牌？不過，你現在怎麼這麼頹廢？」

「要是我知道哪個傢伙多嘴，就讓他鼻青臉腫……算了，反正現在也沒差，我累了。」

「我看，你不是累了，而是宿醉吧？來，這杯拿去喝。」女酒保將手上的高腳杯，遞了過去。

「啊，這什麼，酒嗎？」春生方才看女酒保忙碌地調製飲料，以為是酒水，就仰頭直接喝了起來，卻嗆得吐出來，「……這什麼，好噁。」

「蜂蜜水，解酒用。」紅髮女酒保淡淡地說。

「欸，妳這邊不是酒吧嗎？要客人解酒，難道不想做生意了？」

「我賣酒給客人，但我不賣給酒鬼。而且，這是我獨門調配的解酒水，很有用，不准倒掉。」

「嘖嘖，妳還真挑剔。」春生一邊說話，口袋又傳來手機的來電震動。

這時，酒吧牆上的大型高畫質液晶螢幕電視，開始播放起新聞報導。

春生抬頭望著酒館牆壁上的電視螢幕，雙眼迷濛，似乎還因宿醉而精神恍惚。

電視新聞是一則後續追蹤報導，一位女播報員正在抨擊盆城捷運交通的缺失。

報導尤其攻擊捷運警察隊的編制，人員過於短缺，就算捷運站發生刑事案件，也因為捷運警察沒有司法移送權，只能進行詢問犯嫌和證人，以及證物採集。並且，案件也必須移送當地轄區審理，事倍功半，緩不濟急，只是徒增人事成本耗費。

話鋒一轉，新聞女播報員便將焦點移向今年初的捷運大爆炸事件，之所以無法事先防範，是因為捷運警察人力不足，無法察覺罪案端倪。被當作炸裂物的包裹，在前一天被人以遺失物的名義，交給了捷運站內的八角亭服務台，櫃台人員便將包裹放置在收集遺失物的專門窗口，也沒有當場檢視內容物，導致隔天炸彈準時爆炸。根據事後的炸裂碎片蒐集分析，這顆炸彈屬於硝酸甘油炸藥組成，搭配鬧鐘製成的簡易定時裝置。所以，若能提早察覺炸彈存在，這場浩劫想必能輕鬆阻止。

「輕鬆阻止……」，春生看著電視裡，抹淡妝的女主播以字正腔圓的聲音敘述，彷彿事不關己，他心頭便是一陣吐不出的酸楚。

女酒保冷哼一聲。

「說得真好聽，事到如今再去檢討什麼，不過都是放馬後炮。就像是腳趾被尖物刺到，卻不在乎它，等到真正化膿發炎，才會驚覺自己受傷了，像腳趾頭這種卑微的存在，有誰會注意到它的價值呢？也許還有人根本忽略了它跟自己血肉相連吧！但其實人類走路，腳趾頭卻是不可或缺的平衡工具。」

「這個腳趾理論滿新鮮的。」春生豎耳聆聽著女酒保的抱怨。

「爆炸案發生時，我看電視，眾人都跑去捷運站致哀，但隔天……搞不好不會這麼快，也許是過了一個月，就不會再有人記得這件事，現在大家全都若無其事走過那座捷運站，當時眾人致哀的畫面好像一場夢。」

「呵，那我應該還在夢中，醒不過來。」

「哈哈，當然囉，誰叫你一天到晚都在喝酒，醉到一直說夢話！不過說到底，爆炸事件過後，每個人都喊得聲嘶力竭，都只是在為自己的利益護航，只是拿爆炸案來借題發揮。立委說要替社會正義出聲，其實是為了自己選舉鋪路，幾個社運團體站出來，都說這起爆炸案是因為不滿都更、環保議題、或經濟政策，但是犯下案子的真正兇手，根本沒跳出來說話呀，為什麼要搶著替他發言？事實上，沒有人真正關心那些被傷害的人、死去的人，他們才是真正可憐無辜的人。」

「沒想到妳挺會說話。」

「沒辦法，做這工作，就是要會講話，懂得跟客人聊天，最重要的是——跟客人做朋友。」

「還有……謝謝妳。」春生放下杯子，垂著頭，好像在向女酒保致意。

「謝啥？你這人真奇怪，謝謝我這麼會說話？不過，這樁捷運爆炸案，也很奇妙，犯人特定在人潮不多的時候引爆炸彈，如果不是計時器壞掉，難道是不想傷人嗎？」

「我不知道。」

「不想造成太大傷害，可是卻想引爆炸彈，到底是為什麼？犯人還沒找到嗎？」

「還沒有。」

「對了，發生爆炸案的營建大樓站，不就是你的轄區所在？難道，你沒參與辦案？」

「我被禁止加入搜查行動。」

「聽你同事說，好幾個毒梟集團被你硬衝硬闖才破獲，要是你能貢獻力量，搞不好可以抓到可惡的犯人。所以……究竟是為什麼？為什麼你會被禁止搜查？」

「因為第八條規則，因為這世界有太多他媽的混蛋規則。」春生將酒杯裡的液體一口飲下。

「唉呦，別這麼生氣嘛，惹你生氣不好意思，要不然，我再請你喝一杯……」女子一邊說，一邊傾斜上半身，用手指微微撓搔對方橫放在櫃台上的手臂。

春生冷漠著臉，毫無反應。

他將手裡的高腳杯放下，反而拿起桌上另一杯的啤酒杯——昨晚喝了一半的啤酒杯——自顧自啜飲著。

就算女酒保再怎麼好言勸說，春生卻不再開口，只是自顧自盯著電視螢幕，所以她也懶得再搭理。

電視新聞已經不再播報爆炸案，換檔的節目是當紅的韓國連續劇。

春生不清楚劇情，但他感覺劇中飾演主角的韓國男明星，面容很像他念高二的十六歲兒子。娃娃臉，卻不顯幼稚，嘴角彷彿隨時都在微笑，一雙眼睛透露溫和的聰明。

竟然又想起兒子的臉。

有時候，就算閉起眼睛努力回想，他也總是無法清楚記憶起兒子的臉龐，他的皮膚是什麼樣的顏色呢？眼睛是什麼形狀？耳朵是大是小？下巴呢，究竟是尖的或是寬的形狀？

他總是必須仰賴照片，才能好好記住兒子的模樣。

他必須反覆看著照片，記住兒子的臉。

難道，人的記憶會隨時間而逐漸淡忘，終至消失殆盡的那天嗎？或者是，其實，他從來沒有好好正眼瞧過他呢？

上一次如此清晰想起他兒子的臉龐，是在幾個月前，他利用公務空閒，來到營建署大樓捷運站私下調查的時候。因為他不被准許參與案件偵查，所以這是個人的祕密行動。

鑑識課的蒐證早就結束了，駐守的警員也早就離開，現場只用黃布封條圍起。春生聽同事說，爆炸威力驚人，連月台上的鋼軌都扭曲變形。因為營建大樓站是捷運線上最後一站，就算封閉了，也不會因捷運電聯車停駛而造成市民太大不便。所以，政府為了防止再有意外，或者被恐怖分子再度盯上，審慎考量下，便決議暫時封閉此站，靜待警方調查水落石出，或者抓到犯人之後，再進行捷運站修復工程。

春生之所以回到現場調查，是因為他判斷爆炸案犯人可能是個人行動，並非是像新聞媒體所言的組織犯罪；因為，若是集團所為，必定會大張旗鼓宣示立場，大凡這種爆炸案的起因，都是為了表達某種特殊需求。

既然犯人決定隱身，那麼便可以刪除集團犯罪的可能性，將目標置於個人犯案。如果是個人犯案，便有挾怨報仇、發洩情緒、表達訴求……各種可能，但也因犯人從未出聲，所以表達訴求的性質可以先畫掉。那麼，其他可能性呢？

例如，挾怨報復？有可能是營建署某官員惹上了黑道。不過這種可能性，春生無法鎖定特定目標，所以暫且不論。如果是犯罪愉快犯呢？引爆炸彈，只是單純為了發洩情緒，覺得放炸彈很好玩，而這種類型的犯人很有可能再回到現場。

不過無論如何，通常來說，製作爆炸物的犯人，天性屬於自信聰穎，自認為可以掌控一切。有些案例則是縱火犯的升級版，做炸彈也只是為了證明「我可以」，所以犯案後通常會逗留在現場，或者再回到現場，沾沾自喜，觀察親手創造出來的「藝術品」。

但春生在營建大樓站附近埋伏，幾個禮拜下來，都沒有觀察到什麼形跡可疑的人出沒。

春生站在捷運站入口處，盯視著被炸裂的洞口。因為無法徹底封住入口處的破洞，所以經常有不知好歹的年輕人跨越封鎖線，私自跑到滿目瘡痍的捷運站裡冒險。他也曾經擒抓過年輕人的衣領盤查，才發現只是附近吃飽沒事做的大學生，在入口處進行試膽比賽。

他經由炸裂的洞口，側身走進入口處，白燦燦的中午陽光經由凹陷的天花板灑落，入口處的階梯被土石碎礫覆蓋，但在土石堆上，卻迎著日光盛開著一叢叢白色的小花。春生除了訝異植物的生命力驚人，更讓他心頭一凜的原因，是因為這些白色小花，讓他倏然回想起兒子的臉龐。

去年夏天，他的兒子興沖沖來到客廳，笑著臉攤開手，向他展示一朵長著五瓣白花的莖葉。

春生認得它，雖然不知道叫什麼名字，這植物卻經常出現在盆城的荒地上，最大特徵是它的勾針果實很惹人厭，會勾住路人的衣服，是城內常見的野生植物。

兒子隨即訂正他的認識，開始一字一句，向父親詳細解釋這株植物的特色：例如，它正式的學名叫「大花咸豐草」，別名還有「鬼針草」、「鬼骨針」等等名稱，屬於多年生草本植物，春夏是花期，秋冬則會結針刺狀種籽……

停停！Stop!

春生不禁苦笑，舉手喊暫停，如果放任兒子繼續講下去，可能講了一天還沒有講到重點，兒子就像背誦百科全書一樣，介紹起這株植物的各種生物學知識。雖然作為父親，看到孩子愛讀書總是高興，但這孩子的毛病可能也是太愛讀書了。他難免擔憂，這種死讀書、不知變通的個性，會為他的未來帶來麻煩。

「所以……你的重點是什麼，你想跟我說什麼？」

「喔，差點忘了說，這次校際科展代表，我要代表我們高中去參賽，我決定研究的題目，就是大花咸豐草喔！」

身高跟他一樣高的兒子眨眨眼睛，臉龐洋溢著青春絢爛。

——果然是我引以為傲的好兒子呢！

春生站在殘破的捷運入口處，傻愣愣凝望著眼前的白花，迎風佇立、沐浴著清爽陽光的頎長植物，自由自在，伸展著綠色的枝葉與純白的花瓣。

——對不起，我再也不行了，再也無法支撐下去了……

他望著眼前茂盛的草葉，心情酸澀，不停自責。

他只能接受這個事實，他的兒子死了，他引以為傲、珍惜寵愛的兒子死了，亞安死了。

他的兒子，王亞安，死了。

靈魂離開了肉體，肉體也在火葬場中灰飛煙滅，徹徹底底地離開了這座紅塵俗世，離開了他的身邊。

那一天，亞安為了晨跑而出門，途經捷運站二號入口處，此時此刻，恰巧放置在月台遺失物品處的爆彈準時在五點半這個時刻啟動。

「砰轟——！」

磅礴巨聲後，便是電線四處走火引發爆裂，黑煙火光迅速衝散，雷霆萬鈞的轟炸力道波及地面，彷彿地牛憤怒翻身，柏油路面呈現環狀凹陷，幾輛車子因此打滑相撞，而捷運站二號出入口處的天花板和圍牆結構，也因猛烈震盪，瞬間塌陷傾頹，外露的鋼筋斜斜飛倒——迅雷不及掩耳，來不及避開的亞安被水泥牆壓住無法動彈，僅僅在數秒時間，胸口便直直刺入了好幾根鐵褐色的鋼條，跳動的心臟肌肉被鐵條直直貫穿而過。根據一周後的法醫病理醫師呈交的調查書面報告，年齡十六歲的王亞安因右心室、兩肺遭銳器多重刺傷、撕裂傷而大量出血，因此當場死亡。

除此之外，另一名死者，則是湊巧與亞安一起站在入口處旁邊的年老婦人，被水泥外牆壓住之後，因心臟病發而猝死。現場一片哀嚎慘叫，路邊臨停的汽車防盜警鈴不停尖聲吶喊，被碎裂的水泥磚石擊傷的行人有數十名。

春生像個瘋子一樣，在事發現場抱著兒子屍體嚎啕大哭，誰靠近他，他便揮舞雙拳猛揍，幾名鑑識人員甚至被他踹倒在地。最後，是數名偵查隊的員警一擁而上，才制伏住幾乎化身為凶暴野獸的春生。

此後每一天，春生便在痛苦的回憶漩渦裡打轉，將近溺斃。

摯愛親人離世的痛苦，他已嘗過。亞安剛出世，體質虛弱的妻子便因併發細菌感染而意外死亡，已經是十多年前的悲傷經驗了。他從來不曾想過，竟然那麼快，又要再度迎接這種生死分離的悲劇。

春生的精神狀況被診斷極不穩定，必須強制進行心理輔導，而上級也決議，讓春生迴避這件重大刑事案件的調查。

「王春生偵查佐，請坐下，還有……請看看這一頁。」

在盆城的西橋區第一分局的長官辦公室裡，局長從櫃子中翻出一本《警察偵查犯罪手冊》，交給春生。他看到手冊中有一頁夾貼了紅色標籤，翻開一看，是第一章第八條的文字：「執行偵查任務人員，必須公正無私，如與犯罪嫌疑人、被害人或關係人具有親屬關係，或與其執行職務有偏頗之虞時，應予迴避。」

休養了幾天之後，春生假意接受偵查隊上級的指示，但暗中卻請託偵辦案件的同事朋友，向他透露案件訊息。

此後，他便從經手捷運爆炸案的同事手裡，得以祕密翻閱相關的鑑識紀錄，以及各種調查報告。他也會找同事私下討論案情，去拜訪大學裡的理工教授，討論硝酸甘油炸彈的製作方式，反覆比對監視器拍攝到以遺失物名義提交炸彈包裹的黑衣人，甚至自己也在捷運站附近埋伏，卻遲遲無法掌握犯人的相關線索。

猶如大海撈針的調查，讓他既疲累又痛苦。

再也無法支撐下去了……搜查始終毫無進度。

這一個月以來，他自暴自棄，放逐自我，整天都在小酒吧裡醉得不省人事。

再度陷入悲傷泥淖的春生，趴在吧台上開始胡言亂語，大吼大叫。

他吼了一陣子之後，竟然一腳踢翻吧內桌椅，甚至拿起啤酒杯，朝牆上的酒櫃亂丟，砸破了一瓶瓶的昂貴葡萄酒。

「喂喂，你幹什麼啊？砸壞東西要賠，你這瘋子！」紅髮的女酒保尖聲驚呼。

女酒保見春生發起瘋來，正想要請一旁的客人幫忙擒抓住他的時候，塊頭魁梧的春生突然眼睛瞪圓發亮，掄起的拳頭駐停在半空中，像是被冰塊凍住。

然後，他溫馴地往椅子輕輕坐下。

因為口袋裡的手機不停震動吵鬧，春生一怒，便想拿出來往外摔的時候，意外瞥見一則新簡訊的內容提示：「Perfume City，線索，請回電，勝彥。」

「是老婆還是小孩傳簡訊，叫你趕快回家嗎？」

馬尾女酒保說著俏皮的冷笑話，想要緩和緊張場面的習慣，一向很不合春生的胃口，但這一刻，他卻平靜地點了點頭。

3

幾名嘻皮笑臉的染髮年輕人，在捷運站地底的甬道中，施放著響炮與小型煙火，毫無顧忌，互相打鬧追逐。一股腦兒跑向前的孟晴，冷不防被炸響的鞭炮聲嚇得跌了一跤，顫顫巍巍地蹲在地上，摀住雙耳發抖。

——有人來啦，快溜快溜啦！哈哈哈！

年輕人一哄而散，因為他們之前闖入這禁區時，曾被一名剽悍的大叔凶蠻抓住，折騰得可真夠嗆。他們可不笨，往後一有風吹草動，便會腳底抹油地逃遁而去。

甬道內的腳步聲，漸跑漸遠，孟晴穩定心神之後，搖搖頭，便拿起橘色手提袋繼續深入捷運站內。

不要怕，不要怕，她告訴自己，若連這一點程度的刺激都受不了，怎麼有能力救出女兒呢？

走出甬道之後，孟晴眼前豁然開朗，理應因為封閉而停電的捷運站內，天花板竟然亮起幾盞還沒損壞的日光燈，究竟是誰開啟的燈光？直覺告訴她，此地果然是歹徒要與她交易的正確場所。

地底下的捷運站，分為兩層樓的建築。下層的月台是電聯車軌道與候車平台，孟晴所在的上層，則是長方形的環狀通道與服務台所在，長方形通道的盡頭兩端，則是連接一號與二號兩處出入口。

如今，經歷爆炸慘案的現場，完全不復當初景觀。站內廢墟一片片墨黑色的殘骸四散，連接二號出口的上層長方形通道，有一半已完全陷落到下層，另一半也搖搖欲墜。連接上下層樓的手扶電梯結構往側邊傾倒，牆壁因爆破而被炸開好幾個深邃的窟窿。

祝融烈火肆虐過的地板、磁磚上，布滿碳汙的餘燼，站內廣告招牌上咧嘴微笑的女明星臉龐，看起來也被蔓延的火勢燒得通體焦黑。想當然爾，靠近炸彈源頭的八角亭服務台，以及感應出入閘門，早就被炸成一片片的碎屑，不知道飛落何方了。

首次親眼目睹爆炸案後的模樣，孟晴不禁屏息，心跳加快。

怎麼會……

她再度深深呼吸，沒有時間陷入心情的波盪了，她必須快點救出小瑜。

孟晴拿出手機。

在馬路上奔跑的時候，她便一再打手機回撥給綁架犯。

「您撥的電話未開機，請稍後再撥。」機械式的系統設置女性聲音，迴盪在耳畔。

打了好幾通電話，始終無法接通，讓她萬分心急。現在終於趕至捷運月台站了，但放眼望去，寂寥陰晦的地底廢墟中，卻杳無人跡，而她也不知道該往何方而去。她所立足的二號出口連接道，只剩下側角一隅的水泥地板空懸在上層，無路可走的窘境，讓她霎時間不知所措，只能繼續回撥電話給歹徒。

「您撥的電話未開機……」

對方始終關機，孟晴無可奈何，只得在上層的方寸之地停留，左右來回焦躁跺腳。要駐留在這裡，等待歹徒再打電話嗎？

但她不想要讓自己始終處於被動的位置，她厭惡這種被牽制的感覺，她必須跑在犯人的前頭，才有可能擊敗對方，順利救出女兒。

振作一點。她告訴自己，激勵自己。在以往的生命中，她不是都會用智慧和堅定的意志力度過難關？她不能自亂陣腳。

記得方才電話裡的指示是「營建大樓站的月台」，所以，對方約定的地方，很有可能是下層的候車平台。

孟晴探頭俯瞰而下，才瞟見從上層塌落的巨型鋼骨柱，傾斜垂懸於下層的電聯車軌道之上，如果她能從上層的地板跳躍到鋼柱的頂端，應該可以沿著鋼柱爬到下層。

時間緊迫不容耽擱，她估量跳躍的長度大約只有兩公尺寬，她應該可以跳到對面的鋼柱位置。

向後拉長助跑的距離時，她適才受傷的左手掌心又劇烈疼痛起來，鮮紅的血液滴落在焦黑的地板上，格外怵目驚心。

她咬著牙，先把手上的提包丟擲到對面的鋼柱上，便開始奔跑跳過去。跳躍的過程比想像中簡單，抵達鋼柱的時候，並沒有遭遇太多困難。

孟晴鬆了一口氣，拿起提包，慢慢尋找踏足點爬下鋼柱。

但是斷裂的鋼柱的結構，似乎很不穩，側頭往底下一瞧，才發現鋼柱之所以可以暫時支撐住，是因為被一個大型的木製雕像托住。那是一座仿地球形狀的圓體裝置藝術品，作為公共藝術裝置放在捷運空間裡。

在攀爬的過程中，鋼柱儘管搖搖晃晃，但體型嬌小的孟晴應當可以順利爬下鋼柱，抵達下層月台。

攀爬的過程，她也不斷細細思考，關於這起綁架案的蛛絲馬跡。

她首先懷疑的對象是前夫鍾日新。

歹徒綁架了小瑜之後，便要求如此巨大的贖金。近期內，覬覦她錢財的嫌疑犯，鍾日新絕對是不二人選。離婚之後，他經常來到公寓鬧事，要她再多給一些「生活費」，她也總是閉門拒絕理會，吩咐保全警衛將他趕走，畢竟她早就為了順利離婚，付給他一大筆錢了。

有可能，前夫屢次討不到錢，把心一橫，便決定綁架女兒。若這推想沒有錯誤，孟晴只感到內心悽惻哀傷，以及憤怒。

為什麼事情會演變成這樣呢？

李孟晴來自於小康家庭，父母親在盆城的城南區經營海鮮快餐館，可惜某年溽暑，店內的飲食造成客人食物中毒，壞評甚囂塵上，從此生意一落千丈。經營不佳的情況下，最後積欠了大筆債務，快餐館便在她高中時收了起來。

之後，父親為了東山再起，嘗試了許多職業，但是始終無法如願還清債務，不久家中被法院宣告破產。

最終，她父親卻承受不了強烈自責的心情，最後選擇上吊自殺。緊跟著丈夫腳步，悲痛的母親也因罹患癌症而溘然辭世。

孟晴住了十幾年的房子，在父母過世後便被拿去抵押，幸而依靠著母親的防癌保險理賠金尚能過活。她在外頭租了便宜的雅房居宿，打了四、五份的工，用來支付大學夜校的學費。她順利從物理系畢業後，便與意外重逢的鍾日新開始交往。鍾日新曾在她父親的快餐館當過外場服務人員，自從快餐館收起生意後，兩人也失去了聯絡。

所以，當孟晴在城裡的便利超商恰巧遇見鍾日新，她很驚喜。鍾日新的出現，喚醒了孟晴對於往日黃金年華的緬懷與悸動。

對孟晴而言，海鮮快餐館還沒倒閉前的日子，是她人生最璀璨溫暖的時刻。廚房內，汗流浹背的父親手持鍋鏟、調整爐火大小，母親則一邊從冰箱拿出冷凍海鮮專用的冰塊，一邊命令她快點放下書包，來幫忙清洗碗盤，招呼即將上門的客人。這是她每日放學回家，一再重複上演的畫面。

注視著父母親一路奮鬥、辛勤無怨的工作背影，她想，所謂父母的職責，應當就是為了子女而甘願付出一切，不管遭遇什麼困難，都會守護家人，為了「家」的延續而拚命，犧牲所有，豁盡全力也要衛捍「家」的存在，父母便是這樣神聖而崇高的角色。所以，當她在學校接獲老師通知，父親自縊身亡的不幸消息時，向學校申請早退，搭著計程車回家的路上，她的內心除了苦慟悲切之外，另一種油然而生、更劇烈的情緒反過來支配了她的理智。

她的胸膛，脹滿巨大的憤懣與狂怒，即將炸開。

——什麼嘛，就這樣拋下了我們，獨自一個人逃走了？不過就是破產而已，還有很多方法可以努力，不是嗎？為什麼遭遇了這點挫折就垂頭喪氣，什麼方法都不願意去嘗試，為什麼就是無法繼續支撐下去呢？難道所謂的親情，就是這麼不堪一擊的脆弱關係嗎？……其實，不過就是為了讓自己好過，為了不想再負擔壓力，就這樣不顧一切，自私自利，撇下我與母親，臨陣脫逃的膽小鬼，欺騙我跟母親的感情，這是不可原諒的背叛！膽小鬼！

母親往生後，獨自生活的這幾年，孟晴都懷抱著這種氣惱嗔怨的心態過活，憤世嫉俗，不再信任這個世界。但，鍾日新的出現，融化了她刺蝟般的尖銳外殼，讓她回憶起曩昔，平凡的快樂。

兩人迅速陷入了熱戀。

「小晴，我不會像你爸那樣逃走……我會留在妳的身邊。」

「你不要隨便就許下承諾，這樣的承諾都只是一時說說而已。」

「我是說真的啊！」夜裡的汽車旅館房間內，男子的眼神清澈明亮，讓孟晴霎時有些感動。

雖然在鍾日新之前，她也曾經與一些男子有過交往，很明白男人這樣的生物，有時候只是喜歡耍嘴皮子而已，她從來只是聽聽而已，也沒有跟哪個男子認真過。

但……鍾日新的存在，似乎不太一樣，她也說不出來，究竟是哪裡不一樣？不過，她發現自己越來越無法離開他。

與其說是她愛上了鍾日新，不如說……她愛上了自己所描繪出來的一種嚮往。她習慣沉溺在這樣的嚮往中。

那時，孟晴也利用一直以來積沙成塔儲蓄的金錢，開設了一家名叫「Perfume City」的小型清潔公司，儘管公司店面規模不大，但孟晴很努力經營事業。恰巧當時城內景氣一片榮盛，許多中小公司開始注重打理企業的整體風格，每間企業大樓、辦公室、或者街道上的商販門市，為了營造門面形象，都將衛生清潔視為第一要務，Perfume City業務當然蒸蒸日上。

公司錄用進來的女會計，是孟晴的多年好友，剛從大學會計系畢業。公司底層的清掃人員，則先以短期約聘制招募。但孟晴頗有生意頭腦，善於利用人脈，也懂得分配風險、投資滾利。不久之後，公司營運步上軌道穩定成長，也有相當收入時，她便與鍾日新順利結婚，婚後也生了一個討人喜愛的女兒。

她將女兒命名為鍾筱瑜。

當筱瑜被醫生宣告因病失聰後，她自愧枉為人母。她認為自己徹頭徹尾辜負了女兒對她的期待以及依賴，為了自我的事業成功，卻疏忽了對女兒的關愛與照護。那麼，她與她那名拋棄自己而離開世間的父親，又有何差別呢？都是為了自己而忽略了這個家庭的存在。

孟晴嚴厲地拷問自己，以最不留餘地的尺度，反省自己。

她為了補償這個親手鑄下的彌天大罪，從此將全副心神用在照顧女兒身上。

她不只埋怨自己，同時也開始單方面地逼迫丈夫，要以同樣嚴格的標準來面對這個家庭，共同將女兒的生活照顧得無微不至，再也不會輕易讓女兒遭受任何傷害。

孟晴逐漸變得容易生氣而難以親近，只要丈夫無法做到她認定「必須」要完成的各種事項，就算只是芝麻綠豆的生活小事，她也會用最不留情面的話語斥責他不夠用心。她總是舉起手指對他怒吼，怪罪他躲避身為父親的任務。

在孟晴心中，她認為情感應當是一心一意的奉獻，毫無保留，付出自己的肉體與心靈。她期望自己的丈夫也能達成。

——我都這樣強烈地要求自己，要做到完美無缺了，身為丈夫與父親的你，不是更應該要亦步亦趨地做到？

——身為父親與母親，就是要給孩子最完美的照顧！

——真是沒用的傢伙！竟然連這一點簡單事情，也做不好嗎？

——你這個混帳傢伙，還不是靠我的錢來過活？

孟晴時時刻刻對鍾日新啐嘴詈罵，不斷輕蔑貶低他的個人價值。

在孟晴施加的龐大壓力下，她的丈夫逐日感到狼狽不堪，再也無法負荷了。

孟晴感覺每天睡在枕邊的人，越來越沉默寡言，注視她的眼神也不再燃燒愛情的光輝。她深知丈夫已經跟她漸行漸遠了——沒有關係，她告訴自己，沒有關係，他不再愛我了也無所謂，只要他還願意扛起身為父親的責任，我就願意忍耐。

我願意睜一隻眼閉一隻眼，為了小瑜，為了我的女兒，這樣的痛苦，我承受得住。

所以，當去年丈夫開始與公司裡的女會計私下曖昧，孟晴就算什麼事情都看在眼裡，也不願當場翻桌變臉。但丈夫的行為卻越來越明目張膽，得寸進尺，許多的夜晚都不見蹤影，連解釋自己跑去何處的假理由，也懶得事先報備，空留孟晴母女兩人，待在清清冷冷的家中。

讓孟晴再也抑制不住衝動、決心離婚的引爆點，是某天小瑜半夜身體不舒服，不斷拉肚子。孟晴急急忙忙地開車將女兒送至醫院急診室，丈夫同樣不見人影。

想也知道，他必定與偷情對象正在床上纏綿悱惻。

——再也不能跟這個人生活了，期待他會有所擔當、有所長進，是我一廂情願的愚蠢想法。

隔天，她挺著一張漠然的臉，遞給丈夫一份離婚申請書。

錯愕的丈夫不論如何請求諒解，向她保證再也不會與女員工亂來，也無法更動她的意志。最後丈夫眼見勢不可挽，便向她提出條件，才願意簽下離婚書。

因為「Perfume City」聯合衛生清潔公司的營運實權，掌握在孟晴手中，鍾日新只是掛名的董事。所以，他除了要求一大筆金錢之外，也要求繼續掛名董事一年，雖然不能再參與董事決策會議，但也能獲得這一年的公司盈餘。

簡直獅子大開口。

孟晴這時，才終於認清這名共枕多年的人，有什麼真面目。

那一陣子，正巧碰上金融海嘯，城裡許多公司開始裁減不必要的支出費用，「Perfume City」的承辦客戶，大多是中小企業，連帶影響清潔生意。公司收到的訂單數量急遽下降，甚至來到了撼動「Perfume City」老本的地步，但是孟晴為了盡快擺脫丈夫的糾纏，儘管離婚條件極端無理，她也咬著牙關一口答應。

廢墟中，孟晴一邊攀爬著鋼柱，一邊回想當初走來的點點滴滴，不禁心生感慨。

這一次女兒被綁，是否幕後凶手就是前夫呢？但是，打給她的電話，對方的聲音明明就是女性，難道他有同夥？或者……等等，不對勁。

孟晴突然聯想到，方才打電話時，說著「您撥的電話未開機……」的女性聲音，是電信業者設定好的預錄音效，所以跟真實說話的人聲仍有差別，有著不規則的雜訊。歹徒打給她的電話裡，不是也存在嘈雜尖銳的金屬聲？如果，歹徒的聲音經過一番變造，是不是也有可能，歹徒的身分不一定是女性？那麼，難道犯人真的是前夫嗎……？

可是，就算聲音真的是經過變造，也不一定可以肯定犯人是男性，也許是女性犯人為了改變自己音調而變造聲音，畢竟，這可能是孟晴認識的熟人所犯下的案件。

孟晴心亂如麻。

——算了，再多想也是無用，現在最要緊的事情，是必須快點和歹徒聯絡上才行，並且，也要確認小瑜的人身安全。

孟晴爬在鋼梁上，小心翼翼，沿著仿地球造型的木造公共藝術品的邊角踏下，終於來到了捷運月台站的下層。

下層雖然不像上層那般浩劫過後的慘不忍睹，但也是同樣壯烈的災區景象。

她又打了好幾通電話給對方，但對方卻仍然是未開機的狀態。既然對方的目的是要錢，如今我已經按照約定，既不報警，也拿著金錢到指定的地點了，為什麼還不跟我聯絡？對方到底在想什麼？

這時，摸不著頭緒的她環顧四周，才在穢亂不堪的廢墟中，看到十分不平常的物品，或許，應該說是她平常每日都會看到的東西。

是一個顏色鮮豔的黃色小背包，上頭畫著卡通裡的各種海洋生物擬人圖像，孟晴每天都會笑著臉，將這個背包拿給屬於她的主人。

不會錯，這是小瑜上學專用的背包，正橫躺在不遠處的亂石堆上，鉛筆、圖畫本都從書包裡掉散出來，看起來彷彿是有人使力將背包摔擊在地，才使得背包背帶應聲斷裂，灑出裡面的文具，孟晴不禁感到毛骨悚然。

她以為犯人可能是小瑜所認識的熟人，所以心中總是有一處角落告訴自己、催眠自己：放心，放心，如果是熟人的話，應該不會對這麼幼小的女孩做出什麼傷害。

放心，小瑜就算被綁，生命安全也應該無虞。

但若是熟人，會如此粗暴無禮地對待小瑜珍惜的卡通背包嗎？

她尖叫起來，張皇失措地向前奔去。

4

自從春生的兒子逝世之後，春生的精神狀況便被局裡的心理諮商師認定極端不穩定。尤其好幾次在百元快炒店裡喝酒鬧事，春生與鄰座的客人大打出手，將對方揍到頭破血流送上救護車之後，官階一線四星的春生便被警察局冷凍起來，不准他再出任務。

因為太多鬧事糾紛，上級判斷春生已經沒有能力處理勤務，甚至有意解除他的偵查佐身份，在隊長的力保下，他才沒有被處分。但同時，他也無法再像從前一樣處理刑案偵查，而是專門承辦地方社區內，防範犯罪宣導的低階業務。

對於哀莫大於心死的人而言，不管怎樣的處置，他都無所謂了，只要有酒喝就好了。春生想要用酒精麻醉僅存的心智，戮殺自我的靈魂。

他以為這麼做，才能忘記痛苦的折磨。

為了喝酒時不被外界打擾，他便找了一間巷子裡的小酒吧灌酒澆愁。那間酒吧，是他在某個爛醉的夜晚，湊巧看見暗巷裡的紫色燈光招牌，一路跌跌撞撞走進去。

招牌寫著「Maze Door」，是一間位於盆城東區小巷弄的英式酒吧。迥異於城內大多是主打美式風格的酒吧，熱熱鬧鬧的客人來來去去，這一間Maze Door反而採取相反的策略，刻意走低調的英倫風格。

聽紅頭髮的女酒保說，這間酒館曾經營業不善，瀕臨倒閉，後來有個出資股東資助，將酒吧定調為愜意的休閒空間，提供輕食，不時舉辦品酒會，才讓這間酒館死灰復燃。重新開張的時候，酒吧店名也不更改，就繼續維持之前名稱。女酒保也是在重新開張的時候，來這間店上班。

酒吧內客人不多，所以不喜吵鬧的春生才上門光顧，來這裡享受寧靜片刻。

雖然，吵鬧煩人的客人少了，卻多了一個女酒保常在他耳邊說話。但是，聽著女酒保隨興閒聊，反而造成料想不到的正向影響力，讓春生躁動狂亂的心情漸漸舒緩。

如今他能冷靜分析爆炸案犯人的情資，或許有一部分，必須歸功於女酒保，他不禁苦笑起來。

那一天，在酒吧裡接到劉檢的簡訊後，他便即刻回撥電話給對方。

劉勝彥是他的高中同學，法律系畢業後進了地檢署擔任地方檢察官，專門偵辦經濟型犯罪。兩人的情誼從高中時代一直延續到現今，甚至連春生結婚時，劉檢也在他的邀請下擔任證婚人。

不過，自從春生的兒子亞安因爆炸案身亡後，春生便單方面斬斷了和外界的所有聯絡交往，劉檢深諳春生個性，體恤他之心情混亂，平素也不會多加打擾，那日卻反常地一再撥打電話給春生，是因為他意外查獲與爆炸案相關的線索。

春生跑到酒吧外頭的小巷子，耐心聆聽劉檢的說明。

「你最近還好吧？王仔，我很擔心你又亂喝酒，這一次如果你再喝酒鬧事，我可能沒有能力，再請你局裡的隊長幫忙調解，他那張黑臉恐怕會更加鐵青……」

「再一句廢話就掛電話。」

「哎哎，脾氣還是一樣衝。」

「線索呢？你不是說有線索？」

「別這麼急嘛，我先聲明，告訴你這條線，只是想讓你放心，我們現在總算有調查方向，突破了一些進展，你就不要再責備自己了，否則你只會毀了自己，亞安也不會……」

春生立即掛斷電話。

他喘了口氣，將拿著手機的右手垂下。

沒過多久，劉檢再度打來電話。

春生等待鈴聲響了四、五秒才接聽。

「好好，算我輸給你了，我直接說。之前警局調查爆炸案，都是從集團犯罪著手，可是犯人從來沒有發過聲明，所以誰也不知道犯人的真正目的，犯案動機不明，查起案來毫無頭緒，就像無頭蒼蠅亂竄。」

「這麼說，你掌握到犯案動機了？」

「不能說百分之百，但我們很有可能掌握到犯人的動機了。前一段時間，財務部獲得匿名報案，檢舉一家名叫 Perfume City 的聯合衛生清潔公司涉嫌逃漏稅。經過稽查人員暗中調查，他們的營業報表其實沒有太多問題，雖然確實有逃稅嫌疑，但也只是小款項、小金額罷了，這種事根本不足為奇，現在很多公司都會這樣做小奸小惡的假帳。本來，財務部已經決定正式向 Perfume City 提寄查稅公文時，眼尖的稽查人員竟然從這公司的戶頭，翻查出極不尋常的資金流動。」

「不正常的資金流動，跟爆炸案有什麼關係？」

「別急，聽我慢慢說。在年初的爆炸案發生時，股票市場不是立即大跌嗎？新聞媒體大肆宣揚，這是大規模的恐怖攻擊，造成投資人恐慌，股市即刻崩盤，簡直哀鴻遍野。但稽查人員竟然發現，就在那一個時機點，Perfume City 竟然利用股市的漲跌行情，大賺了一筆。它在爆炸案發生前，用一千多萬的資本額放空股票，結果捷運爆炸消息一出，股票崩跌到四千多點，等待跌停個三天，只要事先放空股票，預估就會有三成以上的獲利，何況爆炸案造成嚴重傷亡，又一時找不出嫌疑犯，股票市場僵持了一個多禮拜才回穩。粗略估算，至少能套利一倍以上的巨額利潤，如果等股票回穩之後，再將放空回補，甚至還能多削一層皮！」

「這種事怎麼可能做到？除非……」

「除非事先就知道會發生爆炸案的時間點，對不對？就算只是誤打誤撞，也太過巧合。今年初，美股跟日股都大幅度爬升，在這個利大的時機放空那麼龐大數量的股票，根本不合常理。如果還有投資期貨市場，也同樣進行放空，獲利比例甚至會到十倍以上。股票這東西，講究的就是時機點，眼光好的人，自然看得出來時機在哪裡，但如果看不到時機，有人就會透過管道去找，這就是內線交易，但如果看不到，也找不到，是不是……可以自己主動創造一個？」

「就為了這種理由？為了想賺錢，才製造出這起恐怖事件？」春生感到腦門充血，頭暈目眩。

「所以，稽查人員判斷事有蹊蹺，暫時壓下查稅公文以免打草驚蛇，也迅速將這個案子轉交給我們地檢署，我才開始清查Perfume City的金流，進一步想找到這家公司跟爆炸案之間的關聯。透過這家公司，也許能抓住犯人的狐狸尾巴。」

「……」春生沉默著，內心不斷思索，爆炸案的犯人目的，真的只是為了金錢嗎？只是為了這種理由，就將一枚硝酸甘油炸彈安置在捷運站內，全然不顧及每日高達數萬人以上的通勤人口，便輕易將這幾萬人的性命放在死亡的天平上。想要謀得的結果，便是在天平的另一端同時置放上數不清的金錢利潤。可能嗎？如果爆炸的時間點，選在捷運通車的繁忙時間，恐怕傷亡將更加慘重。

「王仔，跟你說這事，只是叫你別再擔心了，只要收集到證據，犯人就再也躲不掉。這段時間，你就乖乖等好消息吧。」

「謝謝你……多謝你這麼關心我，聽到你說的這個線索，真的讓我鬆了一口氣。」

「你就安心吧。」

「好的，這陣子我先好好休息，等待你進一步的消息。」

劉檢聽到春生的回話，總算安心不少，便吩咐好友要多照顧自己身體，改天也會上門找他聊天。春生唯唯諾諾，盡量不讓對方聽出敷衍之意，便迅速掛斷了電話。

春生明白地檢署的辦案流程，為了找到罪證確鑿的「證據」，讓嫌犯百口莫辯，他們的辦案時程最少都在半年以上。

他沒有閒功夫等那麼久。

*

透過髒兮兮的車窗，彤紅色的黃昏夕陽映照在駕駛座上春生臉龐，反而顯得分外黯淡與蕭索。他驅車來到城郊一棟老房子前停下，經過連日的祕密追查，他鎖定的嫌疑犯，正居宿在這棟不起眼的宅房。

昨日上午，他曾經前來勘查。當時，他假借警察局偵查隊的名義，主動到老房子旁的左側鄰居敲門，向應門的住戶說明自己正在執行「治安防範專案」的防竊宣導。希望住戶可以配合，讓他進門，為住戶檢驗住宅硬體防護設施是否足夠。

這不是他胡亂掰造的藉口，「治安防範專案」其實就是「防竊顧問」，是警察局裡實際承辦的相關業務。不過，真正的防竊勘查與宣導，必須是經由申請人主動向警察局提出「住宅防竊安全檢測申請表」，警局勤務中心才會分派受過合格訓練的警察，前往申請人家中進行實地調查。

春生在多日探查下，私自從警局檔案室調出文件資料。「Perfume City」聯合衛生清潔公司的董事之一，名叫鍾日新，目前住在這棟老房子裡。

在去年，鍾日新的戶頭出現數筆金額龐大的款項流入，所以春生便計畫先從此人身上下手。

因此昨日上午，他便戴著墨鏡，穿著淺灰色的警察制服上衣和藏藍色長褲，先去拜訪鍾日新的鄰居家，利用刑警大隊「防竊顧問」的名義，協助住戶檢查居家防盜設備。

鄰居家的建築，與鍾日新的房子，都是同一個建商蓋的透天厝建築。只要先摸清楚鄰居家的格局，自然也就掌握鍾日新的住屋門戶狀況。

「我是西橋區第一分局的警員，方便向您確認府上的住宅安全狀況嗎？」

開門的人是一名男孩，這名少年的神情青澀，見到春生脫下警帽向他鞠躬行禮，並且解釋拜訪理由時，男孩慌慌張張地邀請他進屋。

客廳擺設很普通，入口處設置電視櫃，靠牆的皮質沙發與桌椅風格簡約。男孩一臉侷促，可能從來沒遇過警察上門訪查，肩膀抖動不安，說話也結結巴巴，似乎家中只有他一人。

春生透過墨鏡，凝望著男孩，心底暗暗生氣，很想訓他一頓，為什麼這麼聽話就直接開門呢？要是我是壞人，假扮成警察，你就會身陷危險啊。

真是個笨孩子。

觀察男孩外表，他的年紀應該比十六歲的亞安還要年輕一、兩歲。

春生按捺住氣憤，平心靜氣，向男孩說明自己要在屋內查看門窗的設置是否安全，男孩聽話地點點頭。

他俯視著男孩有點稚氣的臉龐，須臾之間，他回憶起亞安的面目輪廓，男孩潔白的面容霎時與亞安重疊。

春生心中酸澀，抿唇不語。

他霍然回想起，兒子去年每天放學回家，總會擺出一張興奮的臉龐，向他轟炸式地報告，有關生物科學展覽製作的各項進度。

他總以為到了兒子這種叛逆期的年紀，或多或少，都會與父母親產生一定距離的隔閡與溝通問題。他在偵查隊裡遇過很多少年犯，起因也都是他們不服家庭管教而逃家、輟學，才引發各類社會問題。對於老是賴在家中埋首讀書、沒讀書之時就用一大堆冷知識來吵他老爸的亞安，春生感到既錯愕又無奈，不禁嘀咕起兒子的行為。

——你這小子好歹也是個年輕人，就應該做些年輕人會做的事情呀，蹺課去看電影，偷偷抽菸喝酒……明明有一大堆事情可以做，為什麼就只會坐在書桌，翻書閱讀？你這麼乖，叫我這個老爸還可以做什麼事情呢？不需要辛苦督促你讀書，你就已經在讀書了，不需要耳提面命叫你當好孩子，你早就是善良禮貌的好孩子。聽老師說你在學校，也是萬眾矚目的風雲人物，深受同學喜愛。真讓人氣餒，就算我想施展父親的威嚴，向你厲聲教訓，也根本找不到任何時機點。雖然省得操心，但有時候想想還挺嘔氣的，實在不知道「父親」的角色，自己到底有沒有真正扮演到。

這些心裡話，春生有時候也會向兒子抱怨。

「哎呦，爸，你這個父親已經當得很不錯了啦，不用那麼勉強自己。你也要給我機會，讓我自己懂得照顧自己，你不用太擔心。」每當他向兒子發牢騷，說著幾近是無理取鬧的幼稚抱怨時，亞安都會這麼體貼地安慰他。如此溫柔的性格，就與他早逝的母親一模一樣。

「好吧，我知道我知道，所以，你剛才說，你的科展題目正在毒打什麼？」雖然春生對生物學沒有太大興趣，但在兒子半強迫地推銷介紹下，他也逐漸對兒子的科展研究產生些微的好奇心。

「拜託啦，不是毒打，是『毒他』，毒他作用。」

「所以，大花咸豐草可能具有這種毒他作用，根部釋放有毒物質，用來抑制鄰近土地上的植物發芽？」

「對呀，沒錯！爸，你總算了解我在做什麼了！」亞安眼睛一亮，拍起手來。

根據亞安的解說，並非本地原生種的大花咸豐草，原產於美洲、非洲等地，約莫是在二十多年前，被蜂農當作蜜源植物引進。但是，它現今卻被農業委員會視為極有危害力的外來種生物，侵占力極高，占據本地原生植物的生存空間，極有可能破壞本土的生態多樣性。並且，它的種籽有倒鉤狀的逆刺，能夠刺進路過動物的皮膚，或者勾搭路人的衣褲，用來傳播繁殖。雖然沒有太多數據報告它會釋放有毒物，但它的旺盛生命力跟排他性，讓亞安強烈懷疑它具有「毒他作用」，所以才能一步一步拓展勢力範圍。

「這麼恐怖？你講的就像是黑幫搶地盤。」

「嘿，這比喻還挺妙的耶。」

春生很佩服兒子的耐心跟學習能力，莫名地感動起來。

與兒子生活的各種小細節，儘管當初沒有刻意記住，但當兒子因事故而身亡之後，卻經常藉由各種媒介，召喚過往的靈魂，返回春生空洞的心中。

客廳中的男孩，見到眼前的「警察大叔」表情嚴肅，甚至好像眼眶泛淚，忍不住慌了手腳，趕緊詢問對方，是不是自己家裡有什麼問題？

「沒有……是我的過敏症鼻炎又犯了。」

春生收拾心情，開始四處查看樓房內的門窗設施，迅速檢查過一遍之後，便與男孩一同回到客廳，戴起警帽，向男孩再度行了一個鞠躬，表達感謝之意。

這是昨日上午發生的事情了。

今天的傍晚時分，春生重新來到鍾日新的住屋前。

他沒有穿警察制服，因為不想要太過招搖。

他直接將小轎車停在鍾日新的住家前，將墨鏡取下，打開車門後，便逕自往鍾日新家門前走去，來到門前時，沒有敲門，就直接打開沒鎖上的鐵門直接進入。

房裡一片漆黑，他沒有開燈，就在黑暗中摸索著記憶中的路，爬上二樓階梯。

主臥室的房門緊關，門板底下的縫隙似乎傳來嗚噎的低鳴聲。

他打開門走了進去，房中同樣是一片陰暗無光，但感覺在黑暗中有什麼物體在蠕動。

春生右手沿著牆壁摸到電燈開關，一按下去便滿室通亮。

主臥室裡，一名男子被粗繩牢牢綁在椅子上，眼睛被蒙上黑布，嘴巴被貼上棕色膠帶，手腳無法移動，一顆腦袋只能左搖右晃。

鍾日新被綁住，已將近一天的時間。

昨日上午，春生調查隔壁住宅的結構後，便得知這種類型的住屋，二樓鐵窗都會設計一扇可供開闔的逃生門，雖然平常都被鎖條勾住，鎖條卻因生鏽而不牢靠，只要稍微彎凹它，便能輕易打開鐵窗戶。

離開了男孩的住家，他便利用這個方法，輕易潛入了鍾日新的家中。

一番搜索，他確定鍾日新的檔案文件並沒有爆炸案相關的資料線索。

所以，他埋伏在房中，等到鍾日新在傍晚回家之後，他便從衣櫃隱身處襲擊鍾日新，並用事先準備的繩索綑綁住他，讓他坐在椅子上不得動彈，再用黑布綁住他的眼部，以免讓他看見自己長相。

鍾日新面對突如其來的攻擊，根本無力反抗，只能乖乖束手就擒。

春生沉著聲音，開始問他。

「你是不是Perfume City的董事？」

「你是誰？為什麼要……」

話還沒說完，被蒙住雙眼的鍾日新便感覺一陣莫名其妙的空白，天旋地轉，感官霎時失靈。等到知覺慢慢回復，他的鼻梁開始傳來劇烈難當的疼痛感，溫熱的液體流淌至嘴角，充滿鹹味。他疼痛到無法忍耐，咿咿呀呀地慘叫起來。

「因為你看不到自己，所以我跟你說，你鼻骨斷了，是我揮拳揍斷的。現在開始，我問一句，你答一句，懂嗎？」

鍾日新一邊哀叫，一邊點點頭。

「你是不是在去年從Perfume City的戶頭轉入一大筆錢，將近一千萬的款項？」

「沒錯。」

「為什麼？」

「因為我前妻要跟我離婚，但我不肯，便要她出這一大筆錢給我，我才願意離婚，本來以為她會嚇到，打退堂鼓，沒想到她心一狠，當天立即匯錢給我，我無話可說，只能離婚。不過也算是因禍得福，拿了一大筆錢，但現在差不多都花光了，才會淪落到住這種老公寓，你……你問這個做什麼，你是我前妻派來的嗎？」

「你知不知道今年初的捷運爆炸案？」

「知道。」

「告訴我，Perfume City跟這件事有什麼關係。」

「啊？有什麼關係？沒有關係呀，怎麼會有關係?!」

「為什麼Perfume City可以利用爆炸案，在股票市場大賺一筆？Perfume City的戶頭，分明多出許多不正常的資金流動。」

「我怎麼知道，你不要問我啊！你到底是……」

春生相當不滿意他的回答，又往他的臉面揍了一拳，對方幾乎昏厥，不停咳吐出血來。

——我明天會再來，你先好好想清楚明天的說詞。

他撂下這句話，便拿出事先預備的棕色膠帶貼住他的嘴巴，然後一腳踹翻了鍾日新的座椅。隨著椅子倒下的男子，隔著膠布發出嗚嗚的叫聲。

春生頭也不回，轉身離開，將屋內所有的燈光都熄滅。

春生完全不會相信鍾日新方才的任何回答。

他深知拷問的技巧，只有讓對方感受到無邊無盡的恐懼，意識到自身無能為力的殘酷事實，對方才能真正吐實，說出他所期望的答案。所以，當他隔天回到鍾日新的住宅時，他便明白自己會獲得最誠實的答案。

在自家被綑綁拘禁了一天的鍾日新，看起來臉龐蒼白枯槁，全身虛弱癱軟。

他仍然被橫躺的座椅捆住，維持趴地上的姿勢，附近有攤濁黃的液體，浮著臭氣，似乎是他不得不解放出來的屎尿痕跡。

春生撕開他的膠布，男子像發瘋了一樣，扯著喉嚨大叫。

「你去找黃菁菁，黃菁菁！她是Perfume City的會計，公司裡所有戶頭都是她在處理，你有問題去找她，去找她！」

春生把口袋裡的小刀掏取出。

他俐落地掰開鍾日新的雙手，將小刀塞入他的手掌中，讓他可以自我脫困。

春生再次轉身離開。

5

孟晴雙手顫抖，拿起亂石堆上的卡通書包，然後手腳慌急，收拾起散落一地的文具書本。手掌上傷口處滲出的血液，染紅了小瑜最喜愛的圖畫著色本。

她趴在地上，四處收拾物品的過程中，揚起了一團團灰撲撲的煙塵，已然紅腫的雙眼被逼滲出淚來，也讓她不可遏止地乾咳好幾聲。

她勉強地站起來，撐起頭昏眼花、四肢痠疲的身軀，懷中抱著失去主人的黃色背包，瞇著眼睛環視四周景物。

下層的空間比起上層，還要來得茫昧黯淡。畢竟，爆炸破壞了站內的燈照系統，目前月台內亮起的燈光，只是幾盞尚未損壞的緊急用燈源，而且這些燈源主要都集中於捷運站的上層天花板，所以光源無法繼續深入的下層空間，便顯得格外陰暗昏瞑。

孟晴瞇著眼睛好一會兒，瞳孔才慢慢適應下層月台的黝黑環境。

雖然下層月台不像上層那般，充滿爆炸過後的火燒殘跡，但從上層崩落的大量的水泥土塊，卻狼藉凌亂地堆散下層各處。宣導捷運交通安全的廣告看板四分五裂，連接上下層的電動手扶梯主體結構，一半以上已經被轟炸得不知去向，另一半則是體無完膚地向旁邊傾倒。

遽然，一陣戛然大響。

原來是一旁支撐不穩的鋼柱正往側邊滑動，震起一片濛濛塵埃，搖搖晃晃極為危險。看來方才她沿著鋼柱爬下的施力，仍然造成了一定程度的影響力，讓鋼柱底下地球造型的木造藝術品產生龜裂損壞。

幸好她已經從鋼柱爬下了。依照這個情況，只要往鋼柱施加任何壓力，木造藝術品必會凹塌，並且懸於半空的鋼柱也會應聲傾倒。

孟晴右手抱著小瑜的書包，左手提著橘色的手提包，繼續往前探尋。這時，她看到不遠處竟然又出現一個熟悉的事物。

那是一雙鞋子，小瑜穿的鞋子，是她今天早上親手替小瑜穿上、綁緊鞋帶的童鞋。

她趕緊跑過去，把手上的手提包丟在一旁，雙手輕輕抱起小瑜的雙鞋。

她的心靈近乎崩潰，她感覺自己正在被殘忍地虐待。

她告訴自己，必須要冷靜，要深呼吸，要恢復平素清晰順暢的理智。

很有可能，犯人並非她的前夫。

就算鍾日新不是一個好丈夫與好父親，但他不會如此絕情絕義地胡亂扔擲小瑜的貼身事物。他不會這麼不顧分寸、超越底限地對她進行報復。但是，複雜的人心難以測度衡量，誰又能毫無猶豫地說出，自己真的從頭到尾能認清一個人呢？

也許，是前夫離婚後，心性丕變，怨恨自己沒有得到小瑜的監護權，才下此毒手，綁走自己的親生女兒，並且計畫對孟晴復仇。

畢竟，鍾日新背叛過她。

對了，還有……另一個人也曾背叛過她。

孟晴瞬時產生恐懼，她的心中浮現另一名可疑的人選。

黃菁菁，聯合衛生清潔公司的女會計，與她前夫背地偷情的女子，並且，也是與孟晴從大學時代一路結交熟識的姊妹淘。

兩人是在學院裡的便利超商中認識，那時候孟晴正在超商當店員。在她值日班之時，每一天早上、以及中午，都會有一名留著及肩長髮、笑起來有酒窩的女孩來向她購買飯糰，而後便在超商的用餐椅上解決早午餐。早上一卷壽司海苔飯糰，中午則是雞肉黃瓜飯糰，坐在窗邊一邊配著白開水，一邊發呆瞧著窗外風景。

時日一久，年齡相近的兩人逐漸互相搭話來聊天，這時孟晴才曉得，對方每日所買的兩個飯糰，便是她當天所有的主食，近乎苦行僧般刻苦節制的飲食，不是為了減肥這種奢侈的願望，而是為了省錢繳付學費。

菁菁幼年便失怙喪母，她在少女的成長期間，幾乎是流離寄寓於各個親戚家中。寄人籬下的歲月讓她受盡委屈，畢竟在別人屋簷底下吃飯，必得看他人臉色過活，人情冷暖的歷練，讓她有了截然不同的生命體悟。

「只有一個字：錢。我要錢，為了錢，我可以放棄一切，因為只有錢才能讓一個人獨立，才能有足夠的資格站在這個世界。如果沒有錢，就什麼都不是，只是一個可憐蟲。就算你有再多的才華、熱情、或者是夢想，但你口袋裡若沒錢，就等同於廢物。只有廢物才會無法養活自己。廢物只會被看不起，廢物會被輕視，會無法照顧自己，無法得到自己想要的事物，也無法守護屬於自我的領域，沒錢就是廢物，廢物是無藥可救的。」

當孟晴聽著眼前柔弱玲瓏的可愛女孩，臉蛋漾著酒窩大大方方說出這種話，不禁嚇得目瞪口呆，但一樣是苦過來的人，孟晴很認同對方的話。

菁菁基於「廢物論」的理由，所以才選讀會計系，因為她想要以自己的能力，理解社會上經濟文化的流動方式。她在下課之後也沒閒著，倚靠著天生的俏麗臉蛋，以及體態勻稱的窈窕身材，得到了許多商業演出以及平面廣告的工作機會，也懂得利用網路社群平台，接洽許多高酬庸的外拍活動。

因為孟晴與菁菁兩人人生際遇相類似，兩人不久便結交為無話不談的姊妹好友，偶爾孟晴會到菁菁教室和她一同上課，或者菁菁下課後，若恰巧沒有工作，也會跑到孟晴夜間部的物理系教室外等她下課，課後兩人再一同攜手結伴去校外逛夜市——這時菁菁便會抱怨，都是因為結交了孟晴這個好友，反而讓她的伙食費多出許多。

「有什麼關係嘛，妳那麼瘦，再不多吃一點，會死人的！我可是大發慈悲在救妳！」

兩人哈哈大笑。

菁菁畢業後，也正好是孟晴離開學校，並且獨力創業開設衛生清潔公司的時刻。這時，她便詢問多年好友，是否願意來清潔公司工作。

對方一口答應。

孟晴本來以為好友會嫌清潔公司骯髒，與她素日光鮮亮麗的工作相比，簡直是天差地遠。

「衛生清潔公司的業務範圍很廣，從醫院、學校、廠房、公司大樓……無一不包，做的事情也是清洗環境、消毒、打蠟、或者滅蟲除鼠這種服務，或者是承租清潔用專門機器，小菁，妳真的了解嗎？」

「不過，那些工作不是都交由派遣員工去處理嗎？妳想聘請我做的工作，又不是拿著掃把拖地，也不是要坐在高空吊籠，去清洗大樓外牆玻璃，而是想要一名會計。會計應該不用負責那些事情吧？妳也知道我個性，只要有錢賺，什麼工作我都願意，況且我相信妳的眼光。妳之所以想投資這門生意，想必是已經有一些門路了吧？搞不好已經賺了一筆？我很樂意走在妳後頭喔。」

當年與菁菁相視而笑的美好時光，都在去年變質成尖酸的諷刺。

當她發現自己的丈夫與多年好友外遇，真是心痛如絞。

與菁菁相處的日子有多麼歡樂燦爛，如今的反作用力便是多麼強烈震撼，摧折人心。

她萬萬沒有想到，像是連續劇般的老梗情節，竟然有一天會出現在自己身上。原來這種事情，並非無端虛構的幻想故事，而是會在真實人生上演的殘酷劇場。

那時候，正逢孟晴與丈夫關係劍拔弩張的緊張時刻，意外發現丈夫與好友發展出不倫之戀，孟晴痛不欲生，卻只能在表面上假裝毫不知情。

她曾經私下拿著一箱錢袋，與多年好友相約在自己常去的酒吧中會面。

孟晴坐在吧台的盡頭處，暗渾渾的黃色燈光由天花板側邊俯照而下，簡直是一臉陰森慘慘。

她素來會與女酒保聊天閒談，發發牢騷，傾訴生活裡各種不滿的壓力與情緒，但是，她今晚卻沒有任何閒聊的興致。而搖著玻璃瓶、正在用龍舌蘭調雞尾酒的女酒保，見到熟客面色不佳，也很識相地不前來搭話。

半小時後，等待的人總算推開門板踏進，孟晴開門見山，便直接跟對方談判，將沉甸甸的皮箱重重放在桌台上。

「只要妳離開我先生，這箱錢全部都是妳的。」

「小晴，妳以為……以為這樣，我就會離開他嗎？」

「菁菁，這不就是妳想要的嗎？錢？」

「妳太小看我了，我是真的愛他。」

「愛？在我面前，妳敢跟我說愛這個字？」

「小晴，妳對他太狠了，妳只是把自己的心情，強迫壓在別人身上。妳這麼偏激，沒有人忍受得了跟妳在一起，妳要求妳丈夫照顧孩子必須做到的嚴格標準，妳自己也沒能力完成吧？妳根本瘋了！妳的錢，我不會拿。」

「所以，妳的意思就是，妳不會放棄我先生？好，我也不想跟妳囉嗦。」

孟晴二話不說，便拿著錢箱，頭也不回地離開，留下酒吧裡一臉愕然的好友。

她對於菁菁徹底失望了。

這種失望並非完全來自於好友對她的背叛，而是來自於氣憤。

她氣憤當初口口聲聲說錢有多重要多意義非凡的人，如今竟然會為了愛情，而捨棄掉攫獲一大筆金錢的機會。若菁菁在當下，便心意堅定地收下孟晴遞上的錢箱，孟晴反而會尊敬起她的始終如一。

但菁菁現在卻是個懦夫，只是一個無法從頭到尾守護自己原則的普通人罷了。孟晴鄙視著她。

她鄙視沒有原則的人。

孟晴與丈夫離婚後，也沒有立即辭退菁菁，因為對她而言，菁菁已經死了，如今坐在衛生清潔公司裡執行會計工作的人，是另一名陌生的女子，直在今年初那件事情發生後，孟晴才終於決定要開除她……

難道，綁架小瑜的，是菁菁嗎？她想藉此來向我復仇。

要求這麼一大筆贖金，也很像她往日的作風。當初失去了向我拿錢的機會，現在悔不當初，才決定要綁架我女兒，向我勒索贖金？

或者，她是跟鍾日新合謀？

除此之外，還有沒有可疑的人選？

謝保母，她是小瑜親近的熟人，難道她沒有嫌疑嗎？根據孟晴了解，謝保母家裡要養一對年邁父母。如果是謝保母的話，她也許偷偷知悉孟晴家中隨時藏有多少現金。

特殊教育幼兒園的張姓老師呢？是一名三十多歲的男性老師，儘管平常笑容可掬，但孟晴總感覺他注視小瑜時的神情，特別古怪。

公寓樓下的警衛，聯合衛生清潔公司裡的每一個員工，替小瑜診斷出中耳積水而失聰的小兒科醫生……孟晴人生中每一段際遇所遭遇的人物，都被她以數千倍的顯微放大鏡檢視，每個人都有正當的邪惡理由要加害她。所以，她必須挺身反擊。她後悔自己還是低估了這個充滿敵意的世界，才讓親愛的女兒身陷險境，遭受到不平等的對待。

為了穩固女兒的生活，她必須為女兒掃除各種障礙。

她必須要堅強，戴起盔甲舉起利劍，才能與這個邪惡的世界抗衡，才能好好保護懷中的脆弱女兒，這是她身為母親的唯一天職。

究竟，綁架女兒的犯人到底是誰？

犯人的目的難道真的是金錢嗎？

可是為什麼犯人不趕緊取錢，還要在捷運站的廢墟，故布疑陣來折磨她？

這時，她驟然瞥望到，一旁電聯車軌道上方，有著怪異的東西。

在通道的牆面上，一般都會張貼各式各樣的商品廣告，例如胃痛散、新上市飲料、或是女明星代言的瘦身保健食品，用來刺激候車平台上的乘客購買欲望。如今站內遭遇炸彈破壞，許多牆上的廣告不是翻掀掉落，便是遭遇火舌吞噬，但此刻，牆面上卻多出一大片至少四公尺長、兩公尺寬的長方形詭譎圖畫。

向前定睛細瞧，才發現那不是長方形的圖畫，而是經由一片一片的彩色沖洗照片組合成的長方形。

每一張照片所拍攝的人物，都是李孟晴與鍾筱瑜兩個人。

有些照片裡只有孟晴一個人，坐在咖啡店裡，或者是在衛生清潔公司內指揮員工。有些照片則只有小瑜，在幼兒園的溜滑梯玩耍，或者是謝保母牽她的手，在附近公園裡玩耍。所有照片的視角，都是被偷拍的角度。

這些照片，彷彿向她宣示一件毫無妥協空間的真相：妳逃不掉了，因為妳和妳女兒，一切的一切，都在我掌握。

數以百計的照片陳列在孟晴的眼中，她驚愕無言，內心被龐大無比的恐慌壓垮，好不容易武裝起來的堅強外衣瞬間被擊潰。

她表情痛苦，癱跌在地失魂落魄，體內最後一根維持理智的神經線，被毫不留情地剪斷了。

——誰來救救我，快點……誰能快點來救我，我承受不住了，我再也不行了，快點來幫幫我，救救我的女兒啊！

從來不肯向人求救的孟晴，在這一刻，終於放聲哭喊。向來認為低頭向人懇求幫忙是弱者行為的孟晴，竟也垂手放棄了自己堅守的原則。

哭啞的嗓音，迴盪在偌大的捷運廢墟內，久久不停。

「You better watch out, you better not cry……」

手機設定的聖誕老人進城來的來電鈴聲倏然響起，輕快悠揚的旋律，穿透了月台站內的陰暗空間。

孟晴停止哭聲，手忙腳亂，拿起電話接通，來電顯示是綁匪的號碼。

「我來了，我到月台上了，錢都給妳，什麼都給妳，我什麼都願意去做，只要我的女兒……我的女兒小瑜安全，只要妳把她還給我啊，拜託妳，拜託妳，求求妳……求求妳……」

手機的話筒，沉默了半晌，才終於響起了異樣的聲音。

「任何事情，妳都願意做嗎？」

6

紅綠燈前，春生手上的超商塑膠袋被撞落了之後，他以為自己身分即將敗露，腦中正快速思考下一步該怎麼做。沒想到，對方卻匆匆忙忙站起，慌張拾起橘色手提包，快速奔離。

他拿起超商塑膠袋，檢視裡面的東西仍然安在，便轉身而行。

約莫過了十幾分鐘後，他走近營建大樓站的第一號入口處。他看看手錶確定時間，便拿出口袋裡的手機，將手機電源打開。

他按下一組號碼後，對方接通了電話，便是一連串的哭喊聲與哀求。

春生感到很不耐煩，便說了一句話。

「任何事情，妳都願意做嗎？」

*

八月的時候，他接獲劉檢的線索通知，花了一、兩個禮拜的時間，他才找上鍾日新，而後又花了一個月的時間，才終於循線跟監上黃菁菁的行蹤。

原來黃菁菁已經在今年二月被「Perfume City」聯合衛生清潔公司解雇。離職的時間點，正好是捷運爆炸案發生後的隔天，時間點太過於巧合，讓人不懷疑也難。並且「Perfume City」的戶頭和買賣股票，都是經由黃菁菁在離職前所承辦。春生一心肯定這女子與爆炸案有密不可分的關係。

但是，春生不想要太快與「Perfume City」接觸，如果貿然闖進這間聯合衛生清潔公司問東問西，一定會造成大騷動，容易讓兇手起警覺心，恐怕功虧一簣。所以他調查鍾日新和黃菁菁的動態和居住地點，都是從警局的檔案資料下手。例如鍾日新，便是從他的戶籍資料查出他在郊區老家的地址，並且實地探勘後，才確定他已經搬回老家居住。

黃菁菁的行蹤相較之下，就十分難以掌握。

她辭職後似乎居無定所，彷彿就在躲避什麼，盡量不讓自己的蹤跡被人察覺。

追蹤過許多犯人的春生，在跟查黃菁菁的過程中也頗感棘手。最後，春生藉由祕密管道，得到她的通聯紀錄，推敲出她如今可能離開了盆城，並且投靠於一位南部的女性朋友家中，春生確定情資無誤，便收拾行囊迅速南下。

可惜的是，經過多日監視那位女性朋友的家，他並沒有見到黃菁菁的身影。等待的時日一長，他可以確定黃菁菁並不住在大學朋友家。

他把心一橫，冒著被拆穿的風險，上門拜訪那位女性朋友，自稱是黃菁菁的親戚，因想念姪女而正在找尋她，因為以前聽過她提起這位朋友，才冒昧拜訪——這是十分拙劣的騙話，如果對方反問，為何知道她這位朋友的住處，這種漏洞百出的謊言，肯定會被當場拆穿。

幸虧那位女性友人個性似乎單純天真，很容易信人，再加上春生一身警察制服，女性朋友便爽快寫了紙條，記下黃菁菁的現址。

黃菁菁如今寄寓在南部一間舊公寓改裝成的租屋大樓。

春生很難想像，如果她在股票市場賺了一大筆錢，為何卻縮居在這種便宜套房？

這一次，他沒有先行調查套房的建築格局。因為是老公寓改建，門鎖很容易用萬能鑰匙輕易打開。

同樣的方法，他先潛入黃菁菁家中，等她返家後，突如其來現身制服她，再將她綑綁，用黑布遮眼避免自己面容被看到。

本來，春生想要將對付鍾日新的模式，也同樣施展在黃菁菁的身上。但對方卻異常冷靜，不慌不忙，就算被乍然現身的陌生男子嚇到，被綁在椅子上，仍然不吭一聲。

春生本來計畫，要拿膠布封住對方嘴巴，看來無此必要。

「你是小晴派來的嗎？」

「小晴……妳是指Perfume City的總經理李孟晴嗎？為什麼，妳會以為我是她派來？」

「嗯……那你為什麼找上我？」

「有人密報Perfume City逃稅，根據線索調查，發現Perfume City竟然利用捷運爆炸案賺了一票。我正在追查這一件事情。所以，只要妳好好跟我說，妳親手處理的戶頭為什麼有不正常的金流，我就不會對妳怎樣。」

這是謊話，在春生的懷中，早已準備好一把九二式半自動手槍。

因警察只在執行公務時，才能從彈藥庫取出S&W系列的手槍，所以他這把中國產製的九二手槍，是他透過管道從地下黑市購來。只要對方是爆炸案的兇手，他便會將一顆九公釐銀銅子彈，在毫無誤差的狀態下直接送入對方的胸口。

坐在椅子上的蒙眼女子燦然一笑。

「你找錯人了，因為……我也是受害者，密報Perfume City逃稅的人，就是我。」

春生雙眉一皺，隨時預備好拿出九二手槍的右手也輕輕垂下。

「為什麼，妳要這麼做？」

「因為要報復。」

「為什麼妳要報復，妳跟爆炸案沒關係嗎？」

「說沒關係是假的，但是……我是被利用的。我不甘心就這樣蒙上不白之冤，所以，就算狼狽逃來南部這裡，我也要反咬小晴一口。」

根據黃菁菁所言，她去年與李孟晴因某事鬧僵後，李孟晴的行止舉動便越顯怪異。那時期，公司因為金融海嘯影響，收入銳減，赤字通紅的財務已經不是勒緊褲帶就能苦撐下去的狀況。貸款額度早已用罄，公司瀕臨破產邊緣，只有一線之隔。

——沒想到，在這種危急存亡之刻，小晴還命令我去辦理許多戶頭，開始投資股票市場，我簡直猜不透她在想什麼。結果今年二月初，她說底下的清潔員工在清理營建大樓站時，撿到一袋包裹，卻忘在清潔車上帶回公司來了。所以，她想請我幫忙交還到營建大樓站的失物招領處。我沒多想，便在下班回家時，順便將包裹交給營建大樓站的服務台。當我打電話向她報告事情處理妥善之後，她卻翻臉不認人，直接跟我說要開除我。等到隔天報紙一打開，我才發現事情非常不妙……我終於知道小晴在打什麼鬼主意。原來，她一直沒原諒我，甚至想找機會向我報復，讓我背黑鍋……我不是笨蛋，只能趕緊整理行李，離開盆城。畢竟，再怎麼說，我都是間接的幫手，只要事情一敗露，我恐怕也難逃法網。但我又不甘心被她白白利用，所以才向財務部密報Perfume City逃稅，就算她沒被人發現是爆炸案主謀，我也想讓她被查稅員盯上，吃一吃苦頭。

春生根據以往捕捉嫌犯的多年經驗，他找不出眼前女子話語中的漏洞，或者是心虛所犯下的邏輯錯誤。她語調誠懇，言語真實。

他取出口袋裡的小刀，同樣遞到被綁住的女子手中，要她自我掙脫。

春生板著臉，離開了這座老公寓。

冤債有主，他不會對同樣是受害人的黃菁菁過分苛求。

要找到李孟晴的行跡，容易多了。

春生花費了兩個多月時間的跟監、策畫，也以「防竊顧問」的名義拜訪李孟晴公寓隔壁住戶，摸清楚建築格局的漏洞之後，便偷偷潛入她的家，發現她家裡藏有大筆現金，剛好一千四百五十六萬。他推測這些錢，應該是從股票市場不當獲利的結果，因為怕戶頭資金流動過大引人注目，所以乾脆領出來，保管於自宅。他也在抽屜暗層，找出許多製作各類炸彈的參考書籍，對照他調查李孟晴在大學夜間部就讀的物理系經歷，她要製造出一枚殺傷力強大的硝酸甘油炸彈，絕非難事。

單單讓對方死亡，已經無法紓解春生的憤怒了。

調查過程，他得知對方有一個親生孩子。

最徹底的報復，就是讓對方也品嘗與他一樣絕望的心境。

綁架流程終於規畫完的這一天，春生來到鍾筱瑜就讀的特殊教育幼兒園，翻牆進入後，便用棉布沾滿乙醚，快速摀住小女孩的口鼻。雖然只憑乙醚，無法短時間就迷昏成人，但是對象是小孩子，顯然乙醚的麻醉力就能讓小女孩意識昏昏沉沉，無力反抗，也無法尖叫示警。春生迅速地抱著小女孩，翻牆離開。

布置好一切，春生便從口袋中緩緩拿出手機，點擊打開一款APP下載軟體。這支智慧型手機是亞安用課後打工的錢，買來當作他的父親節禮物。

對春生而言，智慧型手機的使用方法，還有螢幕上各種功能軟體，都讓他看得眼花撩亂。

他之所以懂得下載APP這種天方夜譚般的程式，都是亞安慢慢教會他。現在手機螢幕上顯示一款變聲軟體，也是當初亞安為了好玩，而幫他下載安裝。

為了不要洩漏身分，春生決定以變聲軟體，扭曲自己的音質打電話給對方。

這是一支充滿美好回憶的手機，只要撫摸它的金屬外殼，春生彷彿還能感觸到兒子的呼吸、聲音、以及生命的跳動。

他真的要利用這一支象徵快樂時光的手機，來實行他的恐怖計畫嗎？難道，他不怕玷汙了與兒子之間的光輝記憶？他兒子如果還活著，會願意看到他的父親化身為兇惡的魔鬼，也要替自己的兒子復仇嗎？

春生遲疑了，撫摸手機外殼的手指也隨之停下，煎熬矛盾的情緒，翻攪心中。

——我是父親，我要保護我的兒子。

他雙眼一瞪，撥下號碼。

＊

在空蕩幽寂的捷運月台站內，孟晴彷如椎心泣血，拿著手機的手顫抖不已，一臉哭喪悲鬱。

「任何事情，妳都願意做嗎？」話筒的彼端，響起的不是尖銳的女性聲音，竟然是一名男子的低沉嗓音。

「是你……你綁走我家的小瑜嗎？拜託你，求求你不要傷害小瑜啊，她只是一個小女孩而已啊！只要你說出來，我什麼事情都願意做！」

「要妳去殺人，妳也願意？」

「願意！我願意！只要你告訴我，你想殺誰？」

「哈哈哈哈哈……」話筒裡的男子，開始激動地笑起來，彷彿聽到一個好笑到不行的笑話。

「你……你到底是誰？」

「你問我是誰嗎？好，我告訴妳。今年初，妳在捷運站內，放置了一枚硝酸甘油炸彈，炸彈爆炸後，殺死了兩個人，一個人是八十多歲的年老婦人，因為被水泥牆壓住而猝死。另一個人，是十六歲的高中生，被鐵條貫穿心臟動脈，當場死亡，你知道他是誰嗎？」

「他……他是……」

「他的名字叫王亞安，我是王亞安的爸爸。」

皮鞋的腳步聲從遙遠的彼端響起，慢慢靠近。

春生從捷運入口處第一號出入口偷偷進入。因為離炸彈爆炸處較遠，主結構沒有受太大破壞，所以他才能從上層沿著損害不多的樓梯走到下層的候車平台。

孟晴看著眼前陌生的男子，默默地擦乾臉上的眼淚。

「你就是綁走小瑜的人嗎？」
「是不是妳，將一枚定時炸彈放在這座捷運站？」
「是我，又怎樣？」
「妳真的只是為了賺錢？」
「是……我就是為了錢。」
「為什麼，妳為什麼要做這種可怕的事？」
「你不會懂……我公司……我公司已經快垮了，即將倒閉，不斷負債，我也要被法院宣布破產，這太可怕了，只要破產，就什麼都沒了，就再也不可能回復往日的生活……我不能眼睜睜看著事情越來越糟，卻什麼都不做……」
「妳在狡辯！」
「我是一個母親啊，我要好好照顧我女兒，小瑜她……她是一個生病的人，她根本沒有能力照顧自己，就算以後長大了，一個聽不到、也說不出正常話的人，未來會有什麼安全的路可以走？所以我不能倒下，我一倒下，這個家就完了，我女兒的人生也等於完了，死路一條！就像是那個人說的一樣，我身為母親，必須要好好保護我的女兒，所以……所以為了我女兒，我什麼都願意做！」
講到一半，孟晴再度哭泣起來。
她自認個性堅強，就算當初親手製作高爆裂性炸彈，造成捷運站爆炸，害死了人。她望著電視新聞裡被抬上擔架的屍體，也不曾流淚。

她也不曾來到此地，觀察爆炸後的捷運站狀態。因為她的目的只是錢。

她覺得有點可惜而已。

她已經盡量避開尖峰時段，不想造成太多傷亡。

當時，她望著新聞畫面，嘆了一口氣。

這是沒辦法的事情。

畢竟為了快速籌措到周轉資金，她才想出一個操作股市行情的方式。這些經濟知識，是她以前陪同菁菁聽課時，從會計系的選修學程中得知。

爆炸案發生後，她連一滴眼淚也沒有掉。不過今晚，她卻流淚不停。

「為了妳女兒，你甘願背負殺人犯的名字？妳知不知道放炸彈在這裡，會造成大規模死傷？」

「我已經努力避開通車時段了！我只是想要製造一場小恐慌而已……沒有想要傷害任何人！我愛小瑜，我愛我的女兒，我只是想要保護她而已。」

「這都是藉口，妳的愛，只是自以為是的愛。」

「這不是藉口！」

「妳用愛的名義殺人。」

每次春生踏前一步，孟晴便害怕地退後一步，以為對方要對她有所不利。沒想到春生卻是逕自走近候車平台的邊緣，將手舉起，往下直指鋼鐵軌道。

孟晴轉頭，往他手指的方向眺望而去。

在鋼軌的正中間，躺著一個小小的人影，她不會看錯，是她獨一無二的珍貴女兒。

「妳不要動，也不要大聲叫，如果不小心吵醒妳的女兒，後果自負……啊，不過妳女兒應該也聽不到妳的聲音。」

「好……」孟晴渾身發抖。

「妳看到妳女兒旁邊的鋼軌了吧，我給妳解釋。捷運的鐵軌跟一般火車的鐵軌不同，差別在於捷運的鋼軌會通電，因為捷運的電聯車便是利用鋼軌上的電力傳導，才能集電行走，電力大概是七百伏特。我已經讓妳女兒吃了安眠藥，昏睡了一兩個小時，應該沒有問題。但是，她醒來後，可能會爬起來亂動，如果被我脫掉鞋子的雙腳，不小心踩到鋼軌，便會觸電，雖然七百伏特的電力對成年人來說不至於致命，但是對於這麼小的孩子來說，接觸到應該會很痛苦。」

「什麼，你為什麼……」

「當然，妳也能不相信我講的每一句話，妳可以認為我在騙人，這一切只是個惡劣的開玩笑。」

孟晴表情痛苦扭曲，兩眼瞅望著躺在陰濕地底的女兒，很想直接一躍而下，去解救女兒。

她不知道鋼軌究竟有沒有通電，也不知道對方是不是在欺騙她，但是她沒有懷疑的餘地。

「妳放置炸彈，說是為了女兒，為了妳的家。這根本不是事實，妳在做的事情，是在自我滿足罷了，我很明白……」

「你到底想做什麼事？只要你說出來，我什麼都願意做。你是不是要錢？我帶錢來了，你都拿去！」孟晴在廢墟中大吼大叫，回音震盪。

「我不是說了嗎？我要妳殺人。你的錢我不要。我叫你拿錢，只是想測試看看，你是不是真的關心妳女兒。」春生說完話，便將口袋裡的小刀、手上的超商提袋，一同丟擲到孟晴的腳邊。

「告訴我，你想要讓誰死？我願意聽你的指示！」

「真的？」

「我一定照辦！」

「我要妳，殺死妳自己。」

「什麼?!」

「妳不是說，為了妳女兒，妳什麼都願意做？那麼，我要妳為了妳女兒的生命，殺死妳自己，用這把刀直接刺穿妳自己的心臟。放心好了，只要妳一死，我不會對妳女兒怎樣。」

「空口無憑！我怎麼知道你……」

「妳看看塑膠袋裡的文件，那是身障人士育幼院的入院申請書。我都填好資料了，只要妳一死，我就會把妳女兒鍾筱瑜送入育幼院裡照顧，每月固定匯五萬元的錢給她，一直到她十八歲成年。這段時間我會負責她過活、教育所需一切必備物資。我是一名警察，收入穩定，妳不用擔心她以後的生活會有所匱乏。如果妳不願意讓她進入育幼院，那我會把她交給她父親照顧，當然，我還是會每月匯錢給她。但是這兩種方案，前提都是……妳必須死！否則死的人，就會是妳女兒。」

春生說完話，便拿出懷裡的九二手槍，上了膛，保險解除，將槍口對準月台軌道上熟睡的女孩。

——等等！不要！不要拿槍對準她，你看，你快看，我拿起刀子了，你看，你快看！我會照你說的做！

孟晴尖叫一聲，舉起兩隻手用力揮動，剛才被劃破傷口的左手手掌滴下紅色的血液。

她連忙蹲下身，將地上的刀子拾起。

她願意為女兒做任何犧牲，就算是奉獻自己的珍貴性命，也值得，這就是她身為母親的覺悟。

春生並沒有因為孟晴的叫喊而收起手槍，槍口的準星仍舊死盯著躺臥地底的女孩。

孟晴嚥了嚥口水，將小刀橫舉在自己胸前。

——自己就要死了嗎？

據說，人要死之前，眼中會像跑馬燈一樣，閃過許多人生的畫面，但孟晴卻完全看不到。

她只感覺眼前一片黑暗，濃稠得化不開的黑暗與悔恨，在她眼裡不斷的擠壓、膨脹，她什麼也看不到……這時，可怕的事情發生了，在陰暗潮濕的廢墟裡，慢慢憑空浮現一隻龐大無比的黑色魔鬼，它的眼神淒厲，發出低吼沉悶的獸音，張開一張血盆大口，即將要把孟晴吞下肚的時候，她看見了——她看見魔鬼巨大的嘴腔深處，出現了一顆頭顱，那是小瑜的頭顱，小瑜失去知覺，被鮮紅色的喉嚨肌肉所包覆，正被緩緩吞噬於腹內，即將消失。

她嚇了一跳，小刀不小心掉落地上。

她想起了那個人說的話……那個人說過，人類很脆弱，所以才需要堅強的心靈來捍衛自己。她莫名回想起與對方的談話，內心瞬間充滿激動。

她趕緊趴下去，重新拾起刀子。

——不行，絕對不行！小瑜的媽媽是我，也只有我，才有資格保護小瑜！小瑜……是我的女兒！

她轉過身，趁著蹲下身、拾起刀子的時候，從旁邊的橘色手提包暗中拿出一瓶玻璃罐與打火機。

手提包除了放入許多鈔票之外，她在出門前，也將一枚簡易自製的玻璃瓶汽油彈放入包中。

這枚汽油彈是她在今年一月製作，本來是為了用來爆破捷運站，但是因為汽油彈破壞範圍小，又很難以定時鬧鐘控制引爆，最後經過評估，才改成硝酸甘油炸彈。

她背對男子，趁男子注意她蹲下的動作而分心，她立即點起火苗，將玻璃瓶炸彈往後拋去，丟向對方。

春生雖然吃驚，但畢竟是受過體能訓練的在役員警，側身一閃，汽油彈並沒有攻擊到他。但是被丟擲過去的炸彈，卻丟到月台的角落，鏗鏘一聲撞碎，馬上起火燃燒，春生被這一股爆炸衝擊，撞倒在地。

劇烈的爆炸，震響了整個捷運站空間。

孟晴轉頭一看，簡直嚇傻了。

雖然爆炸威力沒有很強，但卻搖撼了本來就很脆弱的月台結構，沒想到方才孟晴攀爬的鋼柱，也開始搖晃不已。

底下作為支撐的地球造型藝術品，再也無法負荷，即將倒塌，只要幾秒時間，失去支撐的鋼柱便會應聲倒落。

鋼柱底下，正是小瑜靜靜躺臥的鐵軌位置。

孟晴渾身發抖，毫無猶豫往前奔去。

7

紮著馬尾的女酒保，一邊用櫃台旁的洗手台洗濯杯碗，一邊抬頭注視牆上的掛鐘，距離酒館打烊只剩下五分鐘。最後一名客人早已結帳，正在座位上收拾背包，準備離去。

「喀啷喀啷！」安置在玻璃門上的銅鈴盡責地響起，有一名身材高大的男子推門踏進，身後還跟著一名睡眼惺忪的小女孩。

女酒保有些疑惑，兩人的衣衫都沾滿了塵土，外表有點骯髒，褲腳也沾滿塵泥。

男子與女孩緩緩走進屋內，與店內的客人擦身而過。因酒吧通道空間不大，男子特地停下腳步，先讓客人離開。

這時候，男子的手機響起，他看到螢幕顯示是劉檢的號碼。自從幾個月前，在酒吧門外與劉檢用手機通話之後，他便不再與劉檢聯絡，這幾個月以來，劉檢不停來電找他，男子一概都不接聽。

如今，男子端詳著發光的手機螢幕，感覺對劉檢充滿愧疚，因為對方真的很關心自己，也許……應該向他說明，今晚發生的事情？沉思片刻，他搖搖頭，按下拒接，關機。

女酒保困惑不解，注視著男子，然後再將視線移往一旁的小女孩。

「這位帥哥，渾身髒透了，還沒洗好澡，就趕著來看我？不過現在時間，很晚了，要打烊了。」

「可以稍微坐一下嗎？我看到妳門口還沒熄燈，就想說，也許可以坐著休息一下。」

「這位小妹妹好可愛，是你的女兒吧！這麼晚還帶她上酒吧，不太好喔。」

疲倦的男子什麼話也沒說，小女孩揹著一個黃色的背包，表情羞怯，緊抓著男子的衣角。

「可以拿一杯果汁給她嗎？還有，這是之前打破妳店裡葡萄酒的賠償金。」男子開口，與小女孩一同坐在吧台前方，還將一疊鈔票，放在桌上。
「好啊，看她那麼可愛，我免費招待，那你呢……要不要也來一杯？」女酒保上身傾斜，手指微微碰觸男子放在吧台上的手臂。
「我不用。」
女酒保一臉驚訝，察覺男子表情不同以往，肅穆凝重，似乎很悲傷。
她將手指悄悄縮回，恢復原本的站姿，轉身打開冰箱，將冷藏的蘋果汁倒進一杯玻璃馬克杯，遞給小女孩。
除此之外，女酒保還拿著冰塊倒入方形的高球杯中，挑選了一瓶龍舌蘭，用濾網濾出酒液，用長匙輕輕攪拌，調起了一杯暗紅色的酒，端給男子。
「這杯我招待。」
「又是蜂蜜水？」
「哪有紅色的蜂蜜水？喝喝看就知道啦。」
男子有些詫異，隨即恢復了冷靜的表情，端著酒杯，慢慢啜飲起來。
小女孩兩手接過橙黃色的蘋果汁，表情很開心地喝起來，還一邊注視著玻璃杯上轉印的「Maze」的斜體字樣，似乎感到很好奇。
男子不禁疑問，不知道小女孩會不會認得英文字了呢？在特殊教育幼兒園中，老師又是怎麼教導聽不見的小孩認字？

真是可憐的孩子……

他也發覺，小女孩好像很喜歡冰冰涼涼的果汁，喝果汁的表情很開心。

這個夜晚，男子儘管閃避過汽油彈的攻擊，但他仍然被轟炸的威力給震昏。迷迷茫茫之間，他看到眼前的女子為了拯救小女孩，不顧一切往前奔去。

雖然女子將小女孩平安抱起，並且放置在安全的地方，但自己卻因為逃生不及，轉眼之間，便被傾倒的鋼柱狠狠壓住了——女子完成了男子的期望，而男子會遵守承諾。

但，為什麼，男子心中卻沒有太多高興的情緒？

酒吧裡，牆上的電視螢幕沒有開啟，一片寂寥陰灰，女酒保站在吧台後方，拿抹布擦拭透明的酒杯，偷覷著吧台對面的兩人。

男子回想起兒子的臉龐。

兒子是一個不可思議的人，有時候會說出一些不可思議的話。

「爸，你愛我嗎？」

「啊？你腦袋秀逗喔，問這種問題，當然愛啊。」

對方搔著頭，思考了一會兒。

「可是啊，爸，有時候我總會覺得……愛，好像雙面刃，會有創造，也會毀掉什麼東西，就像大花咸豐草一樣，很漂亮的花對不對？不過卻是危害很大的外來種，也有強烈的毒他作用，在我的研究裡，我一直不知道該怎麼寫結論，我應該將它寫成是一種有害的恐怖植物嗎？……不過，這也不能怪大花咸豐草啦，畢竟，它也是依照自己的基因密碼指令，產生這些行為。」

——為了護衛自我生命而毒害他者，為了繁衍後代而刺傷他者，這是屬於它的生存形式。

他不知道這樣的結局，是不是自己在追尋的最終結論。

如果時間倒退重來，他還會做一樣的選擇嗎？他還是會得出相同的答案嗎？

「嘿，小妹妹，蘋果汁好不好喝呀？」

紮馬尾的女酒保一臉微笑，詢問坐在椅子上、正乖乖啜飲蘋果汁的小女孩。

小女孩好像聽懂對方的話，點點頭。

「至於你……」紅髮女酒保的口氣稍微停頓了一下，「如何？這一杯替你調的El Diablo，味道如何？」

「El Diablo？」

「是西班牙文，意思是『魔鬼』，因為加了天然的黑醋栗，才變得這麼鮮紅，合你口味吧？」

男子啜飲著酒，凝望著身旁小女孩清澈無瑕的雙眼。

男子緩緩品嘗著答案。

——〈惡鬼〉故事完

Ⅲ、冬之章：拇指珊瑚

1

親愛的，你看到了嗎？

今夜，水中竟然下雪了。

粉紅色的繽紛雪花，是數千數萬朵橢圓瑩亮的卵胞，正在水裡翩翩漂舞。

我從幽暗深邃的海底隧道通口裡，凝目仰望著一片光影浮燦。轉瞬之間，彷彿置身於一場無與倫比的深夜雪季一樣，好夢幻，好像是魔法般的場景，我頓時看呆了……

好不可思議的燦爛景觀。

我走在海洋館的海底隧道，仰望四周，養殖在特殊加強玻璃後方的珊瑚竟然一夕之間集體產卵，鹿角珊瑚、薔薇珊瑚、十字牡丹珊瑚、母枝珊瑚、角蜂巢珊瑚……幾百多株五顏六色的海底珊瑚，在容積量非常龐大的生物養殖池中，為了生存，為了孕育的願盼，正勇敢吐露著生命的光輝與喜悅。

一隻棕殼海龜從隧道大水箱上方游過，彷彿划入了一片迷迷茫茫的雪霧之中，熱帶魚群體也紛紛嚷嚷，彷彿不甘寂寞地竄泅其間。

我滿懷激情，熱淚盈眶，甚至顫抖地趨前。

我的右手靜靜撫貼著海底隧道的強化玻璃，用手指拈觸玻璃，想要近距離接觸這樣魅麗的氛圍，好好感受這種不可思議的神祕力量，想與你共同屏息沉浸在這絢爛無邊的魔幻氣氛中。

嘿，小俊，親愛的，你可以感受到，這是多麼神聖的光景嗎？

對了，我要快點拿攝影機，把這個畫面記錄下來，並且拍攝照片。畢竟這可是極其珍貴的珊瑚生態現象，沒想到竟然會在冬天這樣的時節進行產卵……

「喂喂，妳別看呆了啊，妳難道忘了現在還是工作時間嗎？可不要把那些夜宿團員丟在身後，什麼都不管喔。」一連串有點嘈雜的話語，從我右耳的耳機中傳來，是你正在對講機的另一端出聲說話。

「對喔，我都忘了，好啦好啦，多謝你好心提醒。可惡。」我呵呵笑了一下，吐了吐舌頭，將耳機擺正，朝耳機機體末端連接一根圓弧形的條狀麥克風回答對方。

「快點去工作啦，先安頓好客人，再去觀察產卵情況。不過妳也不需要費心記錄，隧道口的監視攝影機，也會很盡責地記錄下珊瑚產卵的情況，妳只需要好好張大眼睛欣賞美景就好了。」你一絲不苟地對我說話，一半像是命令，一半卻像是在安撫我的心情。

「我只是想放鬆一下嘛，笨蛋小俊，你真的很不解情調耶。反正我已經帶團員將館內繞過一圈，今晚的講解活動也大致結束了，接下來，只要引導團員鋪好棉被床，夜宿在隧道口就好了。」

講完話，我就立即回復了正經八百的嚴肅態度，深深呼吸了一口氣，戴上城南海洋生物館員工的專業臉龐，轉身朝向背後的夜宿體驗成員。

在這個珊瑚產卵的魔法時刻裡，我所帶領的四名團員，每個人都在我身後發出讚歎驚呼的聲響。每個人都抬起頭邊走邊看，逐步踏近防水玻璃，睜大眼睛，貪婪地想將這一大幅奧祕畫面盡攬心底。

「大家，不要太靠近才好哦，太過於靠近，反而會看不到全貌。站在這個隧道走廊的中間地方，視野才會比較好。」

海底隧道是一座倒U字形的長形甬道，甬道玻璃牆面以外、以上的空間，則是一座巨大的水中生物養殖箱，水池大約長二十二公尺、寬十五公尺，水深則有十幾公尺之多。圓弧形的水底隧道就在七公尺的水深下，橫越了這座巨大水池的正中央。

我不想讓他們太靠近玻璃，便勸眾人退後幾步，要站在走廊中心，仰眺著綻放水中的粉色飄雪。不過，團員中年紀最小的小男孩，卻絲毫沒有聽從我指揮的意願，反而朝向玻璃窗越靠越近。

「大姊姊，導覽大姊姊。」

「嗯，怎麼了呢？」

「大姊姊，這是魚在大便嗎？」

「呵呵，不是喔，這是珊瑚在產卵。」

「啊，珊瑚？珊瑚不是沒生命嗎？」

「珊瑚是活的喔，是活生生的生物體，所以也會產卵呀。」

「看起來好噁心，超噁爛。」小男孩抬頭向玻璃吐了一口唾沫。

「珊瑚產卵是很珍貴的現象喔，我也不知道，今天晚上珊瑚竟然會集體產卵，這實在是太神奇了。因為，人工養殖珊瑚很難進行主動排卵，並且珊瑚產卵的時節通常都是在夏季初期，水溫較為溫暖的時刻。不過，現在是冬季竟然會產卵，可能跟養殖的環境有關，所以才造成了產卵時間的異常。但是，詳細的原因，我也不太清楚，可能要等之後研究人員深入調查，才會比較清楚。」

「妳好煩喔，好囉嗦。」

「小朋友，我的意思是說，我們大家今晚真的很幸運喔，可以看到這個難得一見的奇景。對於這間海洋水族館來說，也是開館五年以來，首次發生的大事情呢！對了，小朋友，現在是晚上時間，有些小魚已經在睡覺了，雖然牠們沒有眼皮無法閉起來，不過牠們確實是在睡覺，所以不要去嚇牠們，或者拿燈光、手電筒去照牠們。大姊姊剛才把館內電燈都關掉，只留下旁邊的小夜燈，就是要讓小魚兒可以好好睡覺喔。」

我蹲下身，平心靜氣，拿起口袋裡的手帕將玻璃擦拭乾淨，並且對男孩耐心解釋珊瑚的繁殖生態，以及參觀夜間水族生物的注意事項。

「小達，你又在胡搞亂來了！過來！」一道尖銳嗓音響起，嚇得小男孩後退三步。

我側身望去，原來是歐陽姊正在厲聲斥罵，並且快步朝調皮男孩的位置走過來。我默默猜想，身為一名七歲健康男孩的親生母親，平日的考驗與苦惱肯定難以想像。

不知道以後，我是否也會有撫養小孩的經驗呢？

算了，這種事也只能想一想而已。

我一臉苦笑。

「真不好意思呢。」對方朝我微微鞠躬。

「歐陽姊，沒關係啦，畢竟小朋友比較好奇。」

「辛苦妳了，安達太愛搗蛋，希望不會給妳添麻煩。」

「妳才辛苦呢，照顧小孩應該很不容易吧。藉由導覽解說的活動，我也可以趁機好好將生物知識教導給小朋友，這也是我們館方想要舉辦夜宿活動的宗旨，希望藉由這次的體驗活動，進行海洋生態教育的宣導。」

「這次的活動，是第一次舉辦吧？」

「是呀，也算是試試水溫，看看大眾對於這種夜宿活動有沒有興趣。如果成效好，施行成果不錯，之後應該會成為常態性的館內活動。」

「看起來，能夠抽獎抽到這一次的夜宿體驗活動，真的是太幸運了呢！」

「是呀，如果您很滿意我們舉辦的夜宿體驗活動，也要替城南海洋生物教育館多多宣傳喔。」

「會啦會啦，我會在我的部落格好好分享遊記，也在臉書粉絲專頁按讚了呦。」

看起來三十多歲的婦人，有著爽朗的微笑，一手牽著滿臉無辜表情的男孩，跟我頻頻道謝，也開始跟我閒聊起方才逛過海洋館一圈的心情感想。

「我也要謝謝妳的捧場。」我用嘴角的微笑答覆婦人的客氣。

「喂喂，這裡也太冷了吧！可不可以先拿棉被來啊？我都快要凍死了，你們這裡的空調是不是壞了啊？」

一陣粗魯渾厚的聲音從旁邊傳來，我轉頭看過去，說話者是一名身材高瘦的男子。雖然音調粗野，外表卻很斯文帥氣，金色挑染、打髮蠟的髮型也很時尚，戴著一副銀框眼鏡。

「楊先生，真不好意思，我馬上把推車推過來，棉被就在推車上的塑膠箱裡面。」我朝男子微微欠身，便走向玻璃隧道另一邊的盡頭，將我剛才擱放在那裡的小型四輪手推車推過來。

一邊用雙手推著推車，我一邊聽到男子與他身旁的女子起了爭執。

「你為什麼對導覽小姐這麼不禮貌？」

「因為我真的覺得很冷啊。」

「她好端端跟別人在聊天，你為什麼要突然跑過去插嘴？」

「啊？因為……因為我覺得很冷啊。」男子覺得莫名其妙，雙手一攤。

「我知道，你是故意跑去跟她聊天。」

「娟娟，妳不要又開始……」男子正要開口向女伴說話，想要進行反駁抗辯，但一見到我將手推車推了過來，便抿抿嘴唇，閉口不言。

「楊先生，詹小姐，歐陽姊，還有安達弟弟，這個箱子裡的棉被還有枕頭，便是館方提供的寢宿用品。」我一邊將純白的棉被與枕頭分發給眾人，一邊向大家解釋夜宿海洋館的各種注意事項，「……大家躺在這個海底隧道裡面，可以仰看著頭頂上的水箱景觀，有些水族生物屬於夜行性，例如龍蝦便是夜行性的生物，如果運氣好，還能看到牠們脫殼，另外，我們可以看到海底隧道的那一邊有……」一邊講解，我一邊偷偷瞥覷著那名粗魯的男子與他身旁表情不悅的女子。

女子的臉蛋非常美麗，尤其是那一雙明亮鳳眸，就算生氣，雙眼的線條也顯得很可愛。如果以我同樣身為女性的角度來看，我確實有些嫉妒「海公主」的外表。

面容姣媚的女子是「海公主」，她是在去年海洋館舉辦代言人徵選大賽，獲得首獎冠軍的女子。模特兒公司出身的她，拔得頭籌獲選為館方代言人的「海公主」，同時也是一位在演藝圈方嶄露頭角的新生代年輕女演員，他身旁的男子，是一位專門跑通告的藝人，同時也是她早已公開的男友。

今晚的海洋館夜宿活動，總共有四人參加：詹妍娟、楊冬青、歐陽美雪、以及頑皮的男孩劉安達。

聽完我略微冗長的水池生態解說，四個人也同時將各自的棉被鋪疊在清掃過的玻璃通道中央。

「另外，這是館方為了向參加夜宿海洋館活動的客人表達感謝，額外贈送的白鯨造型杯。」我從手推車上的尼龍袋子裡，取出了四組白鯨造型的小型馬克杯，遞給四名團員，袋子裡還有一罐礦泉水。

「晚上的海洋館可能會有點冷，請各位也要適時補充水分，我來幫大家倒礦泉水吧。」

我將歐陽姊與小達的白色馬克杯斟滿水，正要幫海公主倒水時，她身邊的男伴卻跑了過來，從我手中將礦泉水寶特瓶直接拿走。

「沒關係，我來倒就好了。」男子說完話，便搶著將海公主的馬克杯斟滿透明清澈的水，很忙著向女方獻殷勤。

海公主一句話也不說，兩手乖乖捧著杯子，凝望著對方的臉龐，然後輕輕綻放了笑靨。

看起來，兩人好像又和好了。

哎，戀愛，實在很不可思議。

對了，親愛的，你知道海公主與她男友，兩人是如何認識的嗎？我曾經在一本超商販售的周刊雜誌看過報導，詹妍娟在接受媒體訪問時，興奮說出與男友相識的經過。

一年前，兩人便是在這一間海洋生物教育館邂逅，因為兩人正巧同時參加某個電視台的通告節目，共同搭檔，在節目裡介紹海洋館。因為這層原因，所以才有所認識，甚至進而交往。

海公主在平面媒體的採訪中說著：「我最大的願望，就是能永遠與情人廝守一生，就像是我們邂逅的那一天一樣，充滿感動。」配合著女藝人美麗迷濛的臉孔攝影照片，下方的解釋文字說明海公主在採訪過程中曾經說過的這句話。

「嘿，你還記不記得我們相遇的那一天？」當我安置好團員之後，趁著空檔，便轉頭側望著這一片如雪花飄飛的珊瑚產卵盛況，一邊輕輕拉扯著耳機，朝小型麥克風說話，小聲問你，記不記得我們之間的紀念日。

「那麼久以前的事情，誰還記得。」我聽到你的聲音在說話。

「你很沒良心耶。」我向對方抱怨的同時，也開始在腦中回憶起，我們多年前相遇的場景。

那是剛上大學的某個假日，校園內的綠色草坪搭起了像是一座座馬戲團帳篷的尖頂篷座，原來是校內正舉辦社團展覽會，想要拉新生入社。

在擁擠的人群裡，我隨意閒逛，意外看到有個斗大的長形招牌寫著「長寬高輕艇隊」。我不禁疑惑，這是什麼鬼名字啊？

「這是我們社團的名字啦。」穿綠色運動外套的男子在櫃台後抬起頭來，向我搭話，似乎聽到了我小聲的嘀咕。我有些臉紅。

「好奇怪的名字喔。」

「因為我們社內現在只有三名成員，恰好每個人的名字分別有『長、寬、高』這三個字，所以就這樣命名。」

「這樣取名真有趣，那你叫什麼名字？」

「我叫韓長俊，是研究所的學生。對了，如果妳加入我們社團，妳的名字應該也可以加進來喔。」

我噗哧一笑。

隨後，外貌清爽，有著陽光氣息的男子，就開始向我解釋何謂水上輕艇運動。那是一種坐在類似獨木舟的船艇上，用一根槳葉左右錯落划行，讓船艇得以前進的水上活動。這種運動在國內尚不興盛，我也不太理解這究竟是怎樣的運動形式。

「不知道也沒關係，來來來，妳過來，讓妳看個東西。」穿著運動衫的男子向我揮手招呼，我雖然有些害怕，但還是走了過去。

在帳篷櫃台的後方，堆著一疊像是垃圾的紅色塑膠布。

「妳可能覺得，這堆垃圾有什麼好看吧？」

我被猜中心聲，感到有些不是滋味。

「明明就是塑膠布嘛，還這麼髒，也沒什麼好看。」

「不要先下定論，也不要被眼前的外表迷惑了，就算是不起眼的塑膠布，也可能有驚奇的變化。」

他一邊說著，便蹲下身，從櫃台下方拿起了一支打氣筒，往塑膠布連接著打氣管。原來是需要充氣。

隨著氣體逐漸灌入塑膠布之中，赤紅色的布面撐開、膨脹……才十多分鐘之後，一艘大約有三公尺長的巨型塑膠船就出現在眼前。

「哇……好大的船。」我著實嚇了一跳。

「看吧，這才是塑膠布的真相，很酷吧。而且，不是要叫它『好大的船』，要叫它『充氣式輕艇』。」

「充氣……輕艇？」

「是呀，其實，輕艇就是獨木舟，現在雖然知名度不高，但在國外可是很有名的戶外運動，甚至奧運也有輕艇的比賽項目。這個充氣式輕艇是Gumotex公司出品的Helios雙人充氣獨木舟，也是我們這些社員打工，存錢很久，才能買下。當然啦，不只是這艘充氣輕艇，我們社內還有兩艘玻璃纖維材質的輕艇小船，也是性能很好的輕艇……」

接著，你興匆匆地拿起櫃台上的筆記型電腦，放映去年在奧運比賽中的輕艇比賽影片，向我解說更詳細的輕艇知識。

最後，我受到你熱情勸說的影響，在好奇心的驅使之下，加入了社團。

不久，我與你成為了形影不離的戀人。

我也同時愛上了水上輕艇運動，有時也會與你共同參加國內外的輕艇比賽，或者是與城內的學校社團合作，教導國小、國中生如何進行輕艇運動。

你之後順利獲得碩士學位，在海洋科學系所就讀的你，便進入這家海洋生物館的研究教育部門擔任研究人員。

雖然我老家在外縣市，從事歐洲品牌家具進口的父親，很希望我能回家承接事業，但我非常不想跟你分隔兩地。

所以，我畢業後，也跟著你的腳步，進入了城內這家海洋館，在生物馴養組當一名照護員。

雖然我從來沒做過生物照護員的工作，也必須要進行獸醫資格的嚴格訓練與實習，但我很樂在其中——因為，只要想到能和你在同一個地方工作，雀躍的心情就讓我衝勁十足。

之後，我通過了職前實習，也考取了潛水執照，順利地成為了你的同事。

能在海洋館工作，能和你在一起，是我最開心的事情。

儘管我工作得很開心，但最近實在有很多煩悶的事項要處理。因為海洋館員工招募不足，所以館內的員工經常一人要做三份工，才能應付越來越多的來館人潮。

我的身分是飼育員，主要負責照料白鯨池和海底隧道水箱，但前幾天卻莫名其妙，被館方安排了導覽解說員的工作。

最近館內活動實在太多，員工人力不夠，所以我才被安排擔任解說員，並且負責導覽夜宿活動。

我真心決定，之後的館務會報，我一定要向上級反映人手不足的窘況。

「妳在發呆什麼，導覽結束就快點下班。還有，別跟上級唱反調，小心被炒魷魚。」

「好啦好啦，你不要催促我，讓我再說一下話嘛。」我微笑看著前方，一邊拉扯耳機，一邊朝麥克風說話。這時候，已躺入白色棉被裡的歐陽姊，滿臉詫異看著我。

我覺得有點尷尬害羞，便向她揮揮手，然後向每一位團員互道晚安。

夜宿活動，總算圓滿達成了，我依依不捨地凝望著海底隧道的玻璃牆面。

嗯，晚安囉。

在隧道口，有一架攝影機面向附有小夜燈的玻璃池一隅，隨時觀察著水池生物的各種動態，想必也會將今晚的珊瑚產卵情況詳細記錄下來，如果明天產卵活動仍然持續，應該會造成很大的轟動，館方也會發出新聞稿進行宣傳。

我檢查完四周，確認攝影機仍舊閃亮著代表運轉中的綠燈，便轉身離開。

午夜零時，我便從隧道館的側門返回館內附設的休息室。

今晚的海底隧道館，只留下他們四位團員，直到六小時之後，我才會來帶領他們去吃早餐。

我沿著員工走道，慢慢踱步，返回休息室，一路上不停思考著一件事。

最近你對我的態度……好像有點冷淡。

到底該怎麼辦，才能讓我們的感情回溫呢？

記得你來到海洋館工作一段時日之後，有一天，拉著我的手來館內展覽廳，說你策畫了一場特展。你興致高昂，向我解釋這個特展的宗旨，是為了讓大眾了解深海魚類的美麗與神祕。

精通標本製作的你，將五花八門的各種深海魚族浸泡在淡黃色的福馬林液體之中，提供遊客觀賞。

每一隻深海魚類，都擁有奇形怪狀的身體、尖銳的牙齒，常人難以想像。

最令我印象深刻的，是一隻名叫「霍氏角鮟鱇」的深海魚。

鮟鱇俗稱燈籠魚，頭上會懸吊著發光器藉以吸引獵物，再一口吞噬獵物。但讓我詫異的，卻是解說牌上所寫它的生殖方式：

比雌魚瘦小的雄魚在交配的時候，會以嘴咬住母魚，附在伴侶身上進行交配。等待交配結束，雄魚的嘴部卻早已經跟雌魚身體融為一體，再也無法分開。雄魚的臉和軀幹會慢慢像蠟一樣消溶掉，器官也會消失，最終，雄魚就成了垂掛的裝飾品般，寄生在雌魚腹部上面……不，這詭異的情況，已經不能算是寄生了吧？

當我凝神閱讀，你悄悄到我身後，托起我的手說：

「不會離開妳。」

打勾勾。你跟我的手打勾勾。

我感到愕然，但隨即心領神會，輕輕笑了。前一晚，我們曾陷入嚴重到摔桌甩椅的爭吵，所以，你正在向我保證，我們之間的愛情不會變卦。

我剛才望見海公主與男友感情濃烈相擁而睡，牽著手一同鑽進被窩，欣賞頭頂隧道珊瑚產卵的奇景，水流浮影輝映在兩人甜蜜的臉龐之上，滿溢著幸福的光彩。尤其是海公主，一臉開心地跟身旁的男伴熱切聊天說話。

雖然，不時有小報八卦這一位二線通告男藝人有著拈花惹草的本性，但如今，他們仍兩情相悅，這是一件十分珍貴的事。

「喂喂，小俊，你有在聽我說話嗎？」我朝著貼在臉頰上的小型麥克風說話，但耳機卻傳來沙沙沙的聲音。

該不會已經睡了吧？我想到以前，你也曾經寫論文寫到一半就不知不覺倒頭就睡，這一次，不知道你在忙些什麼？

算了，饒了你，反正因為珊瑚意外產卵，明天海洋館的參觀人數可能會暴增好幾倍，我應該也會忙翻，到時候再跟你好好算帳。

我默默走進附設在海洋館北館的員工休息室，便開始盥洗，準備入睡。

小俊，你猜結果如何？我的判斷果真沒錯，我隔天確實忙翻了，卻不是因為要招呼參觀民眾而忙碌，而是因為——有一個人被殺了。

2

毗鄰河岸的城南海洋生物教育館，位於盆城的城南區，是一座中型的公立水族館，成立時間即將屆滿五年。

原本，海洋館是位於盆城中的一座私人營運水族館，鄰近捷運站。不過，因為私人營運不善，總是年年虧損。六年前，水族館決定休館的時候，市政府恰巧計畫要興建教育性質的海洋生活館，所以公家機關便與館方協調，收購了水族館，並且將館址移到河畔的一間新館舍。

新館舍的外表，彷彿一顆白色的長形蛋狀物，橫置於濱河道路的一側。

海洋館具有推廣海洋生物知識的博物館功能，同時也建構了幾座水中養殖箱，仿照動物園的展場設置形式，展示水族生物的生態樣貌。

館內大致上可以分為三個區域，連接入口處的南館是展覽廳，提供不定期的科普教育展覽，也有一座小型的水中生物觸摸池。北館則設置了許多大小型的水槽，養育一些蝦蟹貝類和特殊魚種，而最熱鬧的展區莫過於白鯨池，更是深受小孩子所歡迎。

連接南北兩館的空間，則是一座經過特殊打造設計的巨大水箱，混養各種亞熱帶魚類、海龜、海葵以及活珊瑚，在大水箱的底部，則建造了一條連通南北館的玻璃海底隧道。

政府聘請了專業的水產養殖技師、經營管理顧問，替新館舍制定良善的營運策略。多年苦心經營下來，海洋館的知名度越來越響亮，儼然成為許多城市居民假日會蒞臨的休閒景點，也有許多家庭會攜家帶眷進入參觀。

打鐵要趁熱，因此，館方為了可以多多宣傳水族館的特色，便在前一陣子參考了「夜間動物園」的概念，想要在創館五周年慶的時節推出「夜宿海洋館」的新型態活動。

館方為了先試試水溫，便在某一天的入館民眾中，抽出了一名幸運者，邀請對方前來夜宿海洋館，並且允許幸運者攜帶一名親朋好友，共同蒞臨體驗夜間水族館的神奇魅力。本名歐陽美雪的女子，便是那位幸運被抽出的人，今晚的體驗活動，她便偕同她的獨生子一起前來。

此外，除了抽出幸運民眾，同時也邀請海洋生物教育館的代言藝人——海公主詹妍娟——來共同參與體驗，同時也允許她攜帶一位親朋好友共同參加。在海公主身旁的楊姓男伴，是一名通告藝人，也是她在演藝圈正式公開的男友。

但我始終認為，夜宿團的行程規畫和配套措施，都太過匆忙了，還沒有詳細擬定企畫，就急著要施行。如果發生突發狀況，該如何是好？

但，館方高層仍舊執意要舉辦，我身為雇員，也只好盡力配合。

果然——意外發生了。

我本來以為，一覺醒來，即將要面臨忙碌的開館工作，但與夜宿團約定的六點時刻還沒到，休息室裡的電話機卻鈴鈴鈴響個不停。

我在昏暗的休息室裡，看到螢光鬧鐘顯示五點半的數字。

為了預防危險，我曾經跟眾人殷切叮嚀，如果夜宿期間發生什麼事情，要盡快撥打設置在海底隧道口的緊急電話給我。

到底發生什麼事了？我的心中湧現了不祥的預感。眨眨眼睛，我趕緊接起電話。

「不好了……導覽小姐，妳……妳快點來！」是歐陽姊的聲音，聽起來很慌張。

恐怖的預感在我心中籠罩起來，我趕忙披起掛在床邊的黑色條紋長袖外套，離開員工休息室，朝玻璃隧道口趕去。

在北館連接隧道口的緊急電話附近，並沒有歐陽姊的身影，我繼續朝隧道口跑過去。

噠噠噠的腳步聲，著急地回響在北館空蕩蕩的空間中。

來到了海底隧道，中央地區有四座棉被疊成的白色床榻依序直向排列，離我位置最近的棉被的主人是安達小弟弟，不過歐陽姊正坐在他的床鋪上。她抱著兒子，面向我，撫摸著小達顫抖的肩膀。

我急忙衝上前。

「怎麼了呢？為什麼要打電話給我？」

歐陽姊將小達微微鬆開懷抱，深呼吸了一口氣，用手反指著身後說：

「死了……她死了。」

我朝她指過去的位置看過去，隔壁是歐陽姊的空床，再過去的床鋪的主人，則是海洋館的代言女藝人的床鋪。

海公主一臉扭曲痛苦，躺臥在凌亂的棉被之中，在海底隧道牆上附設的小型黃色夜燈的映射下，臉龐看起來十分蠟黃。那名姓楊的通告藝人，床榻位置則在最後一端，不過他的棉被床榻卻空無一人，只在枕頭旁邊，擺放著男子的金屬框眼鏡。

我跑過去女子的身邊，伸出手探測她的鼻息。

沒有任何呼吸。

怎麼會……

我急忙翻開她的被單，趴在她的身上，想聆聽她的心跳，卻是無聲無息。

她的胸膛微微冰涼。

我強忍住暈眩感，坐在她身旁，檢查著周邊的狀況。

一床的棉被看起來有過劇烈翻扯的狀況，似乎她是經過一番掙扎才死去。我檢查四周，在詹妍娟和楊冬青兩人床鋪之間、兩個枕頭直線距離的中央，撒著一些細微的粉末。

「是不是……要做人工呼吸，還是……」

「沒辦法，已經沒救了。」

「我剛剛起床，不小心踩到她伸出來的腳，沒想到卻毫無動靜，才發現她……」

歐陽姊面無血色。

我站起身，環顧四周，整個海底隧道的空間，都沒有海公主的男友楊冬青的人影。

「歐陽姊，楊先生呢？」

「我……我不知道……」

「歐陽姊，不要慌張，我負責處理。來，你先坐下，好好照顧小達。」

我想，楊冬青應該還沒有離開海洋館。

從昨夜開始，這段六小時的時間內，海洋館門戶鎖起，鑰匙還在我手中，最早上班的員工也只會在七點時開門進館。照道理說，楊冬青應該無法離開海洋館。

為什麼……為什麼會發生這種事……我腦袋開始呈現一片混亂不清，無法接受這樣的事實。

為什麼會發生這種意外呢？

不……不對！這不是意外。

我非常明瞭，這不是意外……而是……

我心煩意亂，想快點找到楊冬青。

剛才我從北館走過來，並沒有看到任何人，所以，他很有可能是身處南館的區域。

我離開海底隧道館，往南館的位置跑過去。果然一進入南館的大廳，便發現在大廳角落的布告欄位置旁邊，有一個高高瘦瘦的人影。

我趕緊邁步，奔跑向前。

楊冬青確實在此，並且還興高采烈拿著手機通電話。

「我下個禮拜會去，不要讓我等太久喔，如果說……」

「楊先生！」我氣喘吁吁地打斷他的談話，他緊張地放下手機遮住話筒。

「導覽小姐……早安呀！咦，妳怎麼這麼匆忙？是要吃早餐了嗎？」他忸怩不安地揮手打招呼。

「楊先生，大事不好了，詹小姐她……她死了。」

「啊，什麼……妳說……說什麼？」

「詹小姐沒有呼吸，應該死了。」

「啊！妳……妳等等。」楊冬青面色凝重，低頭在電話裡說了幾句話便掛斷，跟隨著我的腳步，急促返回海底隧道館的中央。

歐陽姊和小達正坐在隧道館盡頭的椅子上，似乎想盡可能遠離地上的屍體。

楊冬青蹲下身檢視海公主，慌張地朝女子說話，「怎麼會這樣子？怎麼……娟娟，妳醒醒呀！」

「你不是睡在她旁邊嗎，怎麼會沒發現？還有，你剛才……去哪裡了？」坐在椅子上的歐陽姊朝向男子說話。

「我……我不知道……」

「楊先生，你知道詹小姐怎麼會這樣嗎？」我扶起男子，字斟句酌地開口詢問。

這時候，歐陽姊身邊的小達突然哭了起來。

「就跟你說我不知道啊！喂喂，臭小子，你不要吵！」男子突然一臉凶狠，聲音顫抖地咆哮起來。

「好好，我知道了，我知道了，你先冷靜一下。」我朝歐陽姊示意，請她先安撫一下小孩子。

我轉身面向楊冬青，將說話的聲音降低，想安撫他不安穩的心情。

「楊先生，真的很不好意思，竟然發生了這種事情，我很遺憾……身為夜宿活動的負責人，我一定會負擔起所有的責任。因此，我必須要先釐清為什麼會發生這種事情。」

「呃……」男子沒有看向我，仍然跪坐在地，注視著地上一動也不動的人體。

「楊先生，我想先請問一下，你是哪時候離開海底隧道館的呢？」

「我……」

「請老實說，現在事態嚴重。」

「好吧，因為要接一通重要的電話，所以我幾個小時前才離開。」

「大約是哪時候？」

「嗯……好像是……凌晨三點吧。」他舉手看手錶，擻頭想了想。

「你離開前，詹小姐有發生什麼事嗎？」

「發生什麼事？」

「也就是說，異於平常的狀態？」

「嗯……」

「有任何不尋常的情況嗎？」

「並沒有，我們就跟平常一樣，在睡前聊天，後來聊一聊，聊了兩個多小時，我們就睡著了……結果我睡到一半，被手機震動驚醒，才匆匆忙忙跑出去講電話。」男子的眼神開始游移。

「是什麼電話，會講兩三個小時這麼久？連詹小姐發生這種事情也沒有發現？」

「是……這個……」對方支支吾吾，「是工作上的重要通知，如果妳不相信，你可以看我的手機通話紀錄，我一直在講電話，所以我不知道她會……」男子望向床上毫無聲息的女子。

「在你離開之前，詹小姐有什麼異狀嗎？」

「我……我不清楚啊……對了，導覽小姐，是不是應該要叫警察？」楊冬青抬起頭來，抿抿嘴唇，對我提出這個建議。

啊，我竟忘了警察這件事。

當警察來到海洋館之後，應該會立即查出，海公主詹妍娟是被人謀殺。為了尋找出兇手，警方應該會徹底搜查海洋館每一個角落，要找出謀殺案的相關線索。

不好了，糟糕了。

如果在搜查過程中……我呼吸困難，嚥了嚥口水，出神凝望著隧道玻璃後的景象。雖然，經過了昨晚的集體產卵之後，今天珊瑚的產卵行為不再密集了，但水中仍然持續漂浮著一片片幻麗的雪花。

「對呀，要報警才對。」我轉頭，冷靜地回答。

「那我來……」一直待在旁邊的歐陽姊自告奮勇，起身要拿起自己放在枕頭邊的防水經典款曼谷包，想掏找手機。

「發生這種恐怖的事件，是我們館方問題，我們責無旁貸，請讓我負起責任，跟警方聯絡說明詳細情況。」

「嗯……好吧。」歐陽姊停止了動作。

我腦中快速思考了應對方式，便開口對三人說明接下來的處理方式。

我先安排在場的三人，前往隔壁南館的大廳靜候等待，「為了配合警方做事，請大家先不要動現場任何東西，也請歐陽姊把包包放回原地，楊先生也請你把手機放回你的背包，接下來，你們三個人，先到隔壁南館的大廳座椅區暫時先坐著休息。請各位先不要靠近海底隧道館，尤其是中央的棉被床鋪區域。」

「不能讓我陪在她旁邊嗎？」男子露出一臉苦澀。

他伸手牽著地上女子的雙手，開始左右搖晃，好像想要將熟睡的她搖醒一樣，「對不起，我……不應該跑去接電話，要是我不離開，妳也不會……不會發生這種事情，昨天，我不應該跟妳吵架，對妳那麼兇……」

毫無徵兆，男子竟然撲簌簌地落起淚來。

目睹眼前的場景，我不知道男子的表情究竟是真是假，是演戲還是真情流露？就算對方是電視藝人，但我也是昨天才第一次親眼認識他本人，我不知道他的本性，是不是就是電視上「表演」出來的那個樣子？不過，他的眼淚看起來好像很真實，他的肩膀不停地顫抖，似乎真心充滿了懊悔與痛苦。

看見了他悲傷的模樣，我只能初步得到這樣的印象而已。

那是因為擁有愛情而感受到的痛苦嗎？

我無法判斷他的表情，是真是假，但是當我凝視著滿臉悲傷的男子，我也不免開始思考起戀愛的本質。

毫無來由，我倏然想起了我們之間的往事。

在那個特別布置的深海魚特展中，有一尊你製作的標本，是一隻名叫孔雀魷魚的軟體生物。製作過程時，我曾在你的工作室，陪伴你沒日沒夜完成這件標本。

據你說，軟體動物是標本製作的最大挑戰，因為很難製作。它們身體太軟了，只要被網子捕撈，就會全身收縮，觸手也容易扭曲，很難做成供人觀賞的生物標本。

因此，當你聽到有一艘遠洋科學船捕獲這尾孔雀魷魚時，你很高興地請對方將它冰凍寄來。

當你收到這尾孔雀魷魚的時候，便反覆用冷水沖洗它的身體，再用棉線將魷魚固定在玻璃片上，仔細調整觸手姿勢，最後再用福馬林液注入它的體腔……經歷了一連串的複雜手續之後，你才把它放進標本罐，蓋上瓶蓋用石蠟密封。

你說，這件標本很珍貴，因為孔雀魷魚非常難捕捉。它活著時，為了躲避天敵，全身肌肉會呈現透明狀，只有兩顆小眼珠是淡黑色，只有死亡時才會出現灰黃色的肌體，這種生物連活體都很難觀測，遑論捕捉，甚至製成標本。

存在的時候透明，彷彿無物，只有不存在了，才會浮現出最真實的面貌……

「楊先生，先不要移動屍體好嗎？」

雖然不想打擾男子宣洩心中的悲哀，但我仍舊拍拍他的肩膀，攙扶著搖搖晃晃的他站起來。我必須要快點讓他們離開海底隧道才行。

我開始引導眾人，前往相鄰的南館展覽大廳。

歐陽姊悶不吭聲，握著小達的手率先走過去，我跟隨失魂落魄的男子緩緩行進。

在海底隧道的盡頭，連接南館的走廊區域，我們經過了一座潮間帶展覽區。走廊的角落一隅，有一個專門設計給孩童教學用的觸摸池，池中飼養了許多種類的海星、海參，我除了負責導覽工作，同時也是生態水池的養護者。

雖然生態水池立意良善，是為了鼓勵幼童親自探索海洋生物，但對於破壞力不可估量的孩童來說，卻容易變成虐待水中生物的修羅場。

昨日晚間，接待夜宿團隊的時候，我曾經帶領他們欣賞海洋館內各項展示，來到此區的時候，不出所料，趁我不注意，小達嘻皮笑臉地從水池裡撈出一隻藍指海星，將它用力搖甩。

「真是太好玩了！海星竟然不是軟軟的，超級硬耶。」

「喂，你這個小笨蛋！不要亂抓，你知不知道海星會痛啊！」我還來不及勸止，楊冬青便連忙跑向前，從頑皮小孩的手中救下那隻可憐的生物。

「呿，要你管。」小達抬起頭，朝男子吐著舌頭扮鬼臉，甚至作勢要將生態池的水潑向對方。

「小達！帶你出來玩，你還那麼調皮！手伸出來。」我沒有出面制止歐陽姊對小達的喝斥，望著小達嘟著嘴被母親責打手心，我想這樣也好。若是沒有經過痛苦的教訓，恐怕他永遠也不會學乖吧。我知道有些人的個性，就是糟糕到骨子裡，如果不好好向他們強硬宣示，恐怕他們只會食髓知味、惡性不改。

沒想到一個晚上過去了，卻發生這種恐怖的事情……當時是五個人一同走過這個廊道，此刻，卻是四個人正在顫顫兢兢踩著步伐……

跟隨著前面三個人，途經觸摸池的時候，職業性的直覺讓我多看了小達幾眼，赫然發現小達竟然鬼鬼祟祟地放慢腳步。
他躲避著母親的目光，暗中從水池裡撈出一個東西，藏在自己的外套裡面。那個物體，似乎有白色的邊緣……我的視角被前方身材高大的楊冬青給遮擋住，所以無法看清楚，究竟他藏起了什麼東西。
我不禁皺額蹙眉，心裡想，這個小孩子真的太調皮了。如今發生這種嚴重的大事情，竟然還有心情玩耍胡鬧。
不過，現下事態緊迫，我實在無力也無心出聲喝止。
我必須要趕快帶領眾人到南面大廳去。
到了展覽廳的休息空間，我安撫眾人坐在椅子上，等待警方前來，我跟他們說，我要回到北館的員工室，打電話報警。安頓好之後，我便轉身離開。
我一路走回海底隧道館。
當然，我不會這麼快就去聯絡警察，就算要打電話報警，也必須要等我完成事情之後再進行。所以，我才先將眾人勸離隧道館，並且讓他們留下手機無法自行報警。
回到了幽深靜謐的海底隧道之時，我不自覺地低頭俯視已然死亡的海公主。
那是一名面容姣好媚麗的女子，如今卻一臉扭曲，毫無反應。我在海底隧道稍微巡視了一圈，翻了翻夜宿團留在現場的背包……對了，必須要快點向你報告才行。我拿出口袋裡的小型耳掛式麥克風，然後戴上。

「喂喂！大事不好了！」

「嗯……」聲音傳來，好像很微弱，也許你還在睡覺，我可以想像出你睡眼惺忪的模樣。那模樣，有點可愛。但現在不是想像這種畫面的時候。

「快醒醒啦，大事不好了！」

「嗯……怎麼了，這麼慌張。」

你不只運動能力出眾，更是一個非常聰明的人，邏輯思考力很強，跟知識淵博、頭腦聰慧的你比起來，我簡直就像是個徹頭徹尾的蠢蛋一樣。如今夜宿團發生這種恐怖的殺人事件，我根本不知道該如何是好，所以，我只能趕緊向你求救。

我將剛才發生的事情，一五一十地告訴你，你沒有出聲，只是靜靜聆聽著我的話語。

「不要緊張，妳先深呼吸一下。」

「好。」我照著你的話，閉上眼睛深呼吸。

「有沒有比較舒服一點。」

「有……我好多了，謝謝你。」

「嗯，那就好。」

「小俊，我現在……該怎麼辦？」

「我大概知道事情的發生經過了，首先，我想先問妳，為什麼妳知道那是殺人事件呢？搞不好是意外，譬如說，海公主恰巧心臟病發？」你的聲音恢復了往常的冷靜，這個事件似乎引起了你的好奇心。

「這確實是殺人，而且還是毒殺。」

「為什麼妳那麼確定？」

「因為我發現了毒藥……灑落在床鋪附近，有白色的粉末。為了準備昨晚的夜宿活動，清潔人員早就將通道中央清潔乾淨，不應該有這些粉末。粉末旁邊，就是館方贈送的杯子。」

「那是什麼粉末？」

「那是亞硝酸鹽。」我很肯定地說。

「咦，那就是……原來如此，難怪你這麼肯定。」

「沒錯，所以我很清楚這種物品的作用。如果將大劑量的亞硝酸鹽加到礦泉水中，根本無色無味，要是不小心喝下去，肯定會死掉。那些粉末看起來是不小心灑落，也許因為燈光暗，所以在混入飲料的過程中，不小心灑落在地上。地上的粉末看起來分量很多，似乎至少有一、兩克以上。所以，很有可能被混入飲料的劑量會更多。我想，海公主可能是因為喝下混入亞硝酸鹽的礦泉水，才會死掉。」

你沉默不語。

我很明白。

我知道你為什麼會突然不說話了。

因為我曾經使用過這種物品。

有一陣子，你經常晚出不歸，我非常擔心，只好詢問你的朋友，原來你都在一家酒吧跟他們喝酒。

那一家酒吧，自從我第一次帶你過去，我們之後也常常在那兒約會，聊天聚餐。

雖然你朋友總是這麼雲淡風輕地回答我，但我仍舊很煩惱。

所以，某一天，我便獨自前往酒吧。

呵，你應該不知道吧，我其實是那一家酒吧的投資股東——或者，更確切地說，我的父親投資了那家酒吧，不過是掛上了我的名字。

我爸經營著高級家具的進口事業，所以我家的經濟能力跟一般人比起來，確實比較好，而我爸也很喜歡在各種行業進行大膽投資。

當我父親投資了這間面臨倒閉的老舊酒吧，便改變了酒館的經營策略，不再單純賣酒，反而以「複合式餐飲」結合「英式酒吧」的新鮮概念，成功地吸引了客群。

不過，因為不想要讓你覺得彆扭，我始終沒有跟你說過這層關係。

我推開酒館的玻璃門，印有「Maze Door」燙金字型的金屬銅鈴，清脆震響著，就像是用榔頭叩叩敲擊著結冰湖面那般的清脆。紮馬尾的女酒保朝我看過來。

「嘿，妳來了。」

「是呀。」我在吧台坐下，心裡忐忑不安。

「妳要……喝點什麼呢？」紅髮的女酒保望向我。

「來一杯雞尾酒，橘子花？我現在的表情，應該很適合喝琴酒，呵呵……」

「哎，別這麼自虐，看得我都不忍心了。我不會給妳Orange Blossom，我只給妳Screwdriver。」紅髮的女酒保，眼神堅決，轉頭拿起酒櫃中的Smirnoff的伏特加，甩動著不銹鋼搖酒器，調配著名為「螺絲起子」的雞尾酒，似乎想「旋緊」我委靡頹廢的狀態。

她拐著彎，安慰著我。

「謝……謝謝妳。」

「嘿，打起精神。」

女酒保以前跟我說過，用琴酒和新鮮柳橙汁調配的Orange Blossom，橘子花，象徵著純潔，也是喜宴常使用的餐前酒。每次來到這間酒館，我總是很習慣啜飲這款調酒。

她……肯定是知道些什麼，所以，才勸我改喝其他類的調酒。

紅髮的女酒保是個調酒的能手，同時個性也八面玲瓏，很會應付各種各樣的客人。因此，我父親相中了她，請她來擔任這間酒館的酒保。

我平時心情鬱悶煩躁時，也總會與她閒聊兩三句，女酒保善解人意的個性，讓我備感溫馨。這麼和善又溫柔的人，在這座城市中已經很少見了吧。

我也從她那裡，得知了許多調酒的知識，像是雞尾酒為何叫「雞尾」，「血腥瑪麗」跟女鬼的恐怖故事，如何ＤＩＹ自己調酒……

不知不覺，我與她成為了無話不談的親密好友。

「所以，妳知道些什麼嗎？」我潤潤喉，直接開口問她。

「其實……」紅髮的女酒保欲言又止。

「平常妳話那麼多，現在這樣吞吞吐吐，讓我覺得好尷尬喔。」我的聲音好像很微弱，就像是從一處深不可測的無底潭中冒出來的白色泡沫那樣脆弱，可能隨時整個人都會消散在空氣中。

「之前我一直不說，其實是在煩惱不知道該怎麼說。上一次，妳終於問我了，我也鬆了一口氣。」

「所以是……？」

「我拍了幾張照片，妳看看就知道了。」女酒保低下頭，將一個信封袋遞過來。我伸出顫抖的手，拿起了信封袋。

信封裡的每張照片，都有一個人，那個人是我的男朋友，坐在這間酒吧的角落，跟陌生的女子飲酒大笑的照片，也有兩人親吻的畫面。陌生的女子是好幾位不同的人。

因為疑心你的行動，所以我才請女酒保幫忙我，祕密地調查你。

我靜靜啜飲著Screwdriver，但還沒喝兩口，我就嗆到了。

咳嗽越咳越大聲，甚至嘔吐起來，乾嘔著酸熱的胃液。

好噁心……

好想吐……

我摀著嘴巴，跌跌撞撞地衝進酒館附設的廁所。

我當天回家，與你大吵了一架。

你的態度還是一樣的冷淡，讓我覺得既寒心又痛苦。

幾天過後，我決定自殺。

如何自殺，在網路上搜尋，可以找到數百種各式各樣的方法。

經過考慮，我決定使用亞硝酸鹽當作工具，最主要的原因，是因為這種物品很好取得，在網路平台便有商家販賣工業用的亞硝酸鹽。

白色晶體的亞硝酸鹽，其實是一種十分常見的食品添加物，用來當作肉類食品的防腐劑。不過，用量都會非常的少，食品中的亞硝酸鹽添加物根據法定標準，都不會超過0.07g/kg，我在網路上某個論壇看到資料，成年人只要一天攝入4.9g以上，即會致死。

我在遺書裡，大聲控訴了你的罪行，想要讓你看到這些訊息的時候，悔不當初。

寫完遺書之後，我計算好5g的劑量，將亞硝酸鹽混入酒中喝下。喝下的十幾分鐘，並沒有任何異常，但是大約過了四十、五十分鐘之後，腸胃開始劇烈抽痛，手腳抽搐。

因為亞硝酸鹽是一種強氧化劑，會讓血液喪失運送氧氣的能力，因為缺氧而呼吸困難，彷彿窒息一樣，也會失去力量出聲呼救，感覺非常痛苦。不過，那時候，在模糊不清的意識中，迷迷茫茫瞟見你一臉驚嚇的模樣，卻又讓我十足的開心。

嗯，看到你慌張的表情，我真是開心呢。

可惜，不知道是因為服用的劑量過少，或者因為摻酒服用，導致藥效失靈。我沒有死成。被你送醫之後，催吐、洗胃、食用解毒劑，我竟然從鬼門關走了回來。我在病床上躺了整整一個禮拜的時間，身體才逐漸恢復正常。

因為擁有實際的體驗，所以，當我看到詹妍娟死亡的狀態時，才會大吃一驚。她的嘴唇呈現青紫色浮腫，我曾經在網路論壇看過服用亞硝酸鹽而死的屍體圖片，也是同樣的狀態。

我內心悚然驚愕，心裡想著「該不會……」的同時，便小心翼翼掰開她的嘴唇，果然如此，舌頭、口腔黏膜同樣紫脹，捧起她的手，指甲下也淤著一片紺紫，外觀徵狀很像因為呼吸衰竭而猝死。

雖我不是法醫，但我因為曾經用毒物試圖自殺，讓我不免產生自然而然的聯想。

然後，我看到了灑落在棉被附近的白色粉末。

很像食鹽的白色粉末，微微散發淡黃的色澤，顆粒摸起來出乎意料的滑順。我非常吃驚……因為，這些粉末像極了我曾經網購買來的亞硝酸鹽。

我舔了一下。

鹹鹹的味道，但跟食鹽比起來，卻不會太鹹。沒錯，這確實是亞硝酸鹽，雖然我並不是一個聰明的人，但對於分辨味覺卻一向很有把握。

「什麼，你竟然還舔那個粉末！要是它真的有毒怎麼辦？」

「哎呀，反正我都舔了。」

「妳太衝動了。」

「反正我只舔一點點而已，又沒有關係，上次我吞下5g的亞硝酸鹽都沒事了，舔一點點不會怎樣。」

「這不是吃了多少的問題，要是那些粉末不是亞硝酸鹽，而是其他更劇烈的毒物呢？太危險了。」

「好啦好啦，我知道了，我聽你的話就是了。」雖然被你吼了一頓，但我突然覺得有些高興起來。

「那就好，妳不可以再這麼衝動。」

「不過，對於海公主來說，吃了多少確實很重要。」

我向你解釋，我上次使用了足足有5g的劑量，卻仍然沒有死。既然海公主死了，可見她喝下的劑量，遠超過5g。

這不是無心犯下的過錯，絕對是有意圖的謀殺。太湊巧了，曾經使用過毒物自殺的人，恰巧目睹了另一個人被同一種毒物殺死。

「而且，我在背包裡找到了可能是存放亞硝酸鹽的玻璃空瓶。」我剛才翻查了夜宿團的遺留物，在詹妍娟與楊冬青兩人共同使用的大行李袋中，找到了一個空蕩蕩的玻璃瓶，瓶底些微殘留的粉末顏色呈現白色與淡黃色，外觀極類似食鹽。沒有錯，這就是亞硝酸鹽。

「小俊，是不是楊冬青殺死他的女朋友？我想，他跑出去接那通電話，應該是跟他的偷情對象通電話……該不會，是要跟對方報告，他已經毒殺了女朋友，所以……這該不會是兩人合謀要……」

「妳等等，不要那麼激動呀。」

「可是……」

「妳仔細想想，假設來說，如果是兩人合謀，楊冬青為什麼要特地打電話給那位可能是他偷情的對象呢？電話通聯會留下紀錄，只要警方向電信公司申請調查，一查之下，兩人都逃不掉。」

「對喔……那麼，兇手就是楊冬青一個人。」

「這樣想也很奇怪，如果兇手是他，留在包袱內的空玻璃瓶，不就會成為罪證確鑿的證物嗎？為什麼他不處理掉這個證物，反而乖乖聽你的指揮，離開這裡前往展覽大廳？」

「應該是他來不及處理，所以才放在行李袋中……」

「他在兩、三個小時前，就離開海底隧道館，這麼長的時間裡，他有足夠的時間將瓶子拿去丟棄。」

「唉呦，你很愛挑我毛病耶，搞不好……就是他忘了嘛。」我覺得我的聲音好像有自暴自棄的音調，你聽起來一定很無奈，覺得我又在不經大腦說話。這種需要動頭腦的事情，實在是我的弱點。

「好啦，我知道你的意思了啦，算我服了你。」

「你知道就好。」你好像被我的無理取鬧打敗了，呵呵。

「但是，你不是還有更重要的事情要做嗎？怎麼動作拖拖拉拉。」

啊，對喔，我竟然忘了這件更加重要的事情。

我等一下再跟你聊天。

我微微笑，整理好心情，然後轉身離開海底隧道館。一邊踩著步伐，我一邊回想，到底是誰殺了海公主？

小俊的推論非常正確，一針見血。如果兇手就是楊冬青，有太多不合理的狀況。但是，他確實擁有非常大的殺人動機。

只要他在睡前，事先在馬克杯裡添加毒藥，海公主喝下了有毒的礦泉水，等到入睡，半小時之後就會開始呼吸困難，痛苦會持續到死亡才會結束。

會不會，是他設計殺害了海公主？難不成，他方才在我面前的深情哭訴，都是在演戲嗎？當海公主猝死的當下，那時候他人究竟是在她身旁，或者是去接了那通神祕的電話？

根據我的直覺，我認為他通電話的對象，極有可能是劈腿的第三者，聽方才楊冬青所言，昨天他與女友曾經大吵過一架，難道，兩人因為第三者介入，所以彼此爭執，最後楊冬青再也無法忍受，才狠了心，痛下毒手？

那麼，歐陽姊也沒有問題嗎？海公主死的時候，她一直睡在她的身邊，若論機會，她其實也難脫嫌疑，只要伸手將空瓶放入楊冬青與海公主共同使用的旅行袋中，自然神不知鬼不覺。但是她根本沒有殺人動機，因為歐陽姊跟海公主昨天才第一次見面，也根本不可能事先準備好毒物。

這時，我突然想起一件重要的事項，我在回憶的畫面中，發現了一個奇怪的疑點。

在我記憶中的畫面裡，我察覺地鋪旁擺放的造型馬克杯，似乎少了一只。

剛才我巡視一番，發現床頭附近的馬克杯，都已經是空的，看來，每個人應該都喝光了昨晚我發下的礦泉水。

但怪異的是，小達棉被四周，卻找不到杯子蹤影。

這到底是怎麼回事？

頭疼欲裂。

我不得不深深地呼吸一口氣。

現在，不是考慮別人事情的時候，我必須要把握時間才對，哪有什麼心情扮演偵探找線索呢？

我來到北館的員工休息室，從房間中的鐵製櫥櫃拿出潛水用具，包括面鏡、呼吸管、還有我的防寒衣，至於蛙鞋……嗯，為了節省時間，也不用穿蛙鞋吧，潛水專用的配重帶、調節式浮力衣也不需要取出來。因為這次潛水，只是短暫的浮潛而已，所以我也不打算拿出氣瓶。

所以，我只將面鏡、呼吸管、以及我的紫黑色防寒衣，裝入了手推車上的白色塑膠箱。

完成了這件事，正要離開北館的時候，我還是不斷思考著匪夷所思的毒殺事件，在腦海中猜想著這件事的前因後果，結果我……仍舊是禁不起強烈的好奇心，打開了在員工休息室隔壁的監控室大門。

我快速操作機器，調出昨晚的監視畫面。海底隧道館有一架攝影機，雖然是用來記錄玻璃水池內的生態畫面，也沒有對準四人床鋪的位置，但是這架攝影機的攝影範圍，包含隧道與南館聯通的出入口。

我想，藉由這台攝影機，可以更加確定楊冬青離開玻璃隧道的時間。

利用高倍速的快轉，將錄影畫面倒轉回去，我迅速地瀏覽畫面，確實只有楊冬青跑去南館，畫面上標明的時間點是三點六分，確實符合他本人說出的時間點……啊，不對，還有一個人影在鏡頭前偷偷摸摸。

我揉揉眼睛，再將影片倒轉幾次重看。

確實沒有錯。在兩點九分的時間點，小達悄悄通過出入口往南館走去，過了十三分鐘之後，他又回到了畫面，往隧道中央的方向走去。

3

我推著車子，回到水光燦然的隧道內。

玻璃牆面後的活體珊瑚，兀自吐露著卵胞，雖然不如昨夜壯觀，仍然是美麗非凡的奇景。為時一天的排卵期，沒有那麼快結束。

通常，圍繞在這座島國周圍水域的天然珊瑚，產卵期都在四、五月左右。不過，現在是氣候寒冷的冬天，養殖在室內水箱的珊瑚竟然違反時節，開始進行產卵。彷彿有某種不可思議的力量，干擾了珊瑚自然本身的生態節奏。

因為國內尚未有人工養殖珊瑚自然產卵的紀錄，就算在國外，這種狀況也十分罕見，所以我不太清楚，為什麼會發生這種生殖時序錯亂的事情。會不會是因為溫度差的關係呢？不過，這種事情，應該要詢問身為水中生態研究員的你，才會得到更確實的答案吧。

在我貧瘠的理解中，我只知道在自然環境生長的珊瑚，若要出現產卵行為，必須要搭配適宜的潮汐、溫度、以及天候狀態。因此，珊瑚產卵的確切時間點，需要搭配一連串巧合滿足的條件，才能順利出現生產行為。

「所以說，時間點很重要。」你的聲音再度從耳機裡傳過來

「你不要嚇我好不好，這樣很恐怖耶。」

「你那麼大膽，才不會被我嚇倒。」

「我當然知道時間點很重要呀，不過，嘿嘿，我跟你說，我知道這一件謀殺案，究竟是怎麼一回事了。」

「哦，妳知道了？」

「當然，我直接跟你說吧，其實答案很簡單。」

「願聞其詳。」

「海公主詹妍娟，其實是自殺。答案，就是這麼簡單。」

「嗯嗯。」

「剛開始，我們其實都被所謂的『下毒』這件事給誤導了，一個人可以對另一個人下毒，想當然爾，也可以給自己下毒呀。如果是楊冬青對女友下毒，卻將自己犯案用的玻璃瓶遺留下來，是很矛盾的事情，因此，可以這樣想，犯人不是他。不過，那個空玻璃瓶肯定是作案物品，它既然出現在行李袋內，便能聯想，犯人是擁有行李袋的人。既然剛才已經將楊冬青的嫌疑排除，那麼行李袋的另一個主人，海公主詹妍娟，便是具有最大嫌疑的人物。當然，和詹妍娟才剛剛認識的歐陽姊，更不可能無緣無故就對她下毒。因而，詹妍娟自殺的可能性很高。我真是反應太慢了，本來這種可能性，我應該是最先就要聯想到。」

「嗯嗯，妳說得很有道理呢。」

「呵，當然囉。」我覺得有些高興，因為我竟然比你先突破謎題。看來，你也不是那麼聰明。

「那麼，自殺的理由呢？」

「應該……是感情因素吧。」我微微停頓了一下，喉嚨彷彿有異物卡住。

「怎麼說？」

「因為海公主發現男朋友劈腿，她傷心之下，就決定自殺。我的推想很合理吧。」

「嗯，確實很合理。除了……一些部分。」

「咦？」

「妳還記得，妳離開海底隧道的時候，看到海公主的表情嗎？」

「我記得。」

「她是不是一臉開心，非常快樂地跟男友聊天。」

「對呀……」

「那麼，妳剛才怎麼說，『她傷心之下，就決定自殺』，妳這樣豈不是自打嘴巴。」

「啊……對哦……這個是因為……」

「還有一件事情，妳有發現遺書嗎？」

「嗯……沒有……」我仔細回想剛才，翻查海公主的行李袋的時候，確實是沒有看到類似遺書的物件。這時候，我才猛然理解，為什麼你會問我有沒有遺書。

因為之前我試圖自殺的時候，便曾經留下了遺書。

如果詹妍娟同樣也是自殺而死，應該會留下遺書。留遺書的目的，是為了要報復，要讓閱讀者產生自責與痛苦的情緒。

如果自殺了，卻沒有留下遺書，這等於是只完成一半的復仇計畫。

「欸……也許……遺書不是放在行李袋之中，而是放在其他地方。當然也有可能不是紙本形式，而是利用手機簡訊、電子郵件的方式寄給她男朋友。」我偏著頭想了一下，冒著冷汗，努力擠出這個答案。

「妳說的也有可能，不能說完全錯誤。不過妳的推論還是很勉強。因為，通常來說，放置遺書的地方，應該會在自殺者的屍體附近，尤其在這個事件裡，照妳所說，詹妍娟自殺是為了報復男友背叛，那麼，她應該會將遺書放在男友發現她遺體的附近，可以達到最大的情緒衝擊效果，如果還要用E-mail或簡訊傳送，感覺太複雜了，也太奇怪了。」

「啊……對啦，確實是這樣子……」我垂著頭，徹底投降了，並且好像有點生氣，「喂，小俊，你說得這麼理直氣壯，難道你知道答案了嗎？老是這樣挑我毛病，雞蛋裡挑骨頭，真的很龜毛耶，其實你自己也不知道究竟是怎麼回事吧！」

「我不是早就跟妳說了嗎？其實，只是時間點的問題。」

「啊……難道……你知道兇手是誰了？」

「其實，妳也沒有說錯，只是，需要再想一想。」

「我沒說錯……？」我正想要追問對方，到底是什麼意思的時候，我突然靈光一閃。

原來如此。

「妳明白了嗎？」
「我知道了。」
「那就好。不過，妳也太拖拖拉拉了，現在根本不是為這種小事情煩心的事情，要是妳再拖下去，就糟糕了。」
「唉呦，好啦好啦，你不要催我。」
「妳知道為什麼，妳這麼想知道真相嗎？」
「為什麼？」
「我不告訴妳。因為妳自己明白。」
「欸，你很煩耶，老是吊人家胃口，你這個笨蛋。」
雖然我終於知道海公主詹妍娟死亡的原因，但確實就像你所說的一樣，我並沒有太多時間再煩心這種事情了，得要快點將事情處理好才行。
真是累死了，沒想到要負責夜宿團體的導覽與招待，還會被牽扯進這個死亡事件。下一次，如果館方還要舉辦夜宿活動，我一定要嚴正拒絕擔任接待員。
小俊，我現在真的累死了，而且心情非常緊繃。對了……等這個事件結束之後，我們再一起去划船吧，偶爾也要放鬆一下緊張的心情，好好去戶外曬曬太陽。
我們好久沒有去划船了，自從那一個夜晚，在水面上跟你一起度過寧靜的時光之後，我就沒有再去划船了。

等這件事過後，我們就一起出門，去看看美麗的河水吧。
好嗎？打勾勾。
我伸出手，朝玻璃呵著氣，輕輕地印上了一個清晰的拇指印。
永遠不會離開，這是我們的約定。
我轉身推著手推車，往觸摸池附近過去。因為若要潛水進入館內的水族箱，勢必要前往觸摸池旁邊，打開隱藏門。
門內會有一個小型電梯，可以通往大約四層樓高的平台，走到那個平台上，才能從水箱上方跳入水中。
來到觸摸池的時候，我看到小達又在觸摸池前面，拿著海星亂甩。真的太不聽話了，竟然離開南館的展覽大廳，在館內到處亂跑。
雖然你一直提醒我不要分心，但我還是忍不住好奇心，想要印證一下。
我將手推車放在隱藏門的前面，向小達招招手。
「大姊姊有話要問你喔。」
「好啊，不過，妳要給我錢。」果然是頑劣不堪的孩子。
「我知道你做了壞事，害死人。」雖然我不想恐嚇，但對付這種頑劣透頂的小孩，有時候，手段必須要兇狠一點才會有效果。
「啊……」他心虛退縮了幾步，雙眼瞪大。

他果然有問題。

「小弟弟，對不起，是姊姊亂講話，其實，我只是想問你一些事情。」

「什麼事？」

「我們剛才路過這個生態觸摸池，你從池子裡拿了什麼？」

「我……」

「你不要狡辯，我都有看到喔。」

「我把我丟在水池的白鯨杯給拿起來。」

「原來如此。那麼，你為什麼會把那只杯子丟在這個水池裡面？」我很滿意男孩的答案，果然是這個樣子。

「因為我覺得很好玩……」

「那不是你的杯子吧？」

「嗯，沒錯，那是楊哥哥的。」

「為什麼會在你那裡？」

「因為鼻涕……」

嗯，這是什麼意思？

藉由你給我的關鍵提示，我只能猜想到，小達將自己的杯子跟楊冬青的杯子互換，因此楊冬青喝下的礦泉水，是乾淨無毒的礦泉水，所以才沒有與詹妍娟一樣產生呼吸困難並且猝死。

而那一杯有毒的礦泉水，則被小達連同白鯨杯，丟落在觸摸池中。雖然我能推論出事情的發生經過，但我卻不知道為什麼小達要將自己的杯子與楊冬青互換。

我逼著小男孩，讓他說出實際的情況。

原來，一路上小達早就看楊冬青不順眼了，尤其竟然在觸摸池前罵他笨蛋，所以小男孩記恨在心，想要報復他的多管閒事。所以當大家在喝飲料時，他趁機在自己的白鯨杯中加入了鼻涕。

那時候，楊冬青與詹妍娟兩人正在開心聊天，根本沒有注意到偷偷走過來的小達，悄悄將他的杯子與男子的杯子互換。

隨後，小達拿著楊冬青的杯子，在館內四處玩耍，這時候，恰巧走到連接南館的觸摸池的廊道，一時興起，便將原先是楊冬青的白鯨杯，投擲進觸摸池裡。他說，自己正在練習投籃技巧。

我向小達道謝，揮揮手，跟他說其實一切沒事，不要擔心。

「謝謝你，大姊姊知道了，這不是你的錯。現在，你快點回去找你媽媽吧，你媽媽一定很擔心你，你不要再亂跑了喔。」

我叫他趕緊回到母親身邊。

望著小達離開的背影，我也打開隱藏門，推著手推車走進電梯內。

4

海公主可以說是自殺而死，但不是自殺這麼簡單，她的計畫，是和男友殉情。

不是自殺，是殉情。

當然，她的男朋友楊冬青完全不知情。

亞硝酸鹽的所有者，是詹妍娟。她將足以致死的劑量，各自添加在兩人的白鯨杯中。

詹妍娟死前的神情開心快樂，根本不像是要孤獨自殺而死的人的表情，因為她知道，她的情人也會與她共赴黃泉。

她沒有將遺書留給男朋友，是因為她不需要留下來。因為她的男朋友，也會與她一同死去。

難怪她滿臉幸福洋溢。她以為自己能與情人共同死去，死在這個兩人初逢認識的紀念地點。

就像是周刊雜誌裡的文章，海公主說著「想與情人在初識的地點度過一生」。

沒想到，這個計畫竟然被調皮的小達暗中破壞了。

雖然，這些想法僅僅是我的推理，但我覺得十之八九應是無誤，因為，我很能理解海公主的心情。

想與情人廝守的心情，被背叛的心情，痛不欲生的心情……

等我將所有的事情辦完之後，我會報警，告訴警方發生在海底隧道的死亡事件。我也會將事情的來龍去脈，跟警方好好說清楚。

原本，詹妍娟打算瞞著男友，讓兩人喝下毒藥。

不過這個計畫卻被男孩破壞。男孩替換掉添加毒藥的白鯨杯，並且將杯子丟棄在觸摸生態池中。

詹妍娟在睡前喝下了添加毒藥的礦泉水，並且她也注視著男友同時喝下礦泉水。她心滿意足地入睡，男友也一同閉上眼睛睡著了。

藥效可能在四十、五十分鐘之後才發作，不過，詹妍娟喝下的劑量，可能比我當初使用的劑量還要多，所以有可能會提早十幾分鐘就發作了。

女子面容抽搐，喘息困難，並且因為呼吸道劇烈收縮，沒有力氣發出呼救聲，掙扎了片刻，便獨自死去了。

睡在他身旁的男子毫無知覺。

大約過了半個多小時之後，男子被身旁的手機震動給吵醒，慌慌張張拿著手機跑去南館接電話。男子的睡鋪位置是在最外面，同時也最靠近南館，因此，他只要起床，往南館走去，便不會看到女子的睡鋪，所以不會發現女子早已死亡的事實。再加上男子患有近視，為了接電話而忘了將金屬框眼鏡戴起來，所以在燈光灰暗的隧道內，更加看不清身旁的女子發生了什麼事情。

我推想，這大概就是事件的全貌。

我會告訴警方這件事情，同時，我也會告訴楊冬青，原本他應該經歷的事件究竟是什麼。

海公主的心願，不能不讓她男朋友明白。因為，她會做出這樣的決定，想必心中一定是經歷過百轉千折，忍受過痛苦萬分的折磨。

我感覺很悲傷。

不只毀滅自己，也要毀滅對方，彼此都在互相囓咬，至死方休。就像是在深海特展中，那隻深海鮟鱇魚一樣。

我能理解女子的心情，因此我才很想知道真相……

所以，小俊，親愛的，當我殺死你的時候，你那時候瞪大著雙眼，是在想些什麼呢？

「我什麼都沒有想，只是覺得很突然而已。」

你的聲音從耳機裡低沉地傳來，夾雜著嗡嗡嗡的回音迴盪。

「你的回答好冷淡喔，一點都不懂我的心情，虧你還那麼聰明。」

「別生氣嘛，我跟妳說對不起。」

「嗯？」

「對不起，我跟妳賠罪。」

「呵，這樣才差不多。」

這時候，我在電梯裡的鏡子看到了自己的映像。

鏡子裡的我，雖然將耳掛式的耳機與麥克風別在我的右耳，但是它延伸出來的電源線，卻孤零零掉在我的肩膀後面。這個電源線並沒有裝在對講機的插孔之中。

難怪我跟你說話的時候，歐陽姊都會露出怪異的神情注視著我。

畢竟在別人的眼裡，我就是在跟一個沒有插好插頭的耳掛式麥克風說話。

雖然現在這裡沒有別人，出於習慣，我還是連忙將插頭插好。

「你就是這樣子，老是這麼糊塗。妳害怕自己自言自語，會嚇到別人，所以才想出這個方法，只要對著耳機麥克風說話，就會讓別人以為自己正在使用對講機。結果妳現在沒將插頭插好，還不是沒用。」

「喂，誰在自言自語啊，我才沒有自言自語好不好。你這樣說，對我很不禮貌。因為，我是在跟你說話。」

「妳這麼想跟我說話嗎？」

我聽到你的聲音從耳機裡傳來，而連接耳機的對講機，則接通了我的大腦的深處，我聽到你從我的大腦中，傳來聲音與我對話。

我的腦中有一座巨大的黑洞，那座黑洞是一間巨大無比的迷宮，你的聲音……從迷宮的深處傳了出來。你的聲音還是我記憶中的那個嗓音。我很害怕有一天，再也聽不到你的聲音了。

「既然，妳很想跟我說話，為什麼要殺死我呢？」

嗡。嗡。嗡。嗡。嗡。嗡。嗡。嗡。

你從耳機裡傳來的響音，震盪著輕微的回聲。

我想起了那一天晚上的事情。

因為吞食亞硝酸鹽，被你緊急送醫後，我在醫院躺了一個禮拜。好不容易，身體健康狀況恢復了，雖然走路還有一點不穩，但我堅持要你帶我離開醫院。

那一天晚上，剛剛出院的我，本來要回到我們合租的公寓。不過，你卻帶著我順路到你進行研究的工作室，因為你想將一些研究論文帶回家研讀。

我站在工作室，看著你在抽屜裡翻著文件。

你背對著我。

桌上有一把解剖用的小刀。

等到我回過神來，我才倏然發覺，你好像……已經死了。

應該……應該是被我刺死的。

好像是這樣。

應該，是這樣……回過神之後，我根據現場的情況，如此判斷。

因為我的前方躺著你的屍體，屍體上有很多刀傷。

我的手上拿著刀子，刀子上是一片紅通通的血液。

所以按照道理推斷，應該是我……刺死了你？

雖然我一點都沒有印象，我究竟是如何刺死你。
我看到你趴躺在一灘紅色的血泊中。
背部有數十道見骨的傷口，還在不停流血。
你一動也不動。
我尖叫了起來，丟下刀子。
我抱著你痛哭。
不停地哭著，淚水不停滑落……
突然……我好後悔，我好後悔……我實在很傷心，我覺得自己不應該這樣子對待你……真的，我真的很不想離開你，但我又能怎麼辦呢？
幸好，這件事發生在你的工作室，裡面有很多東西，可以幫助我處理你的屍體。
這時候，我望見了桌上一罐罐浸泡著福馬林的標本，標本中沉睡著一隻隻的魚類……我突然有個想法……
我流著眼淚，想剁下你右手的拇指，但解剖用的小刀不夠尖銳，無法成功切下來。所以我跑去廚房，拿起寬板的菜刀來試試看，沒想到輕輕鬆鬆就切下了你的拇指。我想將你的拇指，留下來。
血，流了好多……從你的手指切口，還有從你背部的傷口……好多血……我只能拿起工作室裡的透明塑膠布，盡可能墊在你的身體下方。然後，將塑膠布連同你的身體，捆起來，拖到浴室。

回到工作室的我，雙手托著玻璃培養皿，上面放著你的拇指。

我凝望著你的拇指，雙眼不停掉下淚。

好美麗，真是好美麗的指尖。

我伸出手，一邊掉淚，一邊輕輕撫摸這隻手指。

我很喜歡握著你的手，但你從不知道，比起握你的手，我更喜歡望著你修長的手指，因為每隻指尖彷彿都是精雕細琢的工藝品，總讓我百看不厭。

我要將你的拇指，留下來。

你工作的時候，我常常在旁邊陪伴你，所以，我也或多或少，學會了怎麼製作標本。

但製作標本有很多程序，我短時間無法處理完成。所以，我只是先進行了初步的處置。接著，我才前往浴室。

你的其餘部分，我用菜刀將它們切割成許多小部分，然後小心翼翼都包進黑色的塑膠袋中，分成了好幾袋。

切割作業是在浴室裡進行，我很害怕，但又不得不拿著刀子，將你身體的各個部分，切開來。我從來沒有做過這種事，所以我花了一段時間，才掌握到怎麼剁砍，才比較不費力。畢竟人的肉體裡有骨頭、筋……等等堅韌部位，要是施力不當，就會很費勁，握刀的手也會很疲。你曾經跟我講解過，關於動物的解剖學，沒想到那些知識，竟然可以運用在你的身上。

我……究竟花費了多久的時間呢……我……我不清楚了……我的身體就像發燒一樣，渾身滾燙，血液在我的皮膚下猛烈竄湧，莫名的動力，支撐著我，讓我完成這一連串的作業。

我迷迷糊糊地望著自己的手，正在自動進行這些費力又費時的功夫。

那雙手，自動地舉起刀，砍下去，血流了出來。我分不清楚，眼前模糊的是淚水，還是血水……

那雙手……並不是我的手。

最後，我很費力地將這些沉重的塑膠袋揹起來，避開電梯，慢慢走下樓，來到地下室，將這些塑膠袋放進你車子的後車廂裡。

我的身體，自動自發地行動著，我張開眼睛，看著這一具不屬於我的身體，正在進行這一連串的行動。

我的身體……不屬於我了。

我開車返回我們合住的公寓，打開儲藏室的門，裡面放著一袋塵封很久的厚重塑膠袋……袋子裡，是當年你曾經向我展示過的充氣式輕艇小船。

我想起了那時我們初次邂逅的情景，我的心頭又揪緊起來，喘不過氣。

袋子裡的充氣式輕艇，未充氣時的重量只有十三多公斤而已，所以我可以很輕鬆地將它放進車子的後車廂裡，並且也帶上了打氣筒和划槳。

完成這些作業之後，我便在深夜中開車前往海洋館。來到海洋館側邊的草叢，眼前出現一條蜿蜒的河流，水面上粼粼晃閃著堤防燈柱的幽微光線，這是一個沒有月光的夜晚。

我曾聽你說過，這條河流有某部分的曲線，是作為盆城行政區域劃分的依據。毫無道理，我突然想起這樣的細節。我的地理知識不好，所以就算你說謊騙我，我也不知道。我很不喜歡被你騙，只要被你騙，我就會覺得很受傷。所以有時候，我很希望自己並不知道你在騙我。

我將充氣式輕艇從車上拿下來，放在河灘上，並且開始用打氣筒充氣，就像是我們初識的那一天，你在我眼前示範的動作那樣。打氣，打氣，打氣……

三公尺長的塑膠輕艇打氣完成後，我便將它緩緩地放進水中，並且將黑色的塑膠袋塞在輕艇中的船艙空間，也拿了幾顆石頭放進去。船艙內的空間很狹小，塑膠袋一下子就塞滿了空間。

我跳上輕艇，基本上我的下半身都擠滿了黑色的塑膠布。我可以感受到你赤裸裸的肌肉與骨頭，正透過塑膠布摩擦我的身體，有些黏膩，讓我覺得不太舒服。

我拿起一柄輕盈的綠色槳葉，開始划動。

來到了河中央，我將一袋一袋黑色的塑膠袋捧起來。

將每一袋塑膠袋丟下水之前，我都會緊緊抱著塑膠袋，雙眼噙著淚水，向著塑膠袋吻了又吻。

不知道過了多久，我才緩緩垂下雙手，將黑色的塑膠袋綁上沉重的石頭，再放入水中。一袋一袋的塑膠袋逐漸沉沒，最終緩緩消失在黑色的水面上。

我真的很後悔，也很傷心。但你答應過我，不會離開我。

不會離開我，你這樣跟我說過。

之後，忙了一個禮拜，依照著參考書的資料，以及以往與你共同工作的記憶，我總算完成了你的右手拇指的標本。玻璃罐中，福馬林液體中浸泡著一根拇指。

為了能時常看到你，我偷偷將拇指標本放在隧道館水箱玻璃後的一個不起眼的角落，位於某座珊瑚礁體的巖石底部。

我將有指甲的那一面，背向玻璃牆面，讓標本不會太過於顯眼。水中光線反射模糊，若沒仔細看，誰也不知道裡面多了一隻拇指標本，來來去去的遊客，任何人都沒有發現。

人們只會看到自己想看的東西，所以才會沒發現拇指標本。

就算看到了，可能也會想，這應該是某種小型珊瑚吧。只是可能會納悶，為什麼在水池中的珊瑚，還要再用一個透明玻璃罐裝起來？

這是人類的盲點。

總而言之，這一年以來，沒有任何人發現我的小祕密。因為只有我一個人負責大水箱的飼養工作，所以我也瞞過了館方。就算需要定期抽水打掃大水池，我也會事先將你的拇指取出來，等到掃除工作結束再放回去。

「這樣做，你不會覺得很累嗎？」你再度開口，向我搭話。

「可是，是你說要永遠跟我在一起嘛，這是你說過的話。所以，我才想出這個折衷的辦法，放在水箱內，也是因為想天天跟你見面，就算是上班的時候，也想跟你見面。」

「好吧，算我服了你。那為什麼，要留下我的拇指呢？」

「小俊，你真是個小笨蛋。」我聽到你的問話，不禁笑了起來。

那是因為，要跟你打勾勾啊。

將我的拇指貼在玻璃牆上，瓶子裡你的拇指腹部也面向我，我們就像是在打勾勾一樣。跟你打勾勾，我們要永遠在一起。

「真的被你打敗。」

「你最近對我都好冷漠喔，我記得以前你很會逗我開心。」

「沒辦法呀，誰叫你是殺掉我的人……還有，你一直顧著跟我講話，都忘記自己要做什麼事了。」

「嗯，要做什麼事情？」

「你要趕快把我的拇指取出來呀，要是待會兒警察來到館內，進行地毯式的搜查，難保不會察覺水箱中有一根拇指的存在，警察們的眼睛很銳利。」

「對喔。」

「受不了妳，老是這樣忘東忘西。」

呵呵，小俊又在罵我了。但我覺得很幸福。

我將掛在耳朵上的耳機取下來。

我盡快穿上了防寒衣，也戴上了面鏡和呼吸管，兩眼俯望著大水箱水底的角落，那裡有一個小小的玻璃罐。水中的珊瑚卵，像是湧泉一般汨汨翻滾著，許多小魚正在肆無忌憚地啃食著珊瑚卵，水中一片熱鬧騰騰。知識淵博的你，曾經跟我說過，珊瑚產卵雖然很壯觀，但只有極其少數的卵胞能長成珊瑚的幼體。其餘的卵，都會被水中的各種生物吃掉。世界很殘酷。你教會了我這個道理。所以，我們更要陪伴在一起，互相照顧。

「小俊，你會一直跟我說話嗎？」

「當然會呀。我會一直跟妳說話。」

「你不會騙我？」

「永遠不離開妳。」

「我也一樣，永遠不會離開你。」

我跳下水，划入了一片粉紅燦爛的珊瑚卵迷霧中，與你打勾勾。

——〈拇指珊瑚〉故事完

Ⅳ、春之章：山魔的微笑

1 周志摩的故事

莫名其妙，我腦中突然想到一句話。

寫過一千多篇故事的日本小說家星新一，曾經說過：「現實世界，是倚靠每個人各自的夢境來共同支撐。」會得知這一位日本作家的作品，是因為任職出版社的妻子負責文學線的編輯企畫，前幾個月才出版一套日本推理與科幻的叢書，星新一的創作正好編列在第一冊的內容。

對於這位小說家的奇思異想，我初讀時總是皺眉，甚至有些嫌惡他過分脫離現實的筆法，畢竟太荒誕了。但此刻……我卻像是踏進他荒誕的故事情節一樣，在現實世界體驗著難以解釋的詭異現象。

在星新一的名言裡，他並未詳細說明，現實世界的夢境會是美夢，抑或者會是噩夢呢？還是說，兩者共存……而我現在，究竟正在迷迷糊糊作夢，還是神識清醒的狀態？

我滿身髒泥，狼狽不堪，在晦暗不見天日的原始森林裡迷路，氣喘吁吁，只想快點逃命躲藏。這時候，我卻莫名其妙，回憶起了某位小說家的名言。

我的身後，傳來野獸般放蕩凶暴的咆嘯，我好怕……好怕……恐怖的噩夢要抓住我了。

——救命啊！誰快點……快點來救我！我就要被抓到了！

我心驚膽跳。

我好像感覺到，此時此刻的追捕，只是用來折磨獵物的小遊戲。等到那隻怪物抓住我，就會用覆滿鱗片的臉龐看向我，用方才啃食過人肉的銳白利齒，毫不猶豫咬穿我的咽喉肌肉。

那一位受害者，雖然我一點都不同情，但是目睹人類的身體被啃食的畫面，霎時讓我充滿震撼。

但是，讓我更加錯愕驚恐的事情，是那個張牙舞爪的食人惡魔……抬起頭，張開血盆大口，朝我咧開嘴微笑的表情。

啊啊啊啊！！！我驚聲尖叫，往陰鬱的樹林間逃進去。

*

「這片森林怎麼越走越黑，好可怕喔！聽說，這座山上有很多鬼故事。尤其是山腰上的公路，常常有人目擊到死狀悽慘的女鬼想搭便車，也有人拿著黃色的冥紙沿途撒，或者，半夜騎車上山會遇到鬼打牆，困在山上三、四個小時，都無法出去……欸，還有，我上禮拜看網路上的論壇，有人分享親身經歷，說一個月前到山上賞花，晚上回家的時候，路過一排相思樹林時，看到樹林之間，出現一個蛇頭人身的怪物，嚇得他連滾帶跑，趕緊逃走。而且，那個人回家後，還發燒大病一場，經過他親戚介紹認識的師父，師父才看出他上山中了邪，被山魔神附身，趕緊帶他去廟裡焚香拜拜，就不藥而癒了，真神奇！」

女子雖然嘴巴說很恐怖，可是我感覺她很樂在其中，一點也不害怕。

可能因為我們目前走在一條非正規的山路上，附近完全沒有其他遊客的人影，很像是大冒險一樣的神祕氣氛籠罩四周，才讓她的心情特別興奮。

我望著她抹著淡妝的姣好容貌，忍不住開口回應。

「網路上隨便亂傳的故事妳也信？而且，在那個論壇發表文章的人，好像每個人都有陰陽眼，或者沾親帶故知道什麼靈驗的廟，認識什麼神通萬能的師父，講得繪聲繪影。可是，城裡哪有這麼多修道的師父可以認識呢？而且我看妳，一點也不害怕嘛，完全就是興奮得快要飛起來。」

看到妻子雀躍萬分的表情，我不禁搖頭嘆息。

不過，也許她就是倚靠這種愛天馬行空的幻想能力，十分適合創造性工作，從學校畢業後進入出版社，就被總編寄予厚望，想將她升職為組長。

況且，她不只想像力豐富，執行能力也很高超，每次提出的企畫案一完成，總是令眾人刮目相看。想到此處，我就胃痛得忍受不了，蹙眉擔憂起來。畢竟，妻子如果有能力，又長得漂亮迷人，還懂得應酬交際，有哪個身為丈夫的男人不會整天提心吊膽？

「你別這麼嚴肅啦，你跟你老婆好不容易出門遊玩，別顧著吵架啦，哈哈哈。」穿著迷彩服、頭戴遮陽帽的中年男子，在前方擔任導遊帶領眾人，此時也咧著雙唇紫黑、齒牙泛黃的大嘴，毫不顧忌扯著嗓子大笑起來。

我覺得他的笑容十分猥瑣。

明明是一個小時前才剛認識彼此，裝什麼熟呢？瞥著他瞇眼說話的猥瑣神情，總讓我渾身不舒服。

「喂喂，你看正宏大哥多成熟，你也該學學吧。」妻子從剛才聽到我的回話，便一聲不吭，直到現在才開口。

她行走的背影肩頭微顫，白色襯衫的蕾絲邊緣裝飾，隨著腳步不停往左向右大幅擺晃，甚至輕輕咬著自己的指甲，這是她緊張或情緒不穩時，習慣性的動作。我知道她又在生悶氣了。幸好現在還有外人在，她還不敢將怒氣發飆出來。若是平常，她恐怕會直接命令我站在她面前，然後搧我耳光，搧到她氣消為止。

儘管受不了，我還是會乖乖站好，直到她搧到手痠為止。

平常我總是很害怕惹她生氣，但今天不知道為什麼，剛才突然對她多嘴回話。

我也不是成天專門找芝麻蒜皮的瑣事，想跟她吵架啊，只是，妻子實在太不知分寸了，一路上拉著那名嚮導東問西問。

隊伍繼續前進。

「周先生，你的水壺掉了喔。」帶有一點年紀的女性聲音，不疾不徐，從我的背後響起。

我低下頭，才發現塞在背包外側袋口的藍色塑膠水壺，似乎因我越走越急，而被搖落在盤根錯節的樟木樹根之間。

「啊，謝謝妳，呃，是……邱大姊吧？」我放慢步伐，轉頭跟那名婦人說話。

「我幫你把水壺撿起來了，拿去吧。」看上去約莫五十多歲的婦女，發福的身材，穿著亮黃色的絲絨衫。

這一組四人的隊伍中，我與邱大姊比較有話聊，相較於古怪的導遊、陰晴不定的妻子，外表和善的婦人看起來比較好溝通。

「原來你在城裡的公家機關當公務員，周先生真是了不起，想必平常工作很忙碌？」

「是呀，平常工作擠很滿，幸好周末能跑到山上走走，呼吸一下大自然的空氣，好好放鬆緊繃的心情。」

「我弟弟以前很喜歡爬山，透過他，我才逐漸喜歡上森林，在他口中，我也常常聽到雲空瀑布的名字。但其實，我這是第一次來矢部山。」

「這座山很值得來走一走喔，風景真的很漂亮。」

「嗯嗯，真的百聞不如一見。」

「……咦，妳看看這朵香菇……真奇妙，我以前從來沒有在山路上看過。」突然，草叢間出現一朵棕白色圓頂的小型蘑菇，看起來有些像超市裡販賣的鴻喜菇，顏色也不太鮮豔，感覺應該沒有毒，「長得好像超市裡會販賣的食用菇，不知道可不可以吃。」

「啊，你不要亂碰那個蘑菇。」邱大姊向我揮揮手。

「喔，這樣子呀……」我聽到邱大姊的聲音很緊張。

「那個有毒，不能吃。」

「這是什麼品種？」

「它叫做裸蓋菇。」

「嗯嗯，因為擁有劇毒，所以吃了會致死嗎？」

「呵呵，不會那麼嚴重啦。」對方露出微笑。

「喔，好吧……」雖然我對於山野植物的辨認頗有信心，不過邱大姊似乎經驗比我還要老道，很懂得辨認林野的花草，我們開始討論起一路上看到的植物種類。後來閒聊一陣子，我們開始談論起正在前方帶隊的導遊。

「……其實，我不太喜歡那個叫做正宏的人，他看起來很粗魯，似乎帶我們在森林裡亂繞，妳覺得呢？」

「嗯……還好吧。我覺得他人很和善，如果不是他自願當嚮導帶我們去雲空瀑布，我們可能也不知道去雲空瀑布的路該怎麼走。」

我很高興能遇見也喜歡踏青的同好，但是對於那名自稱為「正宏」的男子，我與邱大姊的觀點好像不太一樣。

我們腳下的山頭，名為矢部山，靠近盆城北方邊界附近，中海拔高度山脈的其中一座小山陵。

盆城是一座位於島國北隅的繁榮城市，地形屬於「構造盆地」，這個名詞是用來專門指稱受到板塊運動的影響，因斷層作用陷落的盆地結構。

因為矢部山毗鄰盆城的都會區北部近郊，所以除了風光旖旎的先天優點之外，在交通機能便捷的光環加持之下，這座山儼然是城中人們戶外郊遊的不二選擇，成為遠近馳名的觀光勝地。現在正值春季，矢部山上有著萬蝶翩舞的花海盛況，其他景觀例如山崗上茵綠如波濤的大草原，珍稀的箭竹林，雲霧繚繞的湖景，都吸引了絡繹不絕的遊人足履。

我從大學時代參加登山社以來，便很喜歡爬山。不過，妻子並不是一個特別喜歡戶外活動的人，更不可能跟著我的腳步，揹上十多公斤的登山裝備去爬海拔超過一千多公尺高的山峰。所以，這一座山勢低緩、又鄰近交通捷運方便的山林，便是我退而求其次，常常與她一起前來踏青的場所。

剛與妻子結婚初期，我們兩人常結伴上山。不過，或許因為大多景點都走膩了，這一陣子只要到山上來，妻子也開始喊無聊無趣，意興闌珊，甚至推託與朋友有約而不願與我上山。

我耐著性子不停與她溝通，她卻越來越得寸進尺，總是半夜十二點以後才回到家，有時候還喝得醉醺醺，說是編輯室工作加班、或與朋友吃飯忘了時間。

——是哪位朋友呢？

我只要這樣回問，她給我一雙白眼就算是禮遇了。

普通的狀態下，只要她一生氣，就會將腳上的高跟鞋、或者是客廳的花瓶直接砸到我的臉上。

所以，我只好將客廳裡的花瓶擺飾都拿走。但這種消極的應變方式，似乎更激起她的不滿。

客廳裡的菸灰缸、電話機、廚房的鍋碗瓢盆，都曾經被拿來當作攻擊我的武器。已經有兩台電視液晶螢幕，就在她的怒火中，遭受池魚之殃而報銷。

也許，她就是看我個性比較軟，不敢與她衝突，所以一直以來，才會這樣喜怒無常地對待我吧。

婚前與她在一起，她開心的時候，白皙靚麗的臉蛋都在發光，整個人彷彿是光環圍繞的天使。不過，婚後，我卻很少看到她的笑容，若是踩到她的地雷，整個禮拜我都像是活在地獄裡。

對了，所以我有多久沒看過她的笑臉了呢？一個月？兩個月？半年？或者更久……

老實說，我一點都不喜愛她對待我的方式。

但是，或許因為我天生性格以和為貴，不願意肇生事端，她看準了這一點，才會與我結婚吧。

她的暴力本性，是在婚後才逐漸顯露出來，我一開始很難以接受。

每當我開口想要反駁，或是制止她的行動時，她就會氣勢凌人地斥罵說：

「你不是答應說，要永遠照顧我嗎？今天工作室的同事隨便請假，害我又要親自去印刷廠看色版，累得半死。現在我心情很差，不知道該怎麼發洩，既然你是男人，就該承擔另一半的壓力嘛，這不是很合情合理的事情嗎？我每天照顧你的生活起居，幫你切菜煮飯，你要怎麼回報我？你還記得，你求婚的時候，怎麼跟我說的？你說，願意忍受我的脾氣，願意一肩擔起我們之間的生活。現在呢？現在，你就那麼沒有擔當嗎？你的肩膀呢？」

話一說完，廚房裡的妻子就轉頭看我，將切胡蘿蔔的菜刀舉高，在我面前揮舞，還用刀柄在我肩上拍了幾下。

妻子的話，很有道理。

她每天從工作崗位下班，回家後還煮菜燒飯，為我洗衣整理家務，我替她分擔精神壓力是應該的，我應該要忍受，必須要忍受……但，只有一件事情，卻讓我無法忍耐。

最近，我越來越無法忍耐她晚歸。

她該不會是藉口說朋友聚餐，其實是跟男人見面吧？我的心情十分擔憂。

為了維持夫妻之間的感情，在這一天假日，我向她提議來山上踏青。

她心不甘情不願地答應。

為了維持她的好心情，一路上我不斷取悅她，但是顯然我的努力與回報完全不成正比。

矢部山的山腳附近，設有一座花卉展覽館，同時也是一座供遊客使用的公共休憩中心。因為上山的時間接近中午時分，妻子說肚子餓，所以我們便先前往遊客中心附設的小型餐廳，裡面有很多人，座位都客滿了。沒辦法，我們只好與一名中年婦女詢問是否可以併桌。

中年婦女微笑點頭。

我跟妻子一同坐在西洋風格的白色花邊椅子上，等待餐點上桌的時間，我向她搭話，她卻用手指滑著手機，偶爾才回覆我一兩句。

突然，我聽到一個奇怪的聲音從後面傳來。

「先生，你想不想去雲空瀑布看一看呢？」一名體型魁梧的陌生男子走近我的座位，向我搭話。

「啊？你說什麼？」我不太清楚，為什麼男子要突然向我問話。

「雲空瀑布，一座很漂亮的瀑布，就在矢部山的深山中。因為我剛才聽到你們說，這座山幾乎都逛透了，每個景點都去過好多次，不知道還有什麼風景可以看。」

原來如此。原來男子聽到我妻子在抱怨無聊。

「因為我剛好要去雲空瀑布那裡觀賞瀑布美景，如果你們想要去的話，也許我可以充當導遊帶你們去逛一逛喔。」穿著一身綠色迷彩服的男子向我投以友善的微笑。

我與妻子，確實從來沒去過雲空瀑布，這一座小型瀑布位於矢部山的深處，前往的路徑山勢特別曲折，根據遊客中心的書面資料，至少要花三個小時以上才能抵達。

雲空瀑布之所以聞名，便是瀑布水流會從長約好幾十公尺的寬廣峭壁傾瀉而下，從潭水處仰眺而望，上方的藍天與中央燦白的水花截然二分，水瀑彷彿從天頂的白雲滑洩而下，因而得名。

但，妻子總不喜歡太過劇烈的運動，所以我們並不曾花費三個小時的步行時間，蒞臨觀賞過瀑布美景。

「謝謝你的好意，不過，前往瀑布的山路要走很久，我們沒有太多時間來回。」

「嗯，這樣子……其實，我知道一個祕密的山中道路喔，只要走一個小時左右，就能抵達瀑布。」

「祕密的……道路？」出乎意料，滑著手機的妻子，竟然抬起頭來出聲詢問，轉頭朝向那名古怪的男子。

我有點驚訝，沒想到男子的搭話，竟然引起了妻子的好奇心。

「是呀，小姐，我常常來這裡爬山運動，有一天意外發現一個小路，可以通到山中的瀑布。只要沿著那條小路走，就不用繞過陡峭的山坡地，直接就可以抵達雲空瀑布。對了，我直接畫圖給你們看……」

「嗯嗯，原來如此。」妻子將手機放入長褲的口袋，開始仔細聆聽對方的解說。

根據男子的圖示與解說，那一條所謂的祕密山道看起來的確可以通往瀑布。

「嘿，好吧，那我們跟你一起去看看吧。」妻子聽完解說，神情歡樂，直接答應陌生男子的邀約。

「等等，等一下啦，妳不要這麼快就決定——」我出聲阻止。

「嗯，你有意見嗎？」妻子的臉轉過來。

「我是覺得……」我的聲音越來越小聲。

突然另一個聲音闖入。

「請問，我也可以跟你們一起去嗎？」與我們坐在同一桌用餐的中年婦人，眼神和煦地注視著我們，彷彿對於要前往美麗瀑布的提議非常感興趣。

「其實……我今天上山，就是為了要去雲空瀑布，本來以為得要爬三個多小時的山路才會到，而我的腿腳又特別不好，甚至還可能要走四個小時以上，但是聽到這位先生說……」中年婦女將眼神停留在那名陌生男性的身上，「有一條通路也可以抵達瀑布，而且花費的時間也比較短，所以我想……如果方便的話，可以帶我一起過去嗎？」

「嗯……好呀，沒問題，多一個人沒有關係。」穿著綠色迷彩服男子點點頭。

「那麼就這樣說定了吧！」妻子竟然也隨後點點頭。

「就叫我正宏吧，請多多指教囉。」陌生的男子裝著親切的聲音對我們三人說話。

這樣的發展太詭異了，而且旁邊還有一個毫不相關的中年婦女敲邊鼓，興致昂昂地想要去遊覽雲空瀑布的美景，這一切的發展實在太奇怪了，又太過於順水推舟，我根本找不到任何可以插話反駁的時間點。我無法反駁，我不知道怎麼反駁。或者是說，我有點不敢在我妻子面前反駁。真是太窩囊了，可惡。

吃完簡便的午餐之後，我們便出發了。

一路上，我對於這一名穿著綠色迷彩服的男子，越來越感到疑惑。為什麼，他要突然跟我聊天搭訕呢？不管從任何角度來審視，都很可疑，這一名陌生又奇怪的男子——自稱叫做「正宏」的男子——究竟是什麼來歷？

不過，最讓我覺得詫異的，竟然是妻子對陌生男子的行為一點也不介意。

嗯，該怎麼說呢？因為她總是帶著某種難以猜測的思緒與表情，觀望著那位導遊的一舉一動。一路上，正要橫越過一條木棧道的時候，那個自稱正宏的人，當著她的面，講了一個低級的黃色笑話。我意外瞥見了她的嘴角，浮現了剎那淺淺的微笑，隨後又回復了原先嚴肅的面目。

雖然只是一瞬間的事情，旁邊的我卻看得一清二楚。

我握緊的雙手，指尖感到汗溼。

我很討厭那個男子。那個來歷不明，渾身散發危險氣息的男子。太可疑了。

所以我決定要戲弄他一下，讓他後悔帶我們上山。

出乎我意料之外，名叫正宏的男子，真的在大約一小時之內的時程，帶著我們在山中左彎右拐，來到了雲空瀑布的位置。

還沒有穿越過那一片常綠闊葉樹林，耳裡便清清楚楚傳來清澈明亮的水花拍擊岩石的聲響。

腳步踏過去，白色的流水布疋從高約數十公尺以上的山崖巖壁，傾瀉而下，匯集成一潭淺藍色的水池，涼爽的濕氣充滿了四周，水花的拍濺聲從茂密的山林裡傳來震盪的回音。

水潭前方是一片長弧形的碎礫石灘，我們便站在石灘上，往前眺望。

「好美啊！」

我的妻子一看到眼前這幅美景馬上忍不住驚呼讚歎。

但我好像隱隱約約知道，我又要遭殃了。

「為什麼你以前都不帶我來這裡看，這麼美的地方，你該不會自己來過吧？」

「我沒有來過啦……哎，不要生氣，妳說自己不想走太遠的山路，所以我才沒有帶妳來過……」

要好好安撫妻子的心情，真是一件困難的任務。

一旁，穿著綠色迷彩服的導遊，似乎對我們的爭吵感到很有趣，饒富興致地坐在一旁的石頭上，翹著腳看著我們。

「好啦好啦，小姐，妳不要生氣了啦。對了，你們會不會口渴呢，我背包裡有一瓶剛才在遊客中心買的柳橙汁，乾脆來分給大家吧。雖然有一點不冰了，但在這個深山野嶺裡，就將就一點吧，哈哈哈。」

邱大姊似乎對於導遊的提議很感興趣。

「好像不錯喔，我的水也差不多喝完了。謝謝你呢。」邱大姊向那名男子點點頭，似乎很感謝他。

「呵呵，好呀，我也口渴了。」妻子也欣然同意。

我本來想要拒絕陌生男子的提議，但是我卻無法開口。因為我剛才將水壺掉落在地上的時候，所有的飲水都不小心流光了，要是跟口渴的妻子說明，她一定會罵我一頓，所以我寧願先不說出這一件事情。

導遊在他的背包裡翻了一翻，拿出了一瓶柳橙汁與幾個空紙杯。

「這個飲料你們自己倒來喝，拿去吧。」作為嚮導的男子一臉愉快，先為自己倒了一杯，再將果汁與紙杯分給大家，「剛才走了一段山路，現在來欣賞美景，喝喝果汁，果然是很棒的享受呢。」

接下來，我們就坐在瀑布旁的石頭上，一邊喝著柳橙汁，一邊四處走動，自在地欣賞雲空瀑布的美景。

妻子心情似乎很愉悅，與身穿迷彩裝的男子坐在一塊低矮而扁平的灰色岩石上，面向著瀑布景觀，互相交談著。

如果現在跑去插話，肯定是自討沒趣。妻子絕對會翻白眼瞪我。

我走到礫石灘的另一端，想要去找邱大姊聊聊天，可是，竟然沒有她的身影。我左右張望。沒錯，圓弧形的礫石灘上，沒有邱大姊的身影。石灘的另一端，岩石上坐著妻子與古怪男子的背影。

「邱大姊，邱大姊。」我嘗試朝四周呼喚了幾聲，但沒有回聲。

怎麼會這樣……難道邱大姊掉進水潭中了嗎？不會吧？我並沒有聽到任何落水的聲音，難道……她跑進森林裡了？我轉過身，望向背後一大片翠綠色的闊葉樹林，林影搖曳，傳來咕咕鳥鳴的聲響。

我感覺大事不妙，回過頭，趕緊跑去石灘的另一端，想要通知他們，邱大姊不見了。

好奇怪，為什麼……那名自願擔任嚮導的迷彩裝男子，正橫躺在石礫堆上，姿勢古怪……我的妻子站在附近，挺直背，頭卻低低俯望著男子。

我跑過去。

「他，沒有呼吸了。」我的妻子平靜說出這句話。

——啊？妳在說什麼啊？沒有……呼吸？不就是死掉的意思嗎？

我走近男子橫躺在石灘上的身體，他的姿勢很怪，我緊皺著眉咬著牙齒，反覆檢查他的心跳和脈搏。

什麼反應都沒有。

屍體就像是睡著了一樣，扭曲的雙手，感覺像是一邊作噩夢一邊在睡覺的樣子。

他死了。確實死掉了。

——啊啊，怎麼……怎麼會這樣？！

我不禁驚呼起來，雙眼瞪大，往後倒退幾步之後，不小心被石頭絆倒，跌倒在石灘上。

我對於這名導遊的敵意，突然之間冷卻了，可是，取而代之的心情，卻是恐慌與懼怕，該不會……

眼前，青藍色的水潭，以及白綢般的美麗瀑布，似乎再也展現不出任何明亮的色澤。這是我的錯覺嗎？我跌坐在石灘上，彷彿感覺到眼前的水潭越湧越高，瀑布的水量逐漸增加。

增加，不停地增加水量，好像一下子不注意，大浪就會馬上撲上來，白色的浪花隨即會淹沒我。

不停翻洩的水花，就像是倒數計時的滴答聲一樣，像敲鼓般撞擊著我的心臟。我喘著氣無法冷靜。

一般來說，在這種情形下，身為丈夫，我是不是應該要待在妻子身邊，說一些安慰的話？但，我實在沒辦法，沒有辦法挺著胸膛面對她……因為，我好像犯下了大錯。

我沒有勇氣抬起頭來，沒有勇氣往她的位置看去，我只是閉起眼睛……

剛才，我們一行人不是曾經一起在礫石灘上喝過果汁嗎？那時候，曾經有一個片刻，那名穿迷彩裝的男子好像在水潭中看到一條大魚，想要叫我們過去看。

邱大姊走了過去。

這時候，我趁妻子在翻找背包中的衛生紙，而將視線撇開的一小段空檔。我悄悄用小刀切碎剛才在路邊拔起的淡棕色的裸蓋菇，再將切成小碎片的碎屑，加入嚮導男子暫時放置在岩石上的飲料。

岩石上有四杯飲料，我確定自己將毒菇加入了那名男子的飲料中。

聽邱大姊說，毒菇不會致死，所以，可能就是會讓人產生腹瀉之類症狀而已。再加上這種蘑菇外表一點也不鮮艷，因此我想，就算是食用，也不會有太大問題。頂多就是胃痛腹瀉而已。

沒錯，我想給那名囂張的迷彩裝男子一點顏色瞧瞧。我想看看他出糗的模樣。後來，我便跑去看水中的大魚，等到我們三人返回之後，我悄悄盯視著迷彩裝男子的動靜。

確實，他喝下了飲料。

因此，我無法睜開眼睛，將視線轉向我的妻子。

因為……我可能殺了人。

怎麼會這樣？明明……邱大姊說過，蘑菇不會致死。難道，是蘑菇引發了什麼嚴重的過敏反應嗎？或者，邱大姊欺騙我，那株蘑菇其實含有劇烈的毒素？

但，無論真相如何，都無法改變這個事實：那名男子死了，兇手……可能是我。

我好害怕，我害怕自己的妻子一旦發現我是一個殺人兇手，將會如何對待我。

我發現，我竟然無法想像到，她可能出現的反應。我不知道妻子會怎麼想，她會怎麼行動。她會去報警嗎？或者……尖叫？或者……被嚇傻？

啊啊啊，我……我竟然不知道我的妻子會怎麼面對這樣的事情。

我……真的理解過我的妻子嗎？就算她這麼暴力地對待我，無禮地輕視我，我都逆來順受，可是……我卻從來不知道，為什麼妻子要這樣對待我？

她恨我嗎？

我……不確定。

她愛我嗎？

我……更加不確定。

我好像，從來沒有理解過我的妻子。我一直都不知道……她是誰？

當然，我知道她的名字，我知道她現在是一家知名出版社的編輯，我也知道她早餐總是喜歡吃火腿三明治，搭配一瓶麥芽牛奶。吃中飯時，她總會和同事一起在出版社樓下的餐廳裡解決。她下班後，習慣看完第四台的日本連續劇再上床睡覺。她的頸後有兩枚小小的痣，每次看到，總讓我覺得好可愛。而她每次出門前，總一定要在臉上塗塗抹抹做好防曬，才肯出門。

但，我還是一點也不理解她。

我只是熟知她的生活而已。

關於更深層的東西，我茫然無知。

記得幾年前剛認識的時候，我們曾經有一晚在城裡的街道散步。她突然指著天空的月亮問我：「我問你喔，你覺得……月亮的背後，會有什麼東西呢？或者說，有什麼東西會被月亮遮住呢？」

什麼東西？我不了解她的問題。不就是夜晚的黑色天空嗎？等月亮往旁邊移動了，不就可以知道背後有什麼東西？

「但，如果那個被遮住的東西，也跟著月亮一起移動呢？」她側著頭說，「我們可能永遠也看不到那些被遮住的東西吧？」

她有時候說話，完全毫無邏輯。

那時候，我可能就是被這種神祕感打動了吧？才會想和她交往。

但是，儘管在一起多年，並且也結婚了，我卻始終無法理解她所謂「被遮住的東西」是什麼東西。

她的心裡彷彿有某個部分，完全不是我能夠進入的地方。很多她的想法，總是讓人出乎意料。

我還想起了一件事。

記得是一年前吧？有一天她跟我說了一件讓我覺得很恐怖的故事，她一邊說出那個故事，一臉卻若無其事的表情，讓我難以忘懷。

那是她國三時的故事了。當時，離畢業只剩下最後一個月的時間，有一位她最要好的女同學，卻意外懷孕了。

那位朋友十分擔心，所以很煩惱地告訴了我的妻子，同時，她也在聯絡簿裡向老師訴苦自己懷孕。沒想到，過沒多久，她們班上所有人的聯絡簿都被偷了。但偷簿子的人卻在隔天，將所有簿子原封不動還回到班上，簿子一點損害或缺失也沒有，他們班上的人，對於聯絡簿小偷的怪異舉動完全摸不著頭緒。可是，事情還沒有結束。過了幾天之後，那位意外懷孕的同學，在自己的抽屜裡，發現了一張電腦列印出來的紙條，上頭寫著：「我知道妳懷孕了」。

聽妻子說，那位同學回家後，便關在浴室裡試圖割腕自殺，還好傷口很淺，被機警的家人及時發現。

當時我沒料到妻子會突然講這麼奇怪的故事，便隨口回答：大概是那個偷簿子的人寫的紙條吧？

妻子一臉無動於衷地回答。

——偷簿子還有寫紙條的人，就是我。

話題講到這裡，好像就結束了。她又繼續說起前一天晚上看到的美國連續劇的內容。

對了，那時候剛好聊到連續劇中，男主角偷了女主角的信的情節，所以，妻子才會順便提起這種往事。

總之，諸如此類的事情一再出現，也開始讓我心裡慢慢浮現異樣的情緒。

之後回想起來，我推論，當時她會偷大家的聯絡簿，可能就是為了要掩飾字條是她寫的吧？如果不偷簿子，就先寫紙條的話，她的好友一定會先懷疑她。如果偷了簿子，便會讓人覺得寫那張紙條的人，可能便是偷聯絡簿而恰巧發現這件事情的人。

她很聰明，聰明到知道要用偷聯絡簿來排除嫌疑。

我唯一想不透的，就是妻子的動機。之後會發生自殺事件，應該也是她始料未及。但，她為什麼要這麼做呢？

我腦海裡不斷浮現著妻子的臉。

那張臉的主人，偷走了好友和班上每個人的聯絡簿，是那張臉的主人，寫下了讓好友承受不住事實的字句。是那張臉的主人，對著導遊低級的調情毫不在意。我無法理解那張臉，我也無法再面對那張臉。我無法知道當那張臉的主人得知我是兇手，會露出什麼樣的表情。

無法知道就是無法知道，無法知道，難道是一種錯誤？

我以後該用什麼樣的眼神，來面對她呢？她又會展露出什麼表情來面對我呢？啊啊啊啊啊啊——我好混亂，腦海中一片混沌。

我勉強將眼皮睜開，感覺前方天旋地轉。我在哪裡？我究竟在哪裡？前方有白色的光，水花飛濺，好像……水要淹過來了，要淹蓋過我的身體。

啊啊啊啊啊啊，我的腦袋好像要爆炸了，要爆炸了！我搖搖晃晃走過去，這時候，我再度看到了那個橫躺在地上的屍體。

妻子卻不再像剛才一樣傻傻站著，現在，她正蹲在地上，望著地上的屍體。然後，她抬起頭來，朝我笑了。

笑了！我的妻子竟然笑了，朝著我笑了起來。

自從婚後，妻子便不常對我微笑，我早已經忘記，上次看過她笑，是在哪個時候，是一個月前？三個月前？很久很久以前……？我早已忘記妻子的笑容是什麼模樣。而現在，妻子卻——

咧開嘴，對我笑了！

然後她的嘴巴越張越大，越來越大……就像是怪物一樣，她屬於人類的皮膚開始逐漸被褪下。

啊啊啊啊啊，我要瘋了！是我瘋了嗎？還是……我的妻子真的變成了怪物？那是我的……妻子？名叫謝巧虹的……那個女人是誰？！

我的頭好痛……好痛苦，到底……到底發生什麼事情了，我無法理解……

當妻子——那隻怪物——將身上那一層層屬於我妻子的人類肌膚、髮毛、臉龐抓扯下來……像蛇族蛻皮一樣，用沾血的兩手尖爪撕扯下來，顯露出皮囊底下黏滑黝黑的真面目之時，我便心驚膽跳地明白——我的噩夢成真了。

然後，我的妻子開始啃食地上的屍體，用她尖銳的牙齒，開始啃吃死亡男子的肉身，血液噴濺，肉條被一塊塊啃咬。

她抬起頭來。瞪著一雙獸類般的眼神。她在看我。她在對我笑。

啊啊啊啊啊啊啊啊啊——

我知道，如果我被她抓住，我就會被殘忍地殺死，被啃食殆盡。

所以我轉過身，拚了命逃跑，不停尖叫。

2 謝巧虹的故事

我殺了他。

應該是我，殺了他吧？

雖然我沒有辦法確知，他到底是因為什麼原因而死。

＊

阿志跟我提出去山上賞花踏青的提議時，我覺得有點意興闌珊。畢竟，我們已經去過矢部山好多次了，每個景點都逛過了好幾遍，實在很無聊。

其實，剛開始跟阿志去山裡休閒遊玩，的確很有趣。阿志懂得很多花草種類，會一一跟我解說各種植物的特性，我也聽得津津有味。只是，相似的內容反覆聆聽，有一天，也會膩。

阿志人雖然好，可是卻太呆板了，凡事太過於一板一眼。

最近，我覺得生活裡各種事情，都好乏味。

可能他察覺了我鬱悶的心情，才想要帶我出去外面走一走吧，他一向是個很貼心的人。

雖然覺得去山裡有一點沒意思，但是跟待在這一座烏煙瘴氣的城裡比起來，至少還有新鮮的空氣可以呼吸。

有時候，我真的很想雙手一攤，轉身逃離這一座無趣的城市。

在這一座城市的工作與生活，我真的覺得越來越無聊，越來越無法忍受。我就像是漲到極點的氣球一樣，幾乎瀕臨爆炸。賺錢，努力工作，奉獻自己的能力，對我來說，就像是一個被制約的習慣行為而已，真是厭煩極了。從國小到國中，再從國中到高中，高中再到大學，可能的話，再過去還有研究所……研究所之後，找到工作，結婚……然後呢？然後，接下來的階段又是什麼？

每一個階段，連續著每一個階段，一直夾在中間，低著頭往前不停邁進的我，始終存在一種喘不過氣、即將要窒息死亡的感覺。

這樣子看到一個階梯就一個階梯地踩踏下去，究竟要踩踏到什麼時候呢？

還沒上國小的時候，我曾經聽隔壁鄰居的大姊姊說過一個鬼故事。

有一群膽子很大的中學生，相約晚上偷跑到漆黑的學校練膽量，因為傳說那學校以前是亂葬崗。他們天不怕地不怕，甚至還跑到操場上大吼大叫，期待能看見穿軍裝的鬼魂在講台前踢正步，跑去學校頂樓畫魔法陣，想要召喚妖怪。但是……什麼事情都沒有發生，只有他們一群人的腳步聲，回響在兩層樓的教室和走廊之間。失望之餘，他們決定離開。下樓梯的時候，突然有個做事仔細的男同學，發現了一件很不可思議的事情。平時，他走樓梯時，總習慣數樓梯的數目。這次，他也習慣性地數了階梯的數目，一階、兩階、三階……十五階。

這是不可能的事情。因為，平常這個樓梯怎麼算，都應該是十六階才對。感到惑然不解的學生，決定重新再算一遍，便轉頭走了回去。等到朋友們發現同伴不見的時候，他們已經走到了學校外面，誰也不知道那位失蹤的同學，是哪時候脫隊。他們抱怨那個同學實在不夠意思，竟然已經先回家了，一群人繼續鬧哄哄，在大街上吵鬧了整個晚上才作鳥獸散。

隔天，他們回到學校上課，才知道那個脫隊的學生沒有來學校，昨晚並沒有回家。學校方面很著急，想尋找失蹤的學生，仍舊一無所獲。

很多年之後，要翻修老舊的學校，工人們用電鑽將學校的樓梯打散之後，才意外發現樓梯水泥和鋼筋結構之中，裡面埋了一具白骨，那具白骨身上，還穿著許多年前那間學校所規定的制服。

他一定是被樓梯吃掉了吧？我如此猜想。

是不是有一天，我也會被樓梯給吃掉呢？

永無止境往前延伸的階梯，是一個長形的軌道。沒有終點站的軌道。

我總是感覺到，穿著制服的我，彷彿正坐在一列行駛於沒有終點的軌道上的火車裡，窗外的景色，都被陳舊的玻璃窗給弄髒了，那些無聊透頂的歲月，在齒輪的轉動中，發出了一陣陣刺耳尖銳的金屬噪音。

好無聊，這個世界好無聊。

所以，當阿志提議要去山裡走一走的時候，我才勉強答應。至少，去山裡透透氣也不錯。山中的空氣，跟灰塵滿天、讓人感到心情沉悶的盆城，是完全截然不同的地方。

不過，阿志應該不是這樣想的吧？他根本無法理解我。

對他而言，我的煩惱只是鑽牛角尖，這種煩惱根本就不算是煩惱。

像他這種從小聰明、平平穩穩地在教育體制裡一路升學讀書的好學生而言，「生活」這個字，就像是一條鋪設在大馬路上的紅地毯一樣，他只要乖乖地走，順著紅地毯的方向慢慢前進，就會抵達目的地，就會得到他想要的東西。就算是來到十字路口，有許多橫衝直撞的車子會撞傷人，他也會想出一套如何繼續前進的完美方法。可以停下來等紅綠燈，要不然就是走天橋、走地下道。

他就是這種事事都有規畫，一切的人生藍圖都牢牢鏤印在腦海中的人。像個機器人，各種指令早就內建在他的腦內晶片之中，只要一出廠，就會開始執行天生被安排的各種指示。

我並不是覺得這樣不好。在我看來，他真的是一個很完美的人，不只脾氣好，也很聰明博學，我能夠擁有這樣的丈夫，只要是身為一名女性，都會很嫉妒吧？我想，我很喜歡他，我的生命中已經不能缺少他了。

但事實上，我的個性與他截然不同。

我從來不認為萬事萬物是可以預先規畫好，因為世界是不停在變動流轉。所以，我十分討厭這種重複而單調的生活。我覺得阿志那種真的相信「計畫萬能」的執著個性，很讓我無法理解。也許，無法理解他，也是他吸引我的原因之一。

但我無論如何，就是無法徹底地接受阿志的觀念。

所以，我想測試看看他的「底線」在哪裡。

無理取鬧，對他冷眼看待，假裝與別的男人有一腿，有時候甩他巴掌……我很想看看，一個凡事講求理性完美的人，會有什麼反應。

結果什麼反應都沒有，還是一樣，他抬起頭來，向我努力微笑，左邊的臉頰還有我剛才打他的巴掌印。他看起來好蠢。

太無聊了，這個男人太無聊了，簡直就是機器人。要是他一氣之下向我反擊，我反而會佩服起他，並且開心起來。

我很想看到他不同以往的表情。

我總覺得，在這個看似一成不變的無聊世界裡，還存在著某種看不見的風景。

就像是「月球的背面」一樣。

雖然月亮會繞著地球轉，但實際上，因為月球自轉的周期關係，所以始終都是以「同一面」來面對地球。因此，人們在地球上，仰望夜空，永遠都只能看到月球的「正面」，不管月球跑到哪個方位，人們自古以來都無法以肉眼觀測到「月球的背面」。第一張「月球背面」的照片，記得是在五十多年前才被美國的太空船所拍攝到。但無論如何，人只要站在地球上，是絕對無法親眼看到月球背後的風景。

好神祕啊。

記得有一個有名的法國印象派畫家說過，他只相信那些看不見的東西。

我呀，始終對那些「看不見的東西」非常著迷。

我不停地問我自己，如果看不見的話，要怎麼樣子才能讓我看見呢？

在沉悶的求學過程中，這個問題就像是支撐著我的柱子，讓我有了繼續走下去的力量和勇氣。

要怎麼樣，才能找出那些看不見的東西？

那些看不見的東西，究竟存在於什麼樣的地方？

在國中和高中時代的課堂上，我的腦袋除了一邊想著解開三角函數或是古詩的韻腳問題時，我還一邊漫無目的沉浸在自己的想像世界裡。

物理課、化學課、生物課中教導的公式、觀念和元素表，都是那樣子整整齊齊，一就是一，二就是二，水就是H2O，植物只會在白天行光合作用，老師在講台上口沫橫飛說出口的必考選項，好像從盤古開天以來，就出現在世界上一樣。

真的，是這樣嗎？

是不是只要把考卷上複雜的數學不等式，用1到9的數字寫好解法，我的生活就能變得「比較平等」了？

坐在教室裡的時間，好像越來越長了，從教室中間的座位抬頭往上看，教室正正方方的形狀，就像是個用水泥做的灰色盒子一樣。一盒盒的灰盒子疊在一起就變成了學校。所謂的教室，就像是一個用來裝「人」這種東西的盒子而已。

就像是工廠裡的火柴盒，或是鳳梨罐頭一樣。等到製作完成了，就會送到外面去賣給其他人。在火柴盒和鳳梨罐頭裡的東西，唯一要做的事情就是「等待」。

等待別人將蓋子打開，等待有一個人把裡面的東西磨出火花來，等待有一個人把自己吃掉。

我討厭等待。

所以，我總是喜歡在等待的時間裡，試著做一些有趣的事情，要不然，我真的會瘋掉。

從小學開始，我就是一個喜歡惡作劇的人，老是喜歡偷拿班上男同學新買的鉛筆盒，把那些平時看起來很強悍的男生給弄哭，然後再假裝好心，說找到了鉛筆盒，再把東西還回去。

我並不是想欺負或者弄傷別人，因為，我只是覺得生活中多一點趣味的事情，也是挺不錯的。也許，我只是想要測試看看別人的「底線」吧？

我很好奇，那些平常外表看起來很普通的同學們，難道在他們看不見的心底的內層，也是如此的普通嗎？

譬如，等到我偷走那個男學生的鉛筆盒之後，我才知道，原來，那個鉛筆盒對他而言，是多麼重要的東西。可能是他父母或是喜歡的叔叔送給他的生日禮物？原來，那個外表看起來那麼囟悍、說話老是帶髒字的小男孩，這麼依戀別人。

我從小就對這種猜測他人的遊戲，樂此不疲。

後來，這種生活中小小的惡作劇，真是讓我玩上了癮。

就像是漣漪一樣。

我就像是拿著一塊小小的石頭，投入寧靜幽暗的湖水裡。

我張大了雙眼，靜靜地躲在陰暗的角落，想要看看那散開來的漣漪。

水波像花瓣一樣，緩緩展開了越來越大、越來越多的曲線。
那樣華麗又難以預測的線條，將會延長到什麼樣的地方呢？
我注視著漣漪的心情，就像是看馬戲團表演時，一顆心蹦蹦亂跳的緊張。
這是一種讓人著迷到欲罷不能的遊戲。
但也有玩得過火的一次。
那是國中三年級的事情了。
有一位從國一開始就認識的死黨姊妹，竟然有一天跟我說她懷孕了。
不敢置信的我，頓時非常非常地嫉妒她。
我並不生氣她有了男朋友，卻不事先跟我說，而是等到懷孕了，才告訴我這個素來推心置腹的朋友。我生氣的事情，是她竟然已經開始經歷那種埋首書堆的國三生想像也想像不到的生活。她經歷的事情，跟學校的考試是完全截然不同的事情。
不論懷孕這件事情是壞事還是好事，總之，我在瞪大眼睛的羨慕情緒中，燃起了嫉妒的火焰。
她平常是個不容易表露心情、十分內向的女生，總是帶著厚重的眼鏡安安靜靜的坐在角落的椅子上看書，考試的成績不算是太好，也不算是太差。一個班上可能就有十幾個這樣子類似的人。
我不相信她竟然有了情人，而且，還懷了孩子！

這對於國三生的我而言，簡直就像是個天方夜譚。

我充滿了被背叛的心情。

我按捺不住沸騰的情緒，等到調查出她在聯絡簿中有寫出懷孕的事情時，我就決定先偷走全班的聯絡簿，然後再還回去。最後，我再用電腦打字，列印出一張「我知道妳懷孕了」的紙條，放在那位朋友的抽屜裡。

現在回想起來，其實，我也不知道我自己在幹什麼，也不知道我究竟想要得到什麼樣的結果，一切的行為，只是在衝動的心情下，不知不覺地完成了。所謂的青春期的叛逆，難道就是這麼一回事？

對於一切都不順眼，對於那些得不到的東西，更是看不順眼。即使是自己不想要的東西，但是一旦看到別人比自己先得到了，仍舊會覺得氣憤難耐。

所以，聽說當天晚上那位朋友自殺的消息後，我整個人嚇到躲在房間的棉被裡不敢出來。即使母親在門外喊了多大聲，我也不敢出門去吃晚飯。

——我沒有傷害別人的意思。我只是覺得很無聊而已。請妳一定要原諒我。

我在棉被裡發抖，咬著自己的指甲，一直喃喃自語到天亮。

雖然隔天帶著一雙紅腫發炎的眼睛和黑眼圈到了學校，得知朋友最後在醫院裡救回來的消息，我總算比較放心。

一個月後，我就畢業了。畢業前，我再也沒有看到我那位朋友出現在學校裡。

我之後再也沒看過她了。

我知道那位朋友的底線了，那便是「羞愧」。

她該不會也隱隱約約猜到是我做的吧？

從那件事情之後，我對別人惡作劇的次數便盡量減少。

但我仍然改不掉喜歡惡作劇的習慣，畢竟，那是我在單調乏味的現實中，唯一能讓自己比較清醒的休閒樂趣。並且，我在惡作劇時，變得更加小心了，小心不要傷害到別人。

因為，我只是想要讓生活變得有趣一點而已。

真的，我真的只是想讓生活多一些有趣的色彩而已，要不然，誰會想待在這麼一個無聊的世界呢？

跟阿志在一起的時候，有時候我也會刻意做一些完全讓他摸不著頭緒的事情。這樣的確很有趣，在剛開始交往的階段，我總是讓人摸不清的特質和舉動，也吸引了他的注意力。觀察阿志對我莫名其妙的舉動所產生的反應，也是我生活的娛樂之一。所以有時候我會用暴力對待他，並不是厭惡他，我只是想看看他有什麼反應而已。我想看到他的「底線」。

我很喜歡觀察別人，也很想要了解別人，究竟心中隱藏著什麼樣的個性和潛在的特質。所以，我時常在沒有上班的日子裡，一個人坐在捷運、或是地下街的椅子上發呆，看著那些走來走去的人們，想像那些生硬麻木的臉龐底下，究竟潛藏著什麼樣看不見的思緒流動。我好想要知道，那些五花八門的面具底下，藏著什麼樣的五官。

我想，我應該很討厭自己吧？

所以，我才會那麼拚了命，去想像別人的生活和世界。

也許，是因為我想要成為這世上的任何人，除了自己之外。

但，這種無邊無際的想像，仍舊會讓人感到疲累，感到無所適從。可能因為這個原因，個性單調無趣的阿志，反而可以成為平衡我的心情的一種緩衝點。

這一次，跟阿志一起上山踏青，也許也可以成為一個轉捩點。

我最近似乎對他太嚴厲了，這樣可不行，要是他再也無法忍耐，而決定離婚，我就失去了一個平衡自己心情的好工具。

所以我才答應，跟他來山上遊玩，稍微安撫一下他的不安。

本來以為這應該是個很輕鬆的旅遊。

沒想到，我還是遇到了讓我覺得很趣味的事情，讓我稍微放鬆的思路，又開始不安分地活躍起來。

在山上的旅客餐廳裡，恰巧遇到的男子，自稱叫做「正宏」，是個讓人捉摸不清的男人。一身的迷彩服裝，帶著一頂破舊的遮陽帽，鬼鬼祟祟跑到阿志的旁邊跟他搭話，說要帶我們去山裡的瀑布欣賞風景。不管怎麼看，這個人──

渾身散發危險的氣息。

雖然不知道到底實情如何，但我嗅到了不懷好意的氣氛。

我覺得很有趣，所以一邊假裝滑手機，一邊偷聽他們說話。奇怪的男子說，他知道一條祕密的山路捷徑，可以通向深山中的雲空瀑布，那是一座高約十公尺的小型瀑布。

我的好奇心被激起了，也開始加入他們的討論。

不久之後，我決定請他帶我們去那一座瀑布走一走。

從第一眼看到他，我就知道那名男子是個背景複雜的人，甚至很危險。但這個觀察卻讓我感覺振奮。就像是突然手中拿到了一個加強版的魔術方塊一樣，我想要解開「他」這個人的祕密心情，也開始蠢蠢欲動。

所以，我才會忍受著一路上他對我非常不禮貌的舉動。如果要釣魚的話，總得要有一些餌才行。不過，阿志倒是十分看不慣他的行為，好幾次都要發生衝突。

我不喜歡自己的遊戲被別人中途破壞，所以，我也一直制止著阿志的愚蠢行為。

另外一件有趣的事情，便是在遊客餐廳中，恰巧同桌用餐的中年婦人，竟然也對於我們的瀑布行甚感興趣，也加入了我們的行列。那名婦人自稱邱大姊。

實在太奇怪了，那名散發危險氣息的男子，一般人應該會敬而遠之，可是邱大姊卻主動跟他聊天，甚至請求他帶她去雲空瀑布。

我會跟男子聊天，有我私人的目的。但我覺得邱大姊，跟我是完全不同的個性。我猜不出來，為什麼她也想要一同前往。

看起來，她也是一個值得讓人玩味再三的人。

根據我長期對別人的觀察，我馬上就知道邱大姊平時絕對不是個開朗又善說話的人。她的表情太過僵硬也太過做作了，而且說話的內容，總是一再重複關於她家庭的事情，一旦說到其他不熟悉的話題，她總會搖搖頭，然後又開始說起一些關於她兄弟或丈夫的故事。我看得出來，她十分緊張。

我也很想解開「她」這個謎。

帶著逐漸無法滿足的龐大好奇心，我和眾人一同邁開步伐，朝深山走去。

山路雖然顛簸，但是果真花費了一個小時，我們就抵達了那一座山中小瀑布。雖然那名陌生男子看起來有所企圖，但是至少在抵達路程的時間長度，並沒有欺騙我們。

雲空瀑布真的是一座非常美麗的瀑布，我不禁驚呼連連。

我走到圓弧長形的碎石灘上，眺望著前方的小型瀑布。高約十公尺以上的瀑布嘩啦啦的瀉下水流，壯觀萬分，激濺的水花在水潭上飄灑著沁涼的濕氣。

深藍色的水潭，散發著寶石藍的潔淨光澤，我們都看呆了。

突然之間，一股難以形容的騷動與渴求，在我的心中抖然湧現。

直到現在，我還是無法釐清，那到底是什麼樣的無名躁動，在我體內滾滾翻騰，但是……

就在這時刻，我突然想起了那個人曾說過的話語，我反反覆覆咀嚼著對方的詞句，霎時之間，心中獲得了一種超乎尋常的領悟。

我很清楚，當時為了平息這種異樣的情緒，我做了什麼事情。

當時我們在石灘上休息，那名陌生男子呼喊大家去觀賞水潭中的大魚，邱大姊緩步過去，我轉頭假裝在背包裡翻找衛生紙，想要等丈夫也走過去。

不久，我聽到丈夫起身離開的腳步聲音，我回過頭去，大家都聚集在水潭前方了。很好。我偷偷揀起了腳邊一顆有著紅色螺旋花紋的小石頭，丟入我的果汁杯中。然後，我把放在岩石上的四個杯子，迅速調換了位置。

在調換過程中，我連哪一杯裡面放有小紅石都不知道。

當時，我興奮到連肩頭也在微微發抖。

我想要製造一些驚喜，看看是誰喝到那杯有著紅石頭的果汁——他，或者是她，會有什麼樣的表情出現呢？

我真是太好奇了。

搞不好，會是我自己喝到喔。

就如同那個人說的一樣，生活中，確實必須要有適當的調劑，人們才能從一成不變的世界中解放呀。

那個人——

真是擁有真知灼見。

這個小小的惡作劇，就當作我的開場，先來暖身。

這是對我們這四個人所進行的，一個小小的測驗。

是呀，真是太刺激了！

之後，不小心喝到紅色石頭的邱大姊，真的沒有讓我失望，她詫異萬分的表情，現在還停留在我的腦海。我一邊跟那名自願當嚮導的男子聊天，一邊暗中觀察石灘上邱大姊的舉動。

當時，她偷偷從嘴裡取出了那顆紅石，並且放在褲子口袋的畫面，真是讓我忍不住差點笑了出來。

雖然她沒有跟我們說，她剛才在果汁裡喝到了什麼奇怪的東西，但她那種驚奇、疑惑、焦躁、甚至帶著懼怕的表情，都在我眼底下一覽無遺。這實在太奇妙了！為什麼她的臉上，會突然出現那麼多種的表情呢？邱大姊原本聒噪的一張嘴巴，就像是縫上了針線般，閉得緊緊。

她偷偷摸摸地站起來，朝向石灘的另一邊走去，然後悄悄走進了樹林之間。不知道她要去做什麼。真有趣。

我覺得好有趣，沒想到一個小小的實驗，讓我獲得了更多對她的理解。

但，我從來沒有想到，接下來竟然會發生那種事……

一陣微風倏忽輕輕掠過，吹亂了我的頭髮，我為了拉好被吹亂的頭髮，側過身去，這時候，我聽到了一旁傳來「碰咚！」的聲音。

我不經意地回頭一瞥，馬上發現剛剛還在跟我聊天的導遊男子，竟然倒臥在礫石堆上，我嚇了一跳。

男子的身體一動也不動，好奇怪。

我的眼皮不停地跳動。

應該不是吧……但……

我的雙腳像是著了魔般，僵硬地站著。

我的眼皮還在跳動。

我的直覺告訴我，那一名自稱正宏大哥的男子死了，死掉了。鼻翼也沒有呼吸的振動。

我可以看到他瞪大了血紅的雙眼，側躺在地上，雖然躺臥的姿勢看起來就像睡著了一樣。

阿志好像也發現了這個詭異的狀況，搖晃著身體跑過來。

他蹲下身檢查男子的心跳與呼吸，搖搖頭。他似乎受到了很嚴重的打擊，臉龐抽搐，雙眼迷茫，想要站起來卻站不穩，像是喝醉了一樣，結果歪歪斜斜地跌坐在旁邊，閉上眼睛喘息。

事情太過出乎我的意料之外了，我從來沒有看過這種場景，雖然我認為我的膽子夠大，但，這種突發事件實在一時讓我手腳無措。

我躁亂的心情始終沒辦法好好地安靜下來。

到底……發生什麼事情了？我的腦子一片混亂。

我口乾舌燥，渾身發癢，一直不停咬著指甲。

好癢啊，我的手好癢。只能輕輕咬著指甲止癢。

我沒辦法停止思考。

因為，我好像知道……他的死因。

我不是一名醫生，但是平常總是喜歡閱讀一些推理小說，或者是觀賞懸疑風格的電影或連續劇，我隨即猜想，他也許是中毒而死。畢竟他沒有流血，也沒有任何明顯的外傷。當然，也能猜想他是心臟病發而猝死，不過，喜歡奇妙事件的我，卻寧願猜測他是因為某種有毒藥物而致死。

在前來此地的路上，這名嚮導的身體狀況看起來很好，沒有任何問題，如果在之前就中毒，在這一小時的路程中，肯定早已毒發。所以，他中毒的時間，便是我們停留在這一座石灘上的時間，也就是說……

——他一定是喝了果汁之後，才會死在海灘上。

這個猜想讓我頭皮發麻。

他不可能是自殺，因為我一點也沒有發現他有這種意圖的徵兆，而且他也不可能選擇自己在這座石灘上自殺。這太沒有道理了。

可是，為什麼他喝了果汁，卻會中毒？

他不可能在自己的飲料中下藥……不，不對，我不是把所有的飲料都調換過位置了嗎？

所以，很有可能那杯飲料，原本不是他自己原先的飲料。

但為什麼，有人會把可能中毒死亡的某種藥物，放在飲料中呢？

這完全……無法解釋，毫無頭緒。

如果當初杯子不是來到男子的面前，是其他人拿到……

我感到好懼怕。

這應該是意外，但這個意外卻包含著難以理解的現實。

這個現實是我沒辦法否認的真相。

因為我的緣故，有一個人喝下了劇毒的飲料而死亡。

我在發抖嗎……我在害怕嗎？

不，不對。

我是高興地在發抖。

我的心情好高興。

因為我看到了一具屍體。

一具貨真價實的「屍體」。

我蹲下身，張大眼睛凝望著那名男子。從頭到腳，我用我的眼神貪婪地注視著他。這是……

——一具屍體耶！而且，是因為中毒而橫死的屍體呦。

我從來沒有看過屍體，所以覺得非常興奮。這種刺激的遭遇，如果待在那一座無聊又乏味的城裡，可能永遠都不會遇到。這種像是偵探小說會出現的驚悚情節，竟然在深山中，被我遇見了！

呵呵，我好開心。

我抬起頭來，看到阿志，我朝他笑了一下，開心地，展露燦爛的笑靨。

可是，阿志好像看到什麼恐怖的東西一樣，不停瘋狂尖叫，雙手在臉上不斷抓，都把臉上的皮膚抓出了紅色的指甲痕印。

他發了瘋尖叫，轉身逃跑。

真是太沒用了，只看到一具屍體，就這麼驚慌失措。

我對他失望透頂。

然後，我再度低頭，俯視著眼前的男子屍體。

我微笑起來。

3 邱芷芸的故事

前方的男子突然停下步伐，指向右側草叢之間的一個淡棕色物體，似乎對它很感興趣。

我連忙制止他，告訴它不要亂碰。因為身為醫院裡臨床毒物科的女醫師，所以我很明白這是一個有毒的蘑菇。

我記得上個月去某間大專學校演講藥物成癮濫用的講題，便曾經拿「裸蓋菇」作為實例，解說一種名叫「Mephedrone」的新型毒品的成分來源。

雖然裸蓋菇的毒素不會致人於死地，但具有非常強烈的迷幻作用，這種危險蕈類還是敬而遠之。

裸蓋菇，正式的名稱是西洛西賓蕈類，含有極其強烈的迷幻物質，所以也被稱為迷幻蘑菇。

只要食用蘑菇、或是它所提煉出來的產品，便會對人體的腦部產生劇烈的幻覺，空間感會被扭曲，暈眩、流口水、肌無力、妄想，這些情況都有可能發生，如果大量攝食，更可能造成心肌梗塞或意識昏迷，嚴重的話，甚至會死亡。

我站在演講桌前，向教室裡的學生們舉例。英國有一個真實案件，一名男子食用了提煉自裸蓋菇的毒品「Mephedrone」，結果引發劇烈的幻覺作用，認為有蟲在身上亂鑽亂爬，啃咬自己的手臂，結果他最後拿菜刀砍斷了自己的左手。

在山裡迷路的人，流傳「魔神仔」的傳說。我知道有些論調認為，是因迷路者誤食了會引發幻覺的菇類，才會瘋瘋癲癲。

因此這種危險的蘑菇，還是少碰為妙。

我警告前方的男子不要亂碰這枚蘑菇，他若有所思地點點頭。

我們繼續前進。

為了安撫我自己焦躁的心情，我與男子聊天，並且盡量假裝很開心很快樂。我還聊到了弟弟，跟男子說起許多我跟弟弟之間的事情。

——我會喜歡上森林，是因為我弟弟的影響，我弟弟是一個喜歡爬山，也喜歡大自然的人。記得以前，他經常在假日來這一座矢部山。我呀，其實很討厭被蚊子咬，也厭惡蟲子，不過如果要上山，肯定會面對一大堆的臭蟲與飢餓的蚊子吧？所以，每次弟弟邀請我來，我都拒絕，所以這是我第一次來爬矢部山……

講到這裡，我突然感到一陣奇妙的興奮，如果我跟弟弟說：「嘿！你老姊總算克服臭蟲恐懼症，也不怕爬山了，你看，我現在正在山裡面，就算腳下有一大堆蟲子在爬，蚊子在頭上繞來繞去，我也不怕。怎麼樣，很厲害吧！」我真好奇弟弟會露出什麼樣的表情？

但，就算我嘻皮笑臉，對著那個死後的世界，向我弟弟這樣開玩笑，他可能依舊面無表情，把光溜溜的頭轉向一邊。

我該用什麼方法，才能讓他重新變回以前那個最喜歡開玩笑的弟弟呢？

他死前，就已經是一副毫無表情、冷漠孤獨的臉龐了，想必死了，也會將這個臉龐帶往那個死後的世界。

肺癌末期的弟弟，本來以為只剩下幾個月的時間，沒想到卻在床上拖了兩年多才嚥氣，連醫生都覺得不可思議，我們都覺得這是一種上天恩賜的幸運。

只有弟弟一個人，唾棄著這種不應該存在的奇蹟。

只有真正生過病卻久久無法治癒的人，才真正懂得弟弟的心情，以及他的轉變。

自從大學時代，父親也是因相同的癌病過世後，從小就沒有母親的我們，就只能依靠自己的力量繼續活著。

但就算現在回想起那一段慘澹時光，卻還是會讓人覺得整顆心都暖洋洋。

雖然之後的日子，過得很辛苦，依靠我在義大利料理餐廳工作的薪水，還有弟弟在麵包店當學徒賺來的錢，以及某些親戚心血來潮的些許經濟援助，還可以勉強過得去。雖然半工半讀的日子很苦，但我們卻很努力活著。

尤其是弟弟，當初要不是他那種就算世界毀滅也不服輸的個性支撐著我，像我這麼性格軟弱的人，絕對不可能承受接二連三而來龐大又絕望無助的壓力。

每夜，當我在臨時租來的小房間的床上偷偷流著眼淚時，打地鋪睡在地上的弟弟，就會以打呼似的聲音，假裝說著夢話，用一些笑話或是他正在追女朋友的有趣故事逗我開心，有時甚至肆無忌憚地唱起流行歌來。儘管我很確定，用棉被蒙著的我，就算是沒有聲音流著淚，也不會被他發現。但他一定是知道我在哭，才會特意說那些話，想要鼓勵我的心情。

有他陪伴的夜裡，我的心總覺得暖洋洋。

但另一方面，更感到自己真是一點用處也沒有。

虧我是他的大姊，沒想到在最艱難的時候，我弟弟的心，卻比我還要堅強。

那時，我真是個麻煩又愛哭的姊姊，當時弟弟一定覺得很煩惱吧？所以，才會想要介紹他在麵包店工作的同事或是客人給我，催我趕緊找男朋友。

他總是說——老姊，妳這樣實在不行喔，長那麼大了，還那麼愛哭，那麼自閉，妳難道不知道男人最討厭愛哭又結結巴巴的女人嗎？這樣下去，只有壞男人才會看上妳喔。不如這樣好了，我來替妳介紹一些好男人吧，我看女人的眼光可能不怎麼樣，但是看男人的眼光，可是一流耶！

我一想到當時，他說話時一副「一切靠我吧」的口氣，就覺得無奈地搖頭想偷笑。

事實證明，弟弟看女人的眼光的確很差，一個女人換過一個女人，甚至某個新交往的女友偷走弟弟的私房錢之後就一走了之，那件事讓他傷心了整整一個月，才能重新提振精神。但，撇開這點不談的話，他看男人的眼光，簡直就像是磨亮的手術刀一樣銳利。

根據他之後的說法，他是經過審慎的考量，對身邊各種男人進行暗中觀察之後，他才鎖定一位常來麵包店的客人。注意那位男客人有一段時間之後，弟弟才決定介紹我們認識。

他詳細分析：我認為，那位客人絕對是個很可靠的男人。從他腳上看起來幾年都沒換的舊球鞋推測，他應該還單身。但是無論何時看到他，他身上總是穿著一件漿白的襯衫，這代表他很懂得做家事，尤其與他聊天時，旁敲側擊才知道他一個人住宿，更確定了我的直覺。會做家事的男人的確很好，但也要小心他是個控制慾強盛的人。有好多次，我故意將男人點的麵包，裝錯成另一種很貴又難吃的麵包。男人只是笑著說沒關係，說自己也想嘗嘗看其他的口味。如果第一次這麼說，的確可能是客氣的應酬話，但是男人之後每次遇到我犯這種錯誤，都還笑著臉說沒關係，甚至有時還將我拉到店的角落，悄聲而婉轉地述說麵包的食用心得，並建議我們的店家可以在麵包製作上加強什麼焦點。

這些分析內容，弟弟並沒有事先告訴我。有一天，弟弟只是把我叫到他店裡去幫忙包裝蛋糕，我才在店裡意外遇見那位客人。

當然，那不是「意外」。

後來，那位溫柔的男客人成為了我的丈夫，我們的婚姻生活過得十分美滿。

我是後來慢慢推敲了很久，才發現原來當初會和丈夫相識，甚至相愛，可以說是弟弟在背後推了我一把。我後來逼問了弟弟整整兩個月的時間，他才承認當初，確實在我的愛情路上插了一腳。

他在廚房裡，一邊洗著碗盤，一邊聳著肩頭噘著嘴解釋，他實在看不慣我老是遇到一些爛男人，每次感情的結束，都是我傷痕累累的不成人樣。為了我的未來著想，他才不得不插手。

真是越聽越讓人覺得生氣。

真想跟他說，喂，我可是你老姊耶，怎麼可以拿姊姊的感情生活開玩笑？

但是，我弟弟就是這種人。

讓人覺得，就算天空塌下來了，他也會拉著我，一起去撿那些掉下來的太陽、星星和月亮，當作路邊攤的商品來叫賣。

我一直以為，他就是這麼堅強的人，一直以為，只要眼睛望著他的身影，我的雙腳就有了前進的動力。

所以，有一天他告訴我，他因為身體不適，而跑去醫院作檢查，得知是癌症的時候，我以為只要我們一起努力的話，也能度過這一次難關。就像以前一樣。不過，他患上的癌症，與父親是相同種類的癌症，我很擔心。

這個時候，我已經在病院的臨床毒物科工作，我透過關係，商請院內有名的醫生來作他的主治醫生。很可惜，我的所學並不是相關病症，要不然，我真的很想親自來診斷醫治弟弟的疾病。

每次與弟弟聊天時，他那始終如一、吊兒啷噹的笑臉，依舊帶給我無比的力量。我們能撐過去，我天真地認為。

天真的我，以為弟弟還是一樣的堅強。我幼稚地以為，一切都在弟弟的掌握之中。

當手機傳來通知的時候，我正在病院中的某間研究室，進行一篇論文資料的調查。

我甚至還清楚記得，當時我正使用滑鼠，點擊搜尋去年國外學者發表在國際期刊的有名論文。

這時候，我打哈欠想休息一下，拿出口袋裡的手機，因為我調成靜音模式，結果漏接了好多電話。是弟弟的主治醫生打來。我趕緊回撥。我的心非常緊張，難道病情惡化了？但是，我所得知的事實，卻遠比惡化的病情還要令人錯愕。

電話另一頭的醫生緊張地說著，我弟弟剛剛跳樓了。

雖然從三樓跳下來，斷了幾根肋骨，命總算是撿回來了，緊急手術之後，現在正在休息。

我嚇了一大跳，放下手邊的工作，慌慌張張跑去弟弟的病房。

也在這個時候，醫生才告訴我，他們發現弟弟身上有許多明顯的傷痕，在手腕上也有幾道割傷的痕跡。這時，我們才知道弟弟已嘗試過很多次的自殺行為，只不過都沒有成功。他總是很有技巧地將這些傷痕隱藏，不讓人發現。

這次的跳樓，似乎是他終於下定決心的證明。因為跳樓，是沒辦法反悔的自殺行為。

那之後，弟弟就變了。

也許，他早就變了吧？在很久很久以前，他的心，就已經離我很遠很遠了。

我卻一直沒有察覺到。

我沒有察覺到弟弟那張笑臉般的面具下，埋藏了多大的黑暗。我只是一味地、天真地，相信著他面具上所展露的陽光。

其實，我只是自私地選擇看那些我想看到的東西。

我是不是在無意識之間，選擇忽略了那些讓我覺得無法去面對的事物呢？

我在病房內，看著弟弟躺在病床上，塌著一張陰暗的臉，我覺得好想哭。

他紫色的嘴巴蠕蠕而動。

他說，讓妳看見這樣，真糟糕……但……老姊，我不行了，我真的已經……

他將頭轉了過去。

從此之後，他就不再說話了，所有的言語自此從他的身體裡消失了。

他拋棄了自己的聲音。

直到他死之前，我再也沒有聽過他講一句話。

放棄了溝通，等同放棄了自己在這世上的存在。

然後，他開始每天都在尋找空檔，自殺的空檔。只要別人一不注意，他就會趁隙溜出。可能是用繩子吊在洗衣間裡，或是用剪刀劃破自己的手腕，或者試圖竊取鎖在櫃裡的危險藥品……每次，我總是費了九牛二虎的力氣阻止他，呼叫了院裡的護士們，才把力氣大得嚇死人的他拉回病房。

真的很累，那時，我真的好累。

我幾乎在醫院裡住了下來，我的丈夫看到我的弟弟如此，很支持我，並且與我輪班照顧弟弟。

醫生診斷，弟弟罹患了重度憂鬱症，本來這種有自殘傾向的人，必須要轉到精神病院。我擔心那裡醫藥能力不足，所以遲遲不肯答應轉院。

但是，弟弟每當看到我的臉龐時，他臉上那種嫌惡而怨恨的眼神，總讓我覺得很心寒。他好像……在怨恨我。

他是什麼時候，開始用這樣的眼神對著我呢？

我回想不起來。

他只是一個人怨恨著，一個人唾棄著，雖然已經癌症第二期了，卻還要死不活地在病床上苟延殘喘。這不是奇蹟，是詛咒。那時候，再高劑量的嗎啡也已經無法減輕他的肉體疼痛。

他恨醫生在每次病情緊急時，將他急救回來。

他怨恨我總在每次他要吊死自己的前一刻，都會及時找到他，把他救下來。

他看著我的眼神是如此的黑暗……

而我，則是如同沉落無底深淵般，無能為力的疲累。

為了照顧弟弟，我已經變成了一個疲憊不堪、滿臉倦容的人。

有一天在夜裡，我躺在病房椅子上半醒半睡，瞇眼凝望著病床上蓋著白色棉被的弟弟，我突然有一個想法，我覺得弟弟已經成為了一個怪物。

我竟然這樣想。

這個「怪物」的念頭從我心中一閃而過時，我訝異地從淺眠之中，倏然驚醒。

不應該這樣想。因為我是他姊姊。

但，現在他雖然近在咫尺，我卻一點也觸摸不到他。他已經成為了另一個世界的人了。

躺在病床上的，只剩下一具空蕩蕩的軀殼，以前那個喜歡在寂寞的夜裡唱歌、常常對我沒大沒小的弟弟到哪裡去了呢？

我的弟弟已經不在了。

我感到悵然若失，眼淚也不知不覺地滑落下來。

沒有來由，我倏然想起高中時，國文老師曾經指定班上同學都要閱讀的書籍。其中有一本書是東歐的捷克作家寫的故事，我已經忘記了作家的名字，但他的故事卻讓我在閱讀當下，深受震撼。

那個故事述說，有一個男主角某天醒來，卻發現自己變成一個甲蟲人。甲蟲人的家庭，始終無法接受甲蟲人的存在，對男主角非常冷漠，最後甲蟲人便因為意外受傷而死亡。而現在，我卻覺得自己開始能慢慢理解，如果家中出現一個甲蟲人，身為他家人的感受究竟是如何。

弟弟，已經變成了一個我不認識的怪物。

但同時，我也覺得講出這種話的自己，也成為了怪物。

在弟弟的病症終於惡化為淋巴癌，並且在極度痛苦掙扎的情況下死去之前，他仍然堅守著沉默的原則。但旁人卻能夠從他嘴裡不時溢出的細微呻吟，察覺他正獨自承受無人能了解的壓力與絕望。而身為親姊姊的我，也能夠清楚地明白，他到死前，都恨著我。

我還是不知道，他是哪時候開始憎恨我。

但我知道，他到死前都沒有原諒我。

他怨恨我沒有接受他的請求，他請求我殺了他。

看著他在床上嚥氣，我不自覺閉上眼睛。這時候，我第一個出現的感覺竟然不是哀傷，而是鬆了一口氣。

我……竟然鬆了一口氣？

摟著我的丈夫，始終沒有了解我的心情，只是不停地安慰我不要流淚，安慰我該走的還是要走。

沒想到一場病，將病人和他的家人，都變成了怪物。

那時候，我就已經決定了。如果未來我陷入了像這樣如同泥濘流沙般，無可挽回的地步，我必須要盡快抉擇。

今年初，當醫生診斷出我罹患乳癌時，我的心中，突然恍然大悟。

原來我也是一樣的結局……

我不能讓深愛著我的丈夫，忍受任何痛苦。

我也不想變成怪物。

如果什麼也不做的話，傷害彼此的場景，可能會重現。

經歷過親人們接連過世的情況，我逐漸，不再害怕死亡。

其實，死亡並不恐怖，一點也不恐怖，因為世界上最讓人心驚膽跳、毛骨悚然的事情，應該是活著的折磨吧。

雖然生命還存活，卻必須忍受永無止境永無結束的病痛折磨，這才是世界上最恐怖的事情。

所以，我決定自殺。

這時候，我突然想起弟弟在還沒有生病前，問我說要不要去矢部山爬山踏青。我討厭蚊蟲，所以不喜歡上山。每次他提議，我都會搖頭否決。

——老姊，不要這樣啦，那裡有一座很漂亮的瀑布喔，風景很漂亮。

——不管風景多麼漂亮，我就是討厭臭蟲與森林，所以我不會跟你去。

我回想著以往與弟弟的相處，我們好快樂。但是，弟弟離開了，所以，我不可能再經歷那麼快樂的生活了。

我決定去矢部山的深山中自殺。如果在家中自殺，會給丈夫帶來很大的麻煩吧。如果在自宅自殺，成為凶宅的房子應該會貶值，無法賣出去，如果這樣子，丈夫就太可憐了。

我留下了遺書，便悄悄出門。

今天呀，是我在這世上最後的一天。

或者說，本來應該是我死掉的日子。

事情竟然出了差錯。

究竟是在哪裡出了錯誤，我仍然一頭霧水。

我已經偷偷在柳橙汁中放入了大量的「安寧藥物」。很感謝那一名嚮導，不只帶領我來這座美麗的瀑布，還順便提供了飲料。

「安寧藥物」是一種白色的粉末，成分是一種叫做Nembutal的物質，除了作為鎮定劑，更是用來當作執行安樂死的藥物。國內，這種藥物尚未合法，但因為我擁有相關的醫學背景，所以我知道如何從網路上，向外國訂購這一類藥品。服藥後，馬上會陷入沉睡，在半小時之內，呼吸頻率會緩緩降低，終至停止，安然離世。

我曾經想要殺死弟弟，結束他的痛苦。所以，我暗中購入了這些白色粉末。

當然，我失敗了，我無法對我的親弟弟下手。

如今，沒想到我卻要將這些粉末，使用在我自己的身上。

藥量經過計算，絕對可以讓一個人安靜地死去。快速地死去。

當我坦然地喝下果汁時，我還想像著待會兒因為中毒，我的身體會出現什麼樣的感受。

果汁很甜，沒想到加了那麼多白色藥物的果汁，還會這麼好喝，真是讓人意外。

但最讓人意想不到的事情，竟然是我在啜飲那一杯即將帶我前往另一個世界的毒果汁時，有個堅硬的東西，敲擊了我的牙齒。

真痛。

我嚇了一跳，沉浸在幻想中的我，瞬間回過神來。

把嘴裡的硬東西拿出來，才知道原來是一顆有著紅色螺旋花紋的小石頭。

果汁明明就是我自己倒的，當時，絕對沒有那顆紅色石頭。

難道是從天空掉下來的？

怎麼可能？

我實在無法理解，便將紅石頭放進了褲子的口袋。

這真是太過詭異了。

不過，調整一下心態，便覺得這一點也不值得大驚小怪，因為我待會兒就要死了，根本不需要煩惱這種事情。

對了，不能讓其他人看到我死掉的樣子，應該會嚇到他們。所以，我悄悄離開了水潭邊，進入了森林裡，想要獨自死去。

藥效應該要出現了吧，在半小時之內，我就會死掉。

我的齒縫間，殘留著方才果汁的甜味。

我迷迷糊糊。

我看著手上的手錶，坐在森林裡一棵大樹下。

半個小時。

一個小時了。

一個半小時。

怎麼可能？

我沒死？

這……太不可思議。自從將藥物購入之後，我曾經利用我的專業背景以及醫院內的精密儀器，調查過寄來的白色粉末的成分。從粉末的化學反應來判斷，以及用顯微鏡觀察粉末的結晶體，我確定粉末含有貨真價實的Nembutal。只要食用超過某個劑量標準，便會死亡。

我應該要死。

我必須要死。

可是為什麼……我沒死？

啊啊……這是……怎麼回事？

兩個多小時過去了，我坐在森林裡的大樹下，充滿疑惑。

這是……奇蹟？

忽然，我的眼中出現了弟弟病前充滿稚氣與調皮味道的臉龐。

該不會，他又在對我惡作劇了吧？

真的是……他的惡作劇？

這種讓人摸不著頭緒的開玩笑，還有誰會做呢？

沒想到在他死後，他還想要在我的人生路上插上一腳。

我沒辦法再思考其他的事情。

山林裡的時間，即將迎來傍晚的黃昏，微風輕輕拂動。

向晚的落日在樹縫裡灑落金瑩的光輝。

啊，我到底怎麼了？為什麼我只是一直流著眼淚，流著不可抑止的淚水，卻一點也不知道我流淚的原因呢？

我到底怎麼了？

為什麼沒有死去的我，卻一直坐在大樹下的草叢間，雙手緊抱著自己的頭，像是拚了命般痛哭失聲呢？我有多久多久，沒有這麼顫抖著身體哭過了呢？

那時候，好像是在很久很久以前了，那時候，我的身邊曾經有一個人陪伴著……

還活著的我，像是要把一生的淚水都哭出來一樣。我的意識模糊，聲音沙啞，雙手抱著自己，小腿緊緊地夾著。我無法停止我的淚液。

時間逐漸前進，天空灰暗，夜晚來臨了。

我的手中緊緊握著那顆在果汁杯裡發現的紅色石頭。

冰冷的石頭逐漸被我掌心溫熱，最後我甚至覺得它發燙起來。

或者說，開始跳動起來。

好燙。好燙。

就像心臟一樣，就像紅色的心臟一樣……

我的手掌彷彿就要被燙傷了，但我卻一點也不想放開這顆紅色的石頭。

呵呵呵——

是風聲嗎？我好像……好像聽到了笑聲……是弟弟的笑聲呀！

他的笑聲迴盪在森林之間，來來回回，捉摸不定。

那個笑聲在笑我，他在笑我笨。

對，我是個大笨蛋。

要活下去喔，那個笑聲這麼告訴我。

妳不會死，所以，妳要繼續努力下去。妳不可以放棄。

我臉上綻放著微笑，我的雙眼拚命流淌著淚水，而每一滴淚水，彷彿就像是夜裡一閃而逝的流星般，乘載著我的思緒，告訴了遠方的那個人。

我想要告訴他，我現在很高興，我真的真的很高興。

謝謝你，讓我想要活下去。

4 酒館的故事

夜半時分，城裡暗巷的酒館即將打烊，紅髮的女酒保正將深可可甜酒倒入杯身細長的香檳杯，拿著叉匙將鮮奶油緩緩倒進酒液上方。她一頭紅髮沒有綁紮起來，顯得有些散亂。

乳白色的奶油，漂浮於深黑色的甜酒之上，層次鮮明，飄散著淡淡的巧克力香味。

接著，她再拿起一隻叉籤，叉起了朱紅色的櫻桃，放置於杯口，紅櫻桃恰巧像是蜻蜓點水般，輕輕沾吻著最上方的奶油層。

這時，酒吧門口的銅鈴響起，女酒保聽到鈴聲清亮響起，抬起頭來。

她隨手拿起桌上的黑色髮圈，紮了一個簡單的馬尾，微笑朝著入門的客人說：歡迎光臨。

進來的兩個人，一位是皮膚粗糙黧黑、有著兇狠眼神的中年男人，另一位則是年輕的男子，左臉頰包著紗布，緊跟在黑膚男子的身後。

兩人移向櫃台，點了兩瓶冰過的海尼根、一盤香烤雞翅、酥炸海鮮、以及一盤大份薯條。

食物分量頗多，女酒保感覺兩人似乎飢腸轆轆，也許沒吃晚餐，直到午夜才循著街道的燈光，來到這間酒吧解飢。

扎馬尾的女酒保趕緊準備食物。

身材魁梧的黑膚男子雙手環抱著胸膛，扯開喉嚨，向另一名男子說話，語氣有點蠻橫。

「真累，忙到現在才下班……喂，你臉怎麼了？你才剛剛調去新的單位，是在巡邏時，被哪個混混打的嗎？」

「隊長，別消遣我了，畢竟當警察總會碰到意外事件……」

「好啦，不開你玩笑了。對了，最近那個矢部山的案子，不就是發生在你新調去的轄區嗎？怎麼樣，結果如何？」

「挺麻煩的，因為不只是涉及謀殺事件，關係人好像也有吸食毒品的情況，總之，這個案件還在進行調查程序。」

「那麼，那件傳聞是真的囉，那個自稱是正宏的男人，確實就是那個通緝犯？」

「沒錯，正宏只是假名，那個死在山上的人，其實就是鄭義鳴，通緝中的要犯。驗屍官一看到他背上的鳳頭刺青的圖案，馬上懷疑他就是鄭義鳴，果然沒錯。」

「嘖，沒想到那個天不怕地不怕的鄭義鳴，會落到這種下場呀。我們抓他都抓不到，他自己倒是死在深山裡面。」

「不過，那三個人還真是幸運兒。之前不是也有四個登山客，被騙到山上的偏僻角落。

結果一個月前，被其他的登山客發現他們四個人的屍體……大家都在說那件案子就是鄭義鳴幹的，很像他的手法。說到鄭義鳴這個人啊，他從小就在街頭流浪，學了小偷的一些手法，後來懂了門路，便經常在一些風景區、登山區，假藉嚮導之類的名義，把不知情的遊客騙到郊外，再大肆洗劫財物，有時看到頗有姿色的落單女子，甚至還會……沒想到最近好幾次作案，竟然變本加厲，做出殺人的事情。」

「聽說，你們剛開始調查的時候，好像很辛苦？」

「是呀，我們單位的人，忙得人仰馬翻。用手機報案的人是一位女性，叫做謝巧虹，等我們趕到瀑布邊的案發現場，時間已經是晚上了。現場只有謝巧虹，以及鄭義鳴的屍體而已。據她說，同行的人還有她的丈夫，還有一名邱姓婦人，不過他們都跑進森林裡，還沒有回來。我們費了一番功夫搜索山林，才找到兩個人。邱姓婦人看到鄭義鳴的屍體時，嚇了一大跳。比較麻煩的是謝巧虹的丈夫周志摩，整個人瘋瘋癲癲，說話顛三倒四，說什麼他妻子是妖怪，還叫我們趕快把他妻子抓起來，真是瘋了。他甚至還揮拳打我，才讓我臉上……」年輕男子吞了吞口水，撫摸著自己的臉頰。

黑臉男子哈哈笑了起來，拍拍對方的肩膀。

「這行業就是這樣，你要習慣。那麼，你們怎麼處理那個發瘋男子？」

「一同前去調查的偵查佐比較有經驗，覺得他很像是吸毒的症狀，後來帶他回警局，用簡易測試紙來測試，果然他的尿液呈現陽性反應，應該有吸毒，目前，還不太清楚他使用毒品的種類以及拿取的管道。」

「去山上欣賞風景，一邊吸毒，難道這樣比較有情調嗎？真奇怪。」

「我也覺得很匪夷所思。」

「那麼，鄭義鳴呢？他怎麼死的？」

「他的死因，更加奇怪了。法醫勘驗，是中毒死亡。毒物來源，似乎是一種強效鎮靜劑，名字叫……反正就是一種很強效的鎮靜劑，劑量過多會引發心悸猝死。我們目前還在調查，究竟毒物如何進入他的體內。」

「看起來，真是一件錯綜複雜的案件。」

「對呀，真相到底是什麼？我查案查得都快要暈倒了。」

「搞不好，根本沒有真相。」

「嗯……什麼意思呢？」

「哎，等你查案查久了，就知道我的意思了。」

「什麼意思……我不懂，隊長你只是想捉弄我吧？」

「我才不是這麼惡劣的人。」

「對了，隊長，現在你們西橋區的警局應該也很忙吧，有沒有什麼新的進展？」

「你說的是圓環大樓命案吧。」

「是呀！上個禮拜因為要進行圓環大樓的整修工程，工人進入了封閉好多年的廢棄大樓，結果在某個樓層，發現了好幾十具被殺害的屍體，死亡時間都不滿一年。這件事已經在新聞媒體還有八卦網站鬧得沸沸揚揚，不斷有傳言，這是連環殺人魔的傑作。隊長，這案子有沒有什麼進展？」

「真的很頭疼啊，我今天都在圓環大樓那邊的街區繞來繞去，才會忙得沒時間吃飯，結果只是白跑了一趟。」

「一定是心理變態的殺人魔吧，才會這麼喪心病狂。」

「你這小子，沒證據就別亂說！與其說是殺人魔，不如說是搶劫殺人案。我調查每一具屍體的隨身衣物，皮夾、皮包都還在，但是鈔票、零錢、甚至金融卡、信用卡都不翼而飛，被害者的帳戶也被盜領一空——種種跡象顯示，那座大樓應該只是搶劫殺人的棄屍現場。我們現在正在偵查盜領帳戶的一名黑衣男。偵查要靠實際的證據才行。」

「是是，隊長你說得對。不過……有個謠傳，你聽過嗎？」

「謠傳？」

「我聽到電視節目說，根據他們電視台記者的訪查，那個殺人魔每次要殺人的時候，都會戴上一個面具。記者訪問那個街區的學生，他們都繪聲繪影說著，如果在晚上看到一個……」

「一個……什麼？」

「如果看到一個戴著狗頭面具的人，就會被狗頭人拖進大樓裡，殘忍地殺害！」

「啐，真是亂七八糟的流言，現在的新聞記者，老是喜歡挖一些怪力亂神的流言，也不懂得求證，只會捕風捉影，太沒品了。」

這時候，紅髮的女酒保將食物都端上了桌子，彎著腰板朝兩人點點頭，示意餐點都到齊了。

「你們……在聊些什麼呢？」女酒保好奇地詢問。

黑臉男子機警地停下了話，一臉狐疑凝望著對方，反而是年輕男子轉過頭去，滔滔不絕跟女酒保說起了最近喧鬧不已的圓環大樓連環殺人案。

「狗頭人傳說……我也在電視新聞有看到這個消息，真是太可怕了。」雖然女酒保嘴裡說著可怕，但是她的表情卻沒有一絲一毫的懼怕，反而語氣有點冷淡。

突然，年輕男子望見了吧台上的黑白調酒，似乎聞到了甜膩的酒香。

「嗯，這款酒，是Angel's Kiss。」

「是呀，剛才店裡沒客人，有些無聊，想說要打烊了，就調起了這款酒，打算關店之後，自己慢慢品嘗。這位客人你也懂調酒嗎？」

「只是喜歡喝酒而已啦，待會也請妳幫我做一杯白蘭地的調酒。」

「沒問題，就看客人想要什麼樣的口味喔，我都可以提供。」

「對了……」

此刻，年輕男子驀然想起了什麼，從西裝長褲的右側口袋翻找著什麼，總算掏出了兩張被揉皺的照片，向紮馬尾的女酒保豎起照片。

「啊，對了，我想順便請問一下，妳有看過這名男子嗎？或是這個女子？」

「呃……」對於客人突兀的舉動，女酒保顯得有些不知所措。

「這名男子因為涉嫌吸毒，現在正扣留在警局，因為從她妻子的隨身背袋中找到這家酒吧的名片，我才知道這名妻子——也就是另一張照片中的女子，似乎是你們這家店的常客。」

「啊，你們是……」女酒保有些疑惑，但馬上恍然大悟「喔」的一聲，意識到對方乃是刑警的身分。

「呃，別緊張別緊張，只是隨口問一問而已啦，這不是什麼調查。」

「你這傢伙，職業病要收斂一點呀，你看你，嚇到這位小姐了。」黑臉男子轉頭瞪著年輕男人。

「抱歉抱歉，其實只是順口問一下而已。」年輕男人滿臉歉意，對著女酒保頻頻點頭。

「沒關係，你儘管問，我也不是沒跟警察打過交道。」女酒保爽快地說。

「呵，其實真的沒有什麼事情特別想問，畢竟涉有嫌疑的是那名男子，她妻子並沒有列在偵查的範圍。只是湊巧來這酒吧，突然想到那名妻子也正好擁有這家店的名片，便隨口問了一下。抱歉呀，真是職業病。」

「這名女客人的臉，好像沒印象，但……又好像有印象呢……」女酒保蹙眉仔細端詳，似乎想起了什麼細微的記憶。

「嗯，那妳還記得，有跟這名女客人聊些什麼嗎？」

「還真的不記得了。」女酒保搖搖頭。
「是嗎？真可惜。」
「我常常跟客人聊天，你也知道，服務業就是要懂得說話。如果說，有聊些什麼……」女酒保突然眨眨眼眸，某種深邃的光芒，在她的臉龐一閃而逝。
「嗯？」
「那麼，我就只是跟對方說了，一些小小的想法，如此而已。」
「咦……」年輕男人有點不太清楚女酒保想要傳達的意思，想進一步詢問時，抬頭卻望見桌旁的女酒保，擋住了牆上的暈黃光源。
逆光的身影，讓紅髮女子形成剪影般的黑色輪廓，黑色的西裝背心更顯陰暗，紅色雙脣有著淡淡微笑。
紅髮女酒保，笑著。
——只是一些微不足道的想法，我只是對他們說了幾句話喔。
毫無理由，年輕男子對這樣的一句話，心頭湧起反感，瞬間屏息，冷汗從頸背滑下。
——〈山魔的微笑〉故事完

後記

迷宮中的臺灣推理

何敬堯

我是瘋狂的推理書迷。

儘管寫作這篇〈後記〉的當下，正身處於北美洲，寄宿在北緯44° 37'N的瓊森小鎮（Johnson），在佛蒙特藝術中心（Vermont Studio Center）駐村，我仍然隨身攜帶著京極夏彥與宮部美幸的小說一同旅行。

秋日颯涼的美國瓊森小鎮，氣溫來到了七度，陽光燦爛，滿山楓葉轉紅。白天，我便在一間名為「小牛寫作樓」（Maverick Writing Studios）的工作室樓房寫作，一邊凝望著窗外清溪潋灩，一邊奮力工作。晚上返步宿舍，一身疲憊倦懶，睡前正好是閱讀京極夏彥的妖怪推理喜劇小說《今昔續百鬼》的好時間。

閱讀推理小說，向來是我休閒放鬆的一種娛樂活動。時至今日，我也讀過了上千本的推理小說。

從高中時代以來，我便習慣閱讀各式各樣的推理作品，從歐美推理的作品入門，經典如愛倫坡（Edgar Allan Poe）、范達因（S. S. Van Dine）、艾勒里・昆恩（Ellery Queen）……諸多有趣的作品。大學時，蹺了好多天的課，就是在臺大的總圖書館裡窩居，要將推理小說天后阿嘉莎・克里斯蒂（Agatha Christie）的數十本系列作品一口氣讀完。

畢業後考上了研究所，來到新竹的清華大學讀書，發現了圖書館的翻譯文學書庫中，購藏了許多日本小說。一本一本借閱之後，我也逐漸喜愛上日本故事的獨特氛圍。

江戶川亂步、橫溝正史、松本清張、島田莊司、綾辻行人、京極夏彥、東野圭吾、森博嗣、宮部美幸、湊家苗、三津田信三、伊坂幸太郎、乙一……這些作家們的精采作品，陪伴我度過了枯燥而煩悶的研究生歲月。

我在閱讀日本小說的過程中，對於怪譚小說、歷史小說、推理與偵探類型的故事，特別感興趣。受到這些故事的啟發，我開始想寫作小說，並且想以推理、歷史作為題材。

在京極夏彥與宮部美幸創作的歷史背景小說之中，我沉浸於日本古老時代的神祕氛圍，發現「歷史」的本質擁有無窮魅力。因此，我轉而回頭，對於臺灣歷史時代充滿好奇，想探尋屬於臺灣本身的歷史魅力，並且疑問——是否能將日本歷史故事的寫作形式與風格，效仿於臺灣歷史的架構中，讓臺灣歷史小說擁有嶄新的臉龐？為了回答這個問題，我的寫作「實驗」，便學習眾多日本小說家的筆法，諸如京極夏彥《巷說百物語系列》的人物塑造、三津田信三的民俗學觀點、宮部美幸的文章架構、小野不由美的恐怖氣氛、乙一的怪談筆法、恆川光太郎的世界觀……等人的文字技巧，模仿並練習每位小說家的敘述腔調，亦步亦趨寫了數篇臺灣歷史背景的小說，西方奇幻小說家尼爾・蓋曼、娥蘇拉・勒瑰恩也是我的學習對象。因此，在臺灣的鄉野傳說的原型中，我添加了推理、懸疑、奇幻、甚至恐怖的元素，渴望藉由這樣的「實驗」，拋磚引玉，嘗試看看是否臺灣歷史故事能擁有更不一樣的韻味。在小說中，我嘗試尋找虎姑婆、魔神仔、蛇郎君……等等臺灣妖怪的蹤跡，最終，成品即是我的小說《幻之港》。成果有優點，同時也有很多缺陷，但也藉由這些缺陷與「實驗數據」，讓我領悟了一些寫作心得，發現某些路線可行、不可行。

在寫作《幻之港》的同時，我也同樣在進行推理小說的構想。因為，始終是推理小說的讀者，逐漸地，我也有了推理小說寫作的動力。受到了諸多日本小說家的影響，我給自己訂下功課：每寫一篇時代小說，就要寫一篇推理小說，然後再寫一篇時代小說……反覆如此循環。

當我一邊翻讀著臺灣數百年前的古文書《臺陽筆記》的時候，我也翻閱著一位美國醫生同時也是美劇《CSI犯罪現場》編劇作家的D. P. 萊爾的《法醫・屍體・解剖室：犯罪搜查216問》。這是一本提供推理小說家寫作故事的工作書，講述許多關於犯罪調查、法醫鑑識學的百科全書。我琢磨著，想要寫推理。

幾年前，當我心中有了這樣的念想，與人述說時，最常得到的回應卻是：

「嗯……？在臺灣，有人寫推理小說嗎？」

這實在是一種弔詭而不可思議的現象。

臺灣十幾年來，書市最暢銷的小說排行榜，一向是歐美、日本的推理小說為冠。不論是多年前橫掃全球的《達文西密碼》，或者是近年很轟動的東野圭吾小說，讀者都很捧場，因此可以觀察到，推理類型的小說作品，在臺灣擁有很大的讀者群。

但是，當讀者回過頭來，卻總是不知道是否有「臺灣推理」這樣的存在？

臺灣推理，彷彿陷落在一片迷霧之中。

事實上，這是不正確的概念。

一直以來，臺灣的推理讀者始終處於接受的狀態，很習慣閱讀日本與歐美作家的推理小說；但是，臺灣的推理小說家並非寂然無聲，也有許多作者不斷努力開拓著臺灣的推理文學版圖。

臺灣的推理文學史，淵遠流長，最遠可以追溯到日本時代的日人小說與漢文作品。

臺灣第一篇推理小說作品，是日本人さんぽん在一八九八年的《臺灣新報》連載的〈艋舺謀殺事件〉，是首篇以推理筆法寫下的臺灣偵探小說。

在日本時代，臺灣諸多的漢文作者，也在中國傳統的武俠小說、公案小說的文體基礎上，融入了西方偵探小說的敘事結構。例如李逸濤、魏清德，便開創出紋理殊異的漢文推理故事，在當時的報紙上連載許多拍案叫絕的偵探小說。李逸濤的〈恨海〉，可說是第一篇包含探案情節的漢文小說。

可惜戰後，推理小說不被主流文壇接受，聲勢漸低，直至林佛兒在一九八四年創辦《推理》雜誌，推理文類才重新獲得起步的機會。當時，《推理》是臺灣推理的苗圃，雜誌文章洋溢著日式風格，充滿「社會派」的寫作氣氛。

九〇年代伊始，這時期臺灣書市發生了巨大的改變，出版社將大量的外國翻譯小說引介進入臺灣，其中又以推理為大宗。因此，臺灣的讀者也開始接受歐美、日本推理的故事美學。

在吸收了西方與日本的推理概念之後，開始有許多臺灣作家嘗試寫作推理小說。而最重要的轉捩點，是既晴（陳信宏）成立「臺灣推理作家協會」（原名「臺灣偵探俱樂部」），不只宣傳推理文化，更以「臺灣推理作家協會徵文獎」鼓勵推理創作。在推理作家協會的推廣下，這幾年來培育了許多傑出的新生代推理作家。

在臺灣，有人寫推理小說嗎？

這個問題的答案，是肯定。

既晴，藍霄，林斯諺，李柏青，呂仁，張渝歌，紀蔚然，薛西斯，陳嘉振，寵物先生，知言，冷言，文善，陳浩基，天地無限……

我所景仰的許多厲害的小說家們，正在建構一座屬於臺灣的推理世界。

我很高興能加入這樣的行列。

在推理小說的類型中，有本格派、社會派、變格派、冷硬派、青春幽默派……等等不同風格。若臺灣能有更多優秀的小說家願意投身推理的寫作，肯定也能創造出其他更與眾不同的故事節奏。

臺灣的推理，是否能創造出迥異於日本推理與歐美推理的嶄新世界？

臺灣的推理，是否能吸引臺灣的讀者願意回頭閱讀？

臺灣的推理，是否能成為臺灣娛樂通俗小說的重要類型？

這幾年，我思考著這些問題，也默默寫著自己理想中的推理故事。

對我而言，推理小說與其說重視推理的過程，我更重視的是「懸疑氣氛」的塑造，這是我的信念。而謎團與詭計，是釣竿上的鉤子，要將埋藏在故事水面下的主題勾釣出來。當然，作為一個魚鉤，也要掛上一個適當的魚餌才行。

雖然，我不知道我的「釣鉤」是否發揮了功用，最終，是否有釣到任何魚兒？但我希望讀者藉由這本小說，可以獲得閱讀的樂趣。

對我而言，小說最重要的其中一項任務，便是娛樂讀者。

我寫小說，最盼望達成的目標是：我希望我的小說能夠娛樂讀者、取悅讀者。

抱持著「娛樂他人」而寫作的心情，反而是促進小說會不斷演化、突變、創造出嶄新風景的必要加壓器，這樣的心情絕不庸俗。

對我而言，小說的起點是娛樂，過程是冒險，而終點止於安靜的思考。

故事的存在，是為了與人溝通、交流，讓人感到興趣。也因此，在說故事的同時，除了想娛樂傾聽者之外，也能兼顧到傾訴自己的心情，如實傳達給對方。這是我想抵達的小說神髓。

我很希望寫出的小說，是如此：人們工作上班一天之後，神情疲累回到家，什麼事情都不想做，只想要放鬆心靈，想要有一些簡單的娛樂——因此睡前，拿起了一本小說，優閒享受著故事裡猶如電影情節般緊張刺激的氣氛。

我期望自己的小說，是這樣的存在。

我的小說只要能成為這樣的存在，我便無憾。

因為，我自己作為一名小說的讀者，「小說」的存在，給予了我無邊無際的想像空間。所以，當我成為作者，不論寫作推理、或者歷史、奇幻小說，我期待我的故事，也能創造出那樣無邊無際的奇妙風景。

我希望能將閱讀的樂趣，繼續分享下去。

這世界的真相是一座巨大而黑暗的迷宮，但我始終相信，某個地方一定會有出口。

一定會有出口。

在出口之外，是另一座無遠弗屆、不可思議的神祕世界。

只要我們願意踏足向前。

◎參考資料

王立柔，〈舉牌人朝不保夕的勞動真相〉，《致報導者》網站，二〇一五年十二月十六日

〈獨居老人死亡，屍體疑遭小狗啃食〉，《TVBS新聞》，二〇〇三年十二月二日

〈高鐵炸彈客胡宗賢，重判二〇年〉，《中時電子報》，二〇一五年七月三日

《警察偵查犯罪手冊》

致謝辭

《怪物們的迷宮》是一本推理風格的懸疑小說，講述了當代的臺灣城市中，躲匿於現代人心中的怪物闇影。

從四年多前，我開始發想「城市怪物」的主題，一邊忙碌寫著碩士論文，一邊也在查詢資料、構思題材。不過，因為我對臺灣歷史背景題材的故事很感興趣，所以便先完成了展現奇幻、懸疑風格的《幻之港——塗角窟異夢錄》。

在我的第一本小說《幻之港》出版後一年多，也總算將另一系列的四篇推理作品陸續寫成，也就是《怪物們的迷宮》。

《怪物們的迷宮》這冊小說，依靠我一人之力是無法誕生，必須感謝諸多人們的協助，我才能一字一句完成這本小說。沒有他們一路上的支持與肯定，我想，我絕對無法順利地完善這部作品。

因此，我的心中滿懷感激。

感謝，感恩，感念一切。

感謝我的堂弟何金陞，他以身為檢察官的法律專業背景與我討論小說，因此我才能將故事中的臺灣司法制度、犯罪學、金融知識……等細節琢磨得更貼近真實情景。

感謝我的作家朋友紀昭君，她以非常犀利的慧眼，忠實評析我的小說，讓我可以依照她的建議，將小說中的人物設定、劇情發展，調整得更加立體而有趣，甚至讓這本小說獲得了意料之外的生命力。

感謝我的朋友紀宛蓉，在第一時間就對我的這本小說給予肯定，讓我對於自己的創作能夠擁有信心。

感謝我的恩師陳建忠，老師不僅僅將學問傳授與我，更鼓舞我在寫作的道路上邁進。沒有老師一路上的鼓勵，我將無法用盡全力奔跑。因此，我誠心期望老師身體健康，一切平安。

感謝本書的編輯羅珊珊，因為她的支持，我才有出版小說的機會。因為她的肯定，我才能心無罣礙、懷抱信心地進行創作。並且，不只這本小說，我的第一本小說也非常感謝她的認同，因為她盡心盡力的編輯，才能讓《幻之港》擁有繽紛豐富的樣貌。能夠遇到如此優秀卓越的編輯，是我莫大的幸運。

感謝陳素芳總編輯，從去年以來，就一直肯定我的創作路線，讓我十分感動。並且，也因為她的支持，我才能有機會繼續寫下去，我會謹記「最後，作品才是最重要」這一句她賜予我的忠實建言。更要感謝九歌出版社，能夠支持我的創作，並且給予我出版小說的機會。

這一本小說，我認為我只是一名提供文字內容的供應者，而「書本」的成形，有賴於編輯、企畫、美術設計、裝幀、印刷……等各方面的努力工作，而讓一本書籍得以擁有形體。

感謝所有出版幕後團隊在各個環節環環相扣，一起打造出這部作品面世的樣貌。我不認為我是這一本書的唯一作者，我認為，這一本書是我們共同的作品。

感謝日本小說家宮部美幸、京極夏彥、乙一，因為閱讀了您們的作品，才讓我擁有了寫作小說的夢想。感謝您們，讓我目睹了「小說」所散發的光芒。

感謝我的讀者，因為你們的閱讀，才能讓我的故事們擁有了生命，你們的存在，是我創作時最大的動力，謝謝你們。

感謝我的父親，我的母親，我的妹妹與弟弟，因為有你們的包容與支持，我才能完成這本小說。

感謝我身邊所有的人們，感謝你們陪伴我到這一刻。

感謝。

感恩。

感念一切。

我要懷抱這樣的心情，繼續往前邁進。

邀請函

來自使者的邀請函

一起來玩【字謎遊戲】與【評分遊戲】

提問：

閱讀是一種娛樂，娛樂成就了推理，推理則是遊戲。

感謝讀者諸君的閱讀，因為各位的閱讀，這一本書，才得以獲得生命。為了感謝讀者，請容我以使者的身分，向您提出遊戲的邀請。

除了故事劇情之外，在這部小說文本的字裡行間，我也祕密隱藏了諸多謎題。其中有一道謎題，是為了向三位偉大的人物致敬而設置，我將這三位人物的姓名嵌藏於小說中。

遊戲的題目則是：請問在這一本小說中，隱藏了哪三位偉大人物的姓名？

提示：

1. 分開的要合起來，隱藏起來才是真實。
2. 答案散落書中各處角落。

辦法：

◆加入臉書（Facebook）粉絲專頁「九歌文學國度」並按讚。

1.【字謎遊戲】：請將解答方式與謎底，寄送訊息到粉專「九歌文學國度」。無期限，第一位先來訊解答者獲獎。

2.【評分遊戲】：將本書的四篇故事，以「1分～4分」的分數，評選您的喜愛程度高低（1分最低分，4分最高分），將您的評分結果於六月三十日前，寄送訊息到粉專「九歌文學國度」。屆時將抽出五位幸運得主。

◆來訊息的範例：

「讀者XXX，參加《怪物們的迷宮》評分遊戲

夢魘犬：1分

惡鬼：2分

拇指珊瑚：3分

山魔的微笑：4分」

獎品：

◆活動訊息與得獎結果，將公布在臉書粉絲專頁「九歌文學國度」、以及作者粉絲專頁「何敬堯：小說奇譚」。

1.【字謎遊戲】的獎品為「狐神面具」：作者在二〇一三年夏季旅行日本京都，於伏見稻荷神社前購得一副「狐神面具」，多年珍藏。第一位解答者，將獲得此面具一副，解答時間無限制。

2.【評分遊戲】的獎品為「楓葉書籤」：作者在二〇一五年秋日旅行美國楓葉之城佛蒙特（Vermont），珍藏當地的朱紅楓葉，親手製成書籤。主辦單位將從參加評分的讀者中抽出五位幸運得主。

◆此書配合之有獎徵答所有詳情及贈品，請見活動頁面：

九歌文庫 1222

怪物們的迷宮

作者 何敬堯
責任編輯 羅珊珊
創辦人 蔡文甫
發行人 蔡澤玉
出版發行 九歌出版社有限公司
台北市105八德路3段12巷57弄40號
電話／02—25776564・傳真／02—25789205
郵政劃撥／0112295—1

九歌文學網 www.chiuko.com.tw
印刷 晨捷印製股份有限公司
法律顧問 龍躍天律師・蕭雄淋律師・董安丹律師
初版 2016（民國105）年5月
定價 320元

書號 F1222
ISBN 978-986-450-052-9
（缺頁、破損或裝訂錯誤，請寄回本公司更換）

本書榮獲 NCAF 國|藝|會 創作補助
版權所有・翻印必究 Printed in Taiwan

國家圖書館出版品預行編目資料

怪物們的迷宮 / 何敬堯著. -- 初版. --
臺北市 : 九歌, 民105.05

面 ;　公分. -- (九歌文庫 ; F1222)

ISBN 978-986-450-052-9（平裝）

857.63　　105003234